FSC
www.fsc.org
MIX
Papier aus ver-
antwortungsvollen
Quellen
Paper from
responsible sources
FSC® C105338

SAWYER BENNETT

CAMDEN

PITTSBURGH TITANS

Ins Deutsche übertragen
von Joy Fraser

Sawyer Bennett
Pittsburgh Titans Teil 8: Camden

Aus dem Amerikanischen ins Deutsche übertragen von Joy Fraser

© 2023 by Sawyer Bennett unter dem Originaltitel „Camden: A Pittsburgh Titans Novel"
© 2023 der deutschsprachigen Ausgabe und Übersetzung by Plaisir d'Amour Verlag, D-64678 Lindenfels
www.plaisirdamour.de
info@plaisirdamourbooks.com
© Covergestaltung: Sabrina Dahlenburg
(www.art-for-your-book.de)
ISBN Print: 978-3-86495-644-7
ISBN eBook: 978-3-86495-645-4

Kapitel 1

Camden

Beim ersten Schritt auf den Bürgersteig lande ich mit dem Fuß auf unsichtbarem Glatteis, das der Sturm vor drei Tagen hinterlassen hat. Zum Glück rutscht nur mein rechtes Bein weg und ich kann mich aufrecht halten, aber nicht ohne mir eine Leistenzerrung zuzuziehen. Ich verziehe das Gesicht und mache einen vorsichtigen Schritt, erleichtert, dass nichts gerissen zu sein scheint. Mein Knie fühlt sich stabil an.

Ich verfluche den Lebensmittelladen dafür, dass er den Gehweg nicht besser räumt. Dabei bewege ich mich so vorsichtig, dass ich von einem Herrn überholt werde, der locker in den Achtzigern ist, und ja, das ist peinlich.

Der alte Mann dreht sich um, seine Wangen sind von der Kälte gerötet. „Brauchen Sie Hilfe?"

Ich bin ein verdammter Profi-Eishockeyspieler. Ich brauche keine Hilfe von einem Achtzigjährigen. Aber ich bin ein höflicher Mensch, also lächele ich und schüttele den Kopf. „Ich wurde am Knie operiert und bin daher ein wenig vorsichtig."

„Ah", sagt er verständnisvoll. „Vorsicht ist die Mutter der Porzellankiste."

„Genau."

„Viel Glück beim Einkaufen", sagt er und seine Augen leuchten. Vielleicht ist er stolz darauf, dass er besser in Form ist als ich. „Wenn Sie den Einkaufswagen erst einmal vor sich haben, wird es einfacher."

Es wird immer demütigender.

„Danke", murmele ich, aber ich bezweifle, dass er mich gehört hat. Er hat sich aus dem Staub gemacht und ist durch die Schiebetür verschwunden.

Der Weg durch den Markt ist eine einzige Enttäuschung.

Ich tue, was mir vorgeschlagen wurde, benutze den Wagen als Stütze und gehe die Gänge auf und ab. Eigentlich wollte ich ein Chili kochen, aber ich habe Pech gehabt. Das Hackfleisch ist ausverkauft, ebenso die Dosentomaten und Kidneybohnen. Ich habe es geschafft, eine Zwiebel in meinen Einkaufswagen zu legen, aber mein Repertoire an Rezepten ist so begrenzt, dass ich keine Ahnung habe, was ich damit anfangen soll.

„Scheiß drauf", schimpfe ich und beschließe, nicht zu kochen und mir einfach ein Müsli zu holen. Ich bin müde von einem langen Tag in der Reha und es ist verdammt kalt draußen. Ich will nur noch nach Hause.

Wie es der Zufall will, gibt es mein Lieblingsmüsli auch nicht mehr. Nicht einmal mein zweitliebstes.

Ich weiß nicht, welche kosmischen Mächte ich beleidigt habe, aber nichts läuft richtig, und ich fühle mich mies. Ein wenig Panik macht sich in mir breit und ich schaue mich im Müsli-Gang um. Nichts Gefährliches lauert in Sicht. Ich lege die Zwiebel in das Regal auf den leeren Platz, wo eigentlich meine Lucky Charms sein sollten. Ich lasse den Einkaufswagen einfach stehen und mache mich auf den Weg zum Ausgang des Ladens. Zu Hause werde ich mir einfach eine Pizza zum Abendessen bestellen.

Innerhalb der etwa fünfzehn Minuten, die ich im Supermarkt verbracht habe, ist es dunkel geworden. Eine weitere Welle der Angst überkommt mich, und ich habe das Gefühl, dass mir etwas Schlimmes zustoßen wird, wenn ich die Sicherheit dieses Gebäudes verlasse.

Ich atme tief ein, zähle langsam bis zwei, bevor ich wieder ausatme und dabei bis vier zähle. Ich habe im Internet gelesen, dass tiefes Atmen helfen kann, sich zu zentrieren und zu beruhigen, und ich habe es ausprobiert, wenn ich scheinbar ohne Grund aufgeregt bin. Ehrlich gesagt hilft es mir nicht besonders, aber ich zwinge mich, es noch dreimal zu tun.

„Es wird nichts Schlimmes passieren", flüstere ich.

Ich weiß nicht, ob ich das wirklich glaube, aber ich kann nicht die ganze Nacht hier stehen bleiben. Irgendwann werden sie mich rausschmeißen. Ich gehe an den Kassen vorbei zu den Schiebetüren, die sich surrend öffnen, als ich mich ihnen nähere, und dann hinaus in den stürmischen, kalten Abend. Ich blicke mich um und betrachte den gut beleuchteten Parkplatz und die Kunden, die den Laden betreten und verlassen. Ich sehe mein Auto nur zehn Meter entfernt stehen. Hier draußen gibt es nichts Beängstigendes, es sei denn, man zählt vereiste Stellen dazu, aber ich kann sehen, dass der Asphalt trocken und sicher aussieht.

Ich fühle mich wie ein verdammter Idiot, und diese Panikattacken, die mich überkommen, sind unerklärlich. In meinem Leben passiert nichts, was mich dazu bringen sollte, mich so zu fühlen. Abgesehen von einem Beinahe-Unfall auf dem Eis, einer Vorführung durch einen achtzigjährigen Mann und einer frustrierenden Reise durch die Gänge eines Supermarktes ist nichts passiert, was mich außer Kontrolle geraten lassen sollte.

Alles ist in Ordnung.

Ich bin Eishockeyspieler.

Ich habe einen tollen Job.

Tolle Freunde.

Ein wunderbares Leben.

„Ich habe ein wunderbares Leben", wiederhole ich und schon ist die Panik verschwunden. Ich muss mich einfach nur daran erinnern.

Ich schüttele den Kopf, lache über mich selbst und mache einen Schritt vom Bordstein weg. Kaum habe ich den anderen Fuß abgesetzt, höre ich das Geräusch.

Es ist so laut, dass ich mir die Hände auf die Ohren lege. Ein durchdringendes, heulendes, kreischendes Geräusch von Metall auf Metall, aber es scheint sonst niemanden zu stören. Die Leute schlendern in den Laden hinein und hinaus. Es wird lauter und dann scheint sich die Luftströmung zu verän-

dern. Eine Vorahnung, ein elektrisches Kribbeln, das meine Angst auf Hochtouren steigert. Ich neige den Kopf nach hinten und verstehe zunächst nicht, was ich sehe. Etwas Riesiges, versteckt in den Wolken, aber mit blinkenden Lichtern direkt über mir und schnell sinkend.

Mein erster Gedanke ist ein UFO, aber als es die Wolken durchbricht, wird mir klar, dass es ein Flugzeug ist. Ein riesiger Jet, der im Sturzflug vom Himmel auf mich zukommt.

Ich kann mich nicht bewegen, während ich ihn anstarre.

Er kommt näher und näher, bis ich die Piloten im Inneren sehen kann, mit offenen Mündern, die vermutlich vor Angst schreien. Ich schaue einem von ihnen in die Augen und glaube, Trauer in seinem Blick zu erkennen. Ich weiß nicht, ob er traurig ist, dass er sterben wird oder dass er eine Familie zurücklässt oder zum Teufel ... vielleicht ist er traurig, dass er ein Flugzeug auf meinen Kopf wirft.

Ich hebe eine Hand, fasziniert von dem Flugzeug, das jetzt vierzig, dreißig, zwanzig, zehn Meter von mir entfernt ist.

Und ...

Ich richte mich im Bett auf und stoße einen Schreckensschrei aus, obwohl ich sofort wach bin und weiß, dass ich nur einen schrecklichen Albtraum hatte. Das passiert nicht zum ersten Mal. Die Träume von Flugzeugen, die vom Himmel fallen, kommen ziemlich häufig vor. Ich reibe mir mit den Händen übers Gesicht und bin nicht überrascht, dass es verschwitzt ist. Trotz des unmittelbaren Bewusstseins, dass ich sicher und gesund in meinem Bett liege, dauert es ein paar Minuten, bis die letzten Reste der Angst vergangen sind. Der Traum war so realistisch, und doch war er, im Nachhinein betrachtet, von Anfang an unsinnig.

Mein Knie ist vollständig verheilt, kein Achtzigjähriger würde mich im schnellen Gehen besiegen, der Supermarkt hat auf keinen Fall alle diese Artikel nicht mehr vorrätig, und es ist unvorstellbar, dass mir ein Flugzeug vom Himmel auf den Kopf fallen würde.

Und doch war der Schrecken, den der Traum auslöste, so real, als wäre es tatsächlich passiert. Ich dachte, ich würde sterben, und ich war nicht bereit dazu.

Ich lasse mich zurück auf die Matratze fallen und starre an die Decke. Das Mondlicht, das durch das Fenster scheint, lässt die kahlen Bäume draußen Schatten werfen. Ich überlege, ob ich die tiefen Atemübungen aus meinem Traum wiederholen soll, in der Hoffnung, mich so zu entspannen, dass ich wieder einschlafen kann. Aber im wirklichen Leben funktionieren sie auch nicht. Zugegeben, ich habe nur darüber gelesen und mir noch nie von jemandem zeigen lassen, wie man es macht, also bin ich nicht sicher, ob ich sie korrekt ausführe.

Ich schließe die Augen. Der erste Schritt, um wieder in den Schlaf zu fallen. Dadurch wird lediglich eine Wiederholungsschleife des auf mich stürzenden Flugzeugs ausgelöst. Meine Augen gehen wieder auf und ich beobachte die Schatten der Bäume über mir.

Ich versuche es mit einer vermeintlich bewährten Methode. Ich stelle mir vor, wie Schafe über die Äste springen, und zähle jedes einzelne. Ich schaffe es bis zu siebenundzwanzig, bevor meine Gedanken auf den unvermeidlichen Weg abdriften.

Keine Traumkatastrophe, sondern eine reale Katastrophe.

Der erste Jahrestag des Flugzeugunfalls der Pittsburgh Titans liegt nun anderthalb Monate zurück. Obwohl ich von mehr nächtlichen Schrecken geplagt wurde, als ich überhaupt zählen kann, sind sie in den letzten zwei Monaten schlimmer geworden. Ich habe keine Ahnung, warum, denn ehrlich gesagt fühle ich mich mit den Dingen im Reinen. Ich habe getrauert, ich habe geklagt, ich habe gehadert.

Ich habe akzeptiert, dass mir Gnade zuteilwurde und anderen nicht.

Warum zum Teufel werde ich ständig von einem Flugzeug geplagt, das mich umbringt?

Und es ist nicht immer ein Flugzeug, das vom Himmel fällt. Oft sitze ich im Flugzeug und wir befinden uns in einem langen Sturzflug zur Erde. Das war so schrecklich, dass ich mich übergeben musste, als ich wieder wach war.

Manchmal träume ich, dass ich die Straße entlangfahre und das Flugzeug in der Ferne abstürzt, aber der Feuerball rollt nach außen und verschlingt mein Auto mit Flammen, die meine Haut verbrennen. Wenn ich aus diesen Träumen erwache, schlage ich auf meinen Körper ein, um das Feuer zu löschen.

Gott, ich bin ein menschliches Wrack.

Ich seufze, als ich die Zeit registriere. Vier Uhr morgens. Ich weiß, dass ich nicht wieder einschlafen werde. Wenn ich die Augen schließe, falle ich sofort wieder in den Albtraum zurück. Wenn ich hier mit offenen Augen liege, werde ich nur darüber nachdenken. Ich sollte aufstehen und mein Work-out absolvieren, aber ich habe überhaupt keine Motivation. Stattdessen schnappe ich mir die Fernbedienung und schalte den Fernseher ein. Er taucht den Raum in ein blaues Licht. Ein guter Krimi wird mich sicher von den fallenden Jets ablenken. Vielleicht lenkt er mich sogar so weit ab, dass ich einschlafen kann. Ich bin erst kurz nach Mitternacht ins Bett gegangen, und ich brauche mehr Schlaf, um zu funktionieren. Wir haben um acht Uhr morgens eine Teambesprechung und um neun Uhr Training.

Nach einigem Zappen stürze ich mich auf eine dreiteilige Doku-Serie über eine Reihe miteinander verbundener Morde in zwei Staaten. Manche würden es seltsam finden, dass ich mir so etwas nach einem Albtraum ansehen kann, aber ich fand True Crime und Podcasts schon immer faszinierend. Ich muss mich mit etwas anderem beschäftigen als mit meinen Sorgen.

Nach zehn Minuten weiß ich, dass ich eine weise Entscheidung getroffen habe. Ich bin völlig gefesselt und vergesse Flugzeuge und sterbende Freunde. Es sieht nicht so aus, als würde ich wieder einschlafen, aber vielleicht ist das auch besser so.

***

Glücklich tief im Schlummer schwimme ich aufwärts ins Bewusstsein, weil ein Geräusch den Nebel durchdringt. Ein hartnäckiges Klopfen, das fast verzweifelt wirkt. Ich reiße ein Auge auf, leicht erschrocken darüber, wie hell mein Zimmer ist, aber ich weiß nicht, warum mich das beunruhigen sollte.

Bumm, bumm, bumm.

Ich öffne auch das zweite Auge und blicke auf die Nachttischuhr. Neun Uhr einundvierzig.

Das scheint mir sehr spät zu sein, um noch im Bett zu liegen.

Und dann trifft es mich mit einem Mal.

Das Training!

„Fuck", stöhne ich, als ich aus dem Bett steige, mich in der Bettdecke verheddere und auf die Knie falle.

Ich wurde vor über einem Jahr am linken operiert und es ist gut verheilt, aber das hier fühlt sich nicht gut an.

Es klopft weiter. „Camden, mach die verdammte Tür auf oder ich trete sie ein."

Himmel noch mal. Das ist die Stimme von Coach West.

Ich stoße die Decke weg, springe vom Boden auf und stürze aus dem Schlafzimmer. Ich krache gegen eine Wand und stolpere ins Wohnzimmer.

Bumm, bumm, bumm.

Ich greife nach der Türklinke, öffne die Tür und sehe den Coach mit erhobener Faust. Ich mache mich darauf gefasst, dass er mich anschreien wird, denn das ist schlimm. Sehr, sehr schlimm. Ich habe das Training verpasst und der verdammte Cheftrainer steht vor meiner Tür. Das ist so schlimm, ich bin sicher, dass er hier ist, um mich zu feuern.

Stattdessen lässt er seine Hand sinken, während er seine Augen wie einen Laser auf mich richtet. Ich kann sehen, dass ihm nicht gefällt, was er sieht. Einen ungepflegten Mann in Boxershorts, der wahrscheinlich Schlafabdrücke vom Kissen im Gesicht hat, Haare, die zu Berge stehen, und Schlaf in den Augen.

„Setz Kaffee auf", sagt er. „Lass uns plaudern."

Wie bitte?

Ich bin absolut verwirrt von seiner Gelassenheit, während jeder andere Trainer in der Liga jetzt schreien würde, was für ein kolossaler Versager ich bin. Ich bin wie erstarrt. Als Coach West an mir vorbeigeht, sich umsieht und die Küche ansteuert, kommt wieder Leben in mich.

„Ich ziehe mir erst etwas an", murmele ich.

Der Coach scheint von all dem unbeeindruckt zu

sein. „Ich kümmere mich um den Kaffee."

Ich mache mich auf den Weg ins Schlafzimmer, und in meinem Kopf dreht sich alles um die Auswirkungen des Gesprächs, das wir gleich führen werden. Es besteht eine sehr gute Chance, dass ich rausgeschmissen werde. Aus meinem Vertrag und dem Team. Im besten Fall werde ich in die Minor League geschickt.

Ich ziehe eilig eine Trainingshose und ein T-Shirt an, gehe ins Bad, wasche mir die Hände und fahre mir dann nass durch die Haare, um einigermaßen vorzeigbar auszusehen.

Als ich in die Küche komme, sehe ich, dass der Coach herausgefunden hat, dass ich keine Kaffeekanne, sondern eine schicke Espressomaschine habe. Entweder ist er ein mechanisches Genie oder er kennt sich damit aus, denn es stehen zwei Tassen Kaffee auf dem Tisch. Kein Wunder, denn seine Freundin war früher eine Barista.

Coach West schiebt mir mit dem Fuß einen Stuhl herüber. Ich setze mich und ziehe den Kaffee zu mir, mache aber keine Anstalten, ihn zu trinken. Der aufsteigende Dampf sagt mir, dass er eine Hautschicht entfernen wird, bis er etwas abgekühlt ist. Ich erröte ängstlich, als Coach West mich anstarrt.

„Als du nicht zur Teambesprechung erschienen bist, haben wir versucht, dich anzurufen, aber du bist nicht rangegangen."

„Ich habe es wohl nicht gehört." Habe ich so tief geschlafen? Das ist möglich, denn ich bin auf dem Zahnfleisch gegangen.

„Du hast eine Menge Leute erschreckt. Ich bin froh, dass es dir gut geht."

„Ich kann nicht glauben, dass ich verschlafen habe", platzt es aus mir heraus und ich entschuldige mich noch viel mehr. „Es tut mir so leid. Ich habe letzte Nacht nicht gut geschlafen, also habe ich etwas ferngesehen. Ich dachte, ich würde wach bleiben, bis es Zeit ist, aufzustehen, aber ich muss wohl eingeschlafen sein. Ich glaube, ich habe vergessen, den Wecker zu stellen, oder vielleicht habe ich es getan. Ich weiß es nicht. Das ist mir noch nie passiert. Es tut mir verdammt leid. Bitte kündige mir nicht den Vertrag.“

Der Coach sagt einen Moment lang nichts, nimmt dann aber seine Tasse und pustet über die Flüssigkeit, bevor er einen Schluck trinkt. Als er sie abstellt, ist seine Stimme ruhig, aber nicht emotionslos. „Ich weiß nicht, was ich getan habe, was dich zu der Annahme veranlasst, dass ich die Art von Person bin, die einen Spieler wegen Versäumnis des Trainings entlässt.“

Warum ich das Bedürfnis habe, dagegen zu argumentieren, ist mir schleierhaft, aber ich sage: „Du stellst hohe Erwartungen an deine Spieler, seit du hier angefangen hast. Du hast gesagt, dass du erwartest, dass jeder pünktlich und bei jedem Training ist, es sei denn, er ist tot oder liegt im Sterben.“

Seine Lippen verziehen sich zu einem halben Lächeln. „Das ist in der Tat das, was ich gesagt habe. Das ist auch der Grund, warum ich hier bin. Ich dachte, du wärst tot oder liegst im Sterben.“

Mein Gesicht errötet heiß vor Verlegenheit. Es ist demütigend. Aber dann fällt mir etwas ein. „Aber warum bist du hier? Ich meine, warum hast du nicht einen der Assistenztrainer geschickt oder jemanden aus der Verwaltung, um nach mir zu sehen?“

Coach West fährt mit der Fingerspitze über den Rand seiner Kaffeetasse, während er über meine Frage nachdenkt. Als er mir in die Augen schaut, sagt er:

„Ich bin ein wenig enttäuscht, dass du mich für so einen Trainer hältst. Du weißt verdammt gut, dass ich eine Menge an meine Assistenztrainer delegiere. Die sind mehr als fähig, das Training auch ohne mich weiterzuführen. Aber als Cheftrainer bin ich letztendlich für jeden in diesem Team verantwortlich. Und wenn du tot wärst oder im Sterben liegen würdest, würde ich derjenige sein wollen, der dich findet. Ich schiebe das keinem anderen in die Schuhe. Aber der wichtigste Grund, warum ich hier bin, ist, dass es an der Zeit ist, ein offenes Gespräch darüber zu führen, was zum Teufel mit dir los ist."

Meine Augenbrauen heben sich. „Wie bitte?"

„Du hast mich verstanden. Was ist los mit dir? Das ist nicht die erste Unterhaltung, die wir führen. Dein Spiel ist schlecht. Und jetzt verpasst du auch noch das Training."

„Nur ein Training", erkläre ich zögernd, um ihn nicht zu verärgern, aber auch, um nicht als jemand abgestempelt zu werden, der regelmäßig blaumacht.

Der Trainer neigt den Kopf, als wollte er Touché sagen. „Ich will trotzdem wissen, was los ist. Du denkst vielleicht, dass du es gut tarnst, aber das stimmt nicht. Und wenn du deinen Platz in diesem Team behalten willst, schlage ich vor, du gibst mir einen guten Grund, dir dabei zu helfen, wie du das erreichen kannst."

Ich weiß nicht, wo ich anfangen soll, ihm all die Dinge zu sagen, die mir falsch erscheinen, also nehme ich meinen Kaffee und trinke einen Schluck. Er verbrüht mir sofort den Gaumen, aber ich schlucke ihn herunter und verbrenne mir dabei die Kehle. „Ich habe ein paar Probleme mit dem Schlafen. Das ist alles."

„Nimmst du Medikamente? Trinkst du? Hast du deshalb verschlafen?"

„Nein, Coach", sage ich und lehne mich auf meinem Stuhl nach vorn. „Das tue ich nicht. Ich habe nur ein paar schlechte Träume, das ist alles."

„Denn falls du dich selbst behandelst, hat die Liga bessere Ressourcen, um …"

„Ich schwöre, dass ich keine Drogen nehme oder Alkohol trinke, um einzuschlafen."

Er nickt, und ich sehe, dass er meine Erklärung ernst nimmt. „Okay, dann lass uns weitermachen. Warum kannst du nicht schlafen?"

Das ist die Millionen-Dollar-Frage, nicht wahr?

Und der bin ich bis jetzt noch nicht auf den Grund gegangen.

Um die Stille zu füllen, stupst mich der Trainer an. „Als wir das letzte Mal über dein Spiel auf dem Eis sprachen, hast du gesagt, du hättest familiäre Probleme. Liegt es daran?"

Mir schwirrt der Kopf, und ich versuche mich daran zu erinnern, was ich genau gesagt habe. Er hatte mich tatsächlich zur Rede gestellt, weil mein Spiel nicht ganz auf der Höhe war. Ich glaube, ich habe ihm gesagt, dass ich mit Familienproblemen zu kämpfen hätte, aber das ist nicht die Wahrheit. Ich meine, es ist etwas Wahres dran, aber sie sind nicht die Ursache meiner schlaflosen Nächte.

Ich ziehe es vor, vage zu bleiben. „Meine Familie hält mich nachts nicht wach."

Coach West lehnt sich auf seinem Stuhl zurück und tippt mit dem Zeigefinger auf den Tisch. Die Art, wie er mich ansieht, ist beängstigend, als könnte er tief in meine Seele sehen. „Ist es, weil deine Freunde, Mannschaftskameraden und Trainer bei einem Flugzeugunglück ums Leben gekommen sind?“

Ich zucke zusammen. Und das entgeht dem Coach nicht.

„Hast du Albträume von Flugzeugabstürzen?“, fragt er, und ich spüre, wie mir das Blut aus dem Gesicht läuft.

Coach West nimmt es zur Kenntnis und nickt verständnisvoll. „Hast du nach dem Unfall eine Therapie gemacht?“

Ich schüttele den Kopf. „Nicht wirklich. Wir mussten jemanden für eine Beurteilung aufsuchen, aber das ist alles, was ich getan habe.“

Er weiß, wen ich mit „wir“ meine. Coen Highsmith, Hendrix Bateman und ich werden die glücklichen Drei genannt. Das Trio der Spieler, die nicht im Flugzeug saßen. Diejenigen, die dem Tod entkommen sind, und diejenigen, die dankbar sein sollten für das Leben, das sie noch haben.

„Gibt es einen Grund, warum du nicht zu einer Therapie gegangen bist?“

Ich zucke mit den Schultern. „Ich dachte, ich käme gut damit klar. Ich habe getrauert. Ich habe viele Fragen nach dem Wieso und Warum gestellt. Und ich habe es gut gemeistert. Frag jeden, der mich kennt.“

„Ich frage aber dich“, sagt er mit Nachdruck.

„Ich habe das gut hinbekommen“, wiederhole ich und kann den abwehrenden Ton nicht verbergen. „Ich will und brauche keine Therapie.“

Coach West starrt mich einen langen Moment an, bevor er so etwas wie ein resigniertes Nicken zeigt. In meiner Brust löst sich eine Anspannung, von der ich gar nicht wusste, dass ich sie die ganze Zeit gehabt habe.

„Okay“, sagt er, erhebt sich vom Tisch und ich stehe ebenfalls auf. „Ich respektiere, dass du keine Therapie machen willst. Das würde ich nie erzwingen. Aber ich werde dich um etwas bitten."

„Was denn?", frage ich misstrauisch.

„Brienne hat eine Selbsthilfegruppe für alle Angehörigen und Freunde gegründet, die zurückgeblieben sind. Am Anfang war sie ziemlich strukturiert und hatte regelmäßige Treffen. Sie hatte einen zertifizierten Berater dabei, der die Gespräche moderierte. Jetzt ist es eher ein soziales Netzwerk. Wir treffen uns jeden Sonntagnachmittag an einem anderen Ort, um zusammenzukommen und zu reden."

„Wir?", frage ich neugierig, denn Coach West ist mit keinem der Verstorbenen befreundet oder verwandt.

„Brienne hat mich zu einem der Treffen eingeladen, als ich angefangen habe. Sie wollte, dass ich über die Bewältigung von Verlusten und den Umgang mit Trauer spreche." Er zuckt mit einem liebevollen Lächeln die Schultern. „Ich bin jetzt sozusagen Ehrenmitglied."

Coach West hat seine Frau vor einigen Jahren durch Krebs verloren. Er weiß genau, wie es ist, um jemanden zu trauern. Und ich weiß von der Selbsthilfegruppe. Brienne Norcross, die Besitzerin der Pittsburgh Titans, hat mir, Coen und Hendrix darüber gemailt. Ich habe nie geantwortet und bin auch nie zu einem Treffen gegangen.

„Ich erwarte dich morgen bei der Zusammenkunft", sagt er. Ich schließe sofort die Augen und will ihm sagen, dass er zur Hölle fahren soll, aber er fügt hinzu: „Wenn du deine Position in der Second Line behalten willst, wirst du kommen."

Das macht mich wütend, aber ich bleibe höflich. „Bei allem Respekt, ich weiß nicht, ob es fair ist, so etwas zu verlangen, nur um meinen Job zu behalten. Ich habe nur ein einziges Training verpasst.“

„Du hast die ganze Saison über unterdurchschnittlich gespielt, und das weißt du“, sagt der Trainer, und weg ist der freundliche Mann, den wir alle kennen und mögen. Sein Ton ist hart und unversöhnlich. „Einer der Gründe, warum ich ein großartiger Trainer bin, ist, dass ich unter die Oberfläche sehen und das Beste aus meinen Spielern herausholen kann. Du kannst behaupten, dass es dir gut geht, bis du schwarz wirst, aber irgendwas belastet dich. Wenn es nicht das Unglück ist, entschuldige ich mich. Du wirst trotzdem eine tolle Zeit bei dem Treffen haben. Du wirst eine Menge netter Leute kennenlernen. Wenn es der Unfall ist, kannst du mir später dafür danken, dass ich dich gedrängt habe, dir Hilfe zu holen.“

„Und wenn ich nicht hingehe?“, frage ich, damit ich Bescheid weiß.

„Du wirst in die Third Line versetzt, bis du besser spielst. Heute bist du noch entschuldigt, das Training verpasst zu haben. Nächstes Mal wirst du meinen Besuch nicht so nett finden.“

„Ich finde ihn auch heute nicht nett“, gebe ich ehrlich zu.

Anstatt beleidigt zu sein, grinst Coach West. „Das bedeutet, dass ich meine Arbeit gut mache.“

Kapitel 2

Danica

„Travis!", rufe ich die Treppe hinauf, während ich mich bücke, um drei Paar seiner Schuhe im Wohnzimmer aufzusammeln. „Vergiss nicht, dass ich will, dass du zwei zusätzliche Schichten unter deiner Jacke anziehst."

„Ich weiß!", antwortet er. In seinem Tonfall schwingt die Enttäuschung mit, dass ich mich in seine Klamottenwahl einmische.

Ich lächele und stelle die Schuhe auf die Treppe, jedes Paar auf eine andere Stufe. Ich freue mich schon fast auf die Vorstellung, dass ich ihn zwingen werde, die Schuhe wieder in sein Zimmer zu tragen, wenn er herunterkommt. Aus irgendeinem Grund hasst er den Weg nach oben, obwohl er die Energie von tausend batteriebetriebenen Hasen hat. Genauso wie er es hasst, den Geschirrspüler auszuräumen und die Mülltonnen an den Straßenrand zu rollen.

Ich wende mich der Küche zu und will mir gerade einen Kaffee einschenken, als ich seine stampfenden Füße auf der Treppe höre. Ich gehe ihm entgegen, bevor er ganz unten ankommt, und zeige auf die Schuhe. „Du kennst die Regeln. Du sollst deine Schuhe nur in deinem Schrank abstellen."

„O Mann", stöhnt er übertrieben dramatisch. „Kann ich sie nicht heute Abend mit hochnehmen, wenn wir wieder zu Hause sind?"

„Nein, das kannst du nicht." Ich zeige die Treppe hinauf. „Nach oben. Sofort."

Er knurrt und murrt, aber er tut, was man von ihm verlangt, denn ganz ehrlich, er ist so ein tolles Kind.

Es macht mir Spaß, all diese kleinen Kämpfe mitzuerleben, während Travis älter und reifer wird. Die Art, wie er Grenzen und Regeln überschreitet, ist ein Ritus des Übergangs. Zumindest versichert mir das meine Schwester Reba, die selbst einen Sohn hat, der allerdings vier Jahre älter ist als meiner.

Erst vor ein paar Tagen arbeitete ich am Küchentisch an einem Fördermittelantrag, während Travis seine Hausaufgaben erledigte. Er schloss sein Mathebuch, um nach oben zu gehen und die ihm zustehende halbe Stunde fernzusehen. Ich habe nicht einmal von meiner Arbeit aufgeschaut. „Hey, Kumpel, tust du mir einen Gefallen und räumst die Spülmaschine ein?"

„Auf keinen Fall. Das ist dein Job. Ich räume sie aus und du ein."

Ich musste mir auf die Zunge beißen, um nicht zu lachen, denn er sah so ernst aus in seiner Einschätzung, wie die Dinge zwischen Eltern und Kind funktionieren.

„Nein", sagte ich und schenkte ihm ein Lächeln. „Deine Aufgabe ist es, jede nur erdenkliche Arbeit in diesem Haus mit zu erledigen. Im Gegenzug erlaube ich dir, ein Dach über dem Kopf und Essen im Bauch zu haben. Ich tue schon eine Menge für dich."

Travis verdrehte die Augen, und dann brach ich in Gelächter aus. Aber ich wies mit dem Kopf auf den Geschirrspüler. „Na los, räume ihn für mich ein. Ich habe noch mehr Arbeit zu erledigen."

Und am meisten schmolz mein Herz, als er nicht zum Geschirrspüler ging, sondern zu mir, um mir einen Kuss auf die Wange zu geben. „Du bist die beste Mom aller Zeiten. Auch wenn ich für dich Hausarbeiten machen muss."

Travis stürmt mit seinen Schuhen in der Hand die Treppe hinauf und ich kann nicht widerstehen. „Und wirf sie nicht einfach so in den Schrank!"

Ich höre, wie sie mit einem dumpfen Schlag entsorgt werden und schüttele den Kopf.

Das lasse ich ihm durchgehen, denn er ist erst neun Jahre alt, und das Letzte, was ich will, ist, überheblich zu sein. Nachdem Mitch gestorben war, war es für mich ganz natürlich, Travis mit meiner Liebe zu überschütten, aber manchmal habe ich es übertrieben und ihn fast damit erstickt. Nicht aus der Angst heraus, dass ich ihn im Handumdrehen verlieren könnte, so wie ich meinen Mann verloren habe, sondern mit Regeln und Verlässlichkeit. Ich dachte, wenn ich meine Umgebung kontrollieren könnte, wozu auch gehörte, Travis an einer strammen Leine zu halten, könnte ich ihn am Leben und in Sicherheit halten.

Erst durch intensive Beratung für mich allein, für Travis allein und dann für uns beide zusammen habe ich gelernt, die Zügel zu lockern, die ich unwillkürlich angezogen hatte. Es ist ein Sieg für mich, dass ich damit zufrieden bin, dass er seine Schuhe in den Schrank bringt, auch wenn er sie dort ohne Rücksicht auf Ordnung hineinwirft.

Es ist auch eine große Sache für mich, ihn rausgehen und einen Neunjährigen sein zu lassen, ohne dass ich ihn beschütze. Gott, ich weiß, es ist dumm, zu denken, dass er in Gefahr ist, wenn ich nicht in seiner Nähe bin. Aber aus irgendeinem Grund hatte ich eine Phase, in der ich dachte, dass Mitchs Tod bei einem Flugzeugunglück irgendwie meine Schuld war. Es war ein bescheuertes Denken und die Therapie hat mir sehr geholfen.

Das heißt aber nicht, dass ich nicht immer noch

meine Dämonen habe, die nach draußen brechen wollen.

Travis rennt die Treppe hinunter. Ich zucke zusammen, weil ich sehe, dass einer seiner Schuhe offen ist, und ich stelle mir sofort vor, wie er auf der Treppe stürzt und sich das Genick bricht, aber ich verdränge es. Er kommt sicher unten an, und ich muss diesen Gesichtsausdruck haben, der ihm sagt, dass ich im Angstmodus bin.

Es wärmt mein Herz, als mein Sohn es erkennt und dann seine Arme um meine Taille schlingt. Mit neun Jahren und der Größe seines Vaters, wenn er mal erwachsen ist, ist er jetzt schon in der Lage, seinen Kopf auf meine Schulter zu legen. „Ich hab dich lieb, Mom."

„Ich liebe dich auch, mein Schatz", flüstere ich, während ich ihn an mich ziehe. Ich genieße diese Momente, auch wenn meine Paranoia der Auslöser dafür ist. Und Reba hat mich vorgewarnt, dass kleine Jungs sich in Monster verwandeln, wenn sie Teenager sind, also genieße ich diese Zeit, solange sie noch andauert.

„Komm schon", sagt Travis aufgeregt.

Er eilt zur Tür und schnappt sich seine Tasche mit der Eishockeyausrüstung und den Schläger, der an der Wand lehnt. Er wirft einen Blick über die Schulter auf mich, und die Sonne, die durch die Seitenscheibe einfällt, lässt sein blondes Haar leuchten. Mir bleibt das Herz stehen, weil er Mitch so ähnlich sieht, bis hin zu dem schiefen Grinsen, das ich schon fast mein ganzes Leben lang liebe. Es ist, als würde ich seinen jüngeren Doppelgänger ansehen, damals, als wir als kleine Kinder zusammen angeln gingen.

Travis rennt zur Tür hinaus und die Illusion meines

toten Mannes zerbricht. Ich erleide den unvermeidlichen Stich des Schmerzes, wenn mich der Verlust trifft. Doch ich mache weiter, habe einen wunderbaren Sohn und viel zu viel, wofür ich dankbar sein kann, um zu trauern.

Auf dem Weg zum Freiluft-Stadion plaudert Travis über den bevorstehenden Start der Jugend-Eishockeyliga. Er sollte schon letztes Jahr damit beginnen, aber das Flugzeugunglück hat alles zunichtegemacht. Wir waren beide so sehr von der Trauer überwältigt, dass der Beginn der Saison an mir vorbeiging, ohne dass ich es überhaupt bemerkte. Als ich es Travis gegenüber erwähnte, war er nicht interessiert, und mir blutete das Herz. Er und Mitch hatten sich darauf gefreut, dass Travis an Wettkämpfen teilnehmen würde, zumal der Junge gut auf Schlittschuhen ist, seit er laufen kann.

Aber dieses Jahr ist es anders. Als die Anmeldung geöffnet wurde, war Travis ganz aus dem Häuschen, weil er mitmachen wollte. Ich musste definitiv mein Budget einschränken, um es mir leisten zu können, denn Eishockey ist teuer, aber das Lächeln in seinem Gesicht ist es wert.

Heute sind ein paar seiner Schulfreunde auf dem Eis, um zu trainieren. Das wurde von einer der Eishockey-Mütter organisiert, deren Sohn in Travis' dritter Klasse ist. Als wir auf den Parkplatz fahren, will Travis fast aus dem Auto springen, bevor ich zum Stehen komme.

„Moment mal, Kumpel!", rufe ich.

Er stöhnt frustriert auf und schaut aus dem Fenster. „Mom, sie sind schon auf dem Eis." Er wirft mir einen klagenden Blick zu, bereit, die Tür aufzustoßen.

Ich setze meinen besten Mutterblick auf. „Kannst

du bitte noch zehn Sekunden warten? Himmel noch mal."

Er rollt mit den Augen, und ich erinnere mich daran, dass er mich erst vor einer halben Stunde spontan mit Worten der Liebe umarmt hat. Ich strecke die Hand aus und zerwühle seine Haare. „Ich hole dich um vier Uhr bei Mikey ab. Du kannst das Telefon seiner Mutter benutzen, um mich anzurufen, wenn du etwas brauchst."

„Ich werde nichts brauchen."

„Oder wenn ich dich früher abholen soll."

„Ich möchte nicht früher abgeholt werden."

„Oder wenn du mich vermisst und den Klang meiner Stimme hören willst."

Travis grinst. „Du bist eine Drama-Queen, Mom."

Lachend nicke ich in Richtung Eis. „Geh schon, frecher Bengel."

Er hält mir seine Wange hin. Ich küsse sie und sehe dann zu, wie er zu seinen Freunden rennt. Er schaut nicht ein einziges Mal zu mir zurück, aber so sollte es sein. Er ist ein unbeschwertes Kind, das nur das sieht, was vor ihm liegt, und nicht den Schmerz der Vergangenheit.

***

Stone und Harlow veranstalten diese Woche unser Treffen. Unsere Gruppe besteht aus Angehörigen – egal ob blutsverwandt oder im Herzen verbunden –, die jemanden bei dem Flugzeugunglück verloren haben, und wir haben die Gruppe inoffiziell *This Pucking Sucks* genannt. Sie wurde von Brienne Norcross, der Besitzerin der Pittsburgh Titans, etwa zwei Monate nach der Katastrophe gegründet. Sie verlor bei dem Unglück ihren Bruder und trauerte nicht nur um das Team, sondern auch um ein Familienmitglied, wie viele von uns.

Die Gruppe war anfangs recht groß. Viele der Witwen und Witwer blieben eine Zeit lang in der Gegend, aber nach und nach zogen einige weg. Die meisten Ehefrauen der Spieler waren nur vorübergehend in Pittsburgh, da sie wegen der Arbeit ihrer Männer dorthin gezogen waren. Einige, so wie ich, hatten jedoch Wurzeln geschlagen.

Mitch ist mit achtzehn Jahren hierher gezogen, um bei den Titans zu spielen. Ich war damals erst sechzehn und zwei Jahre lang unglücklich von ihm getrennt, aber ich bin nach dem Highschool-Abschluss sofort nachgekommen. Man sollte meinen, das hätte meine Eltern verärgert, aber das Gegenteil war der Fall, sie haben mich unterstützt. Sie wussten, dass ich das College zu Hause nicht abbrach, um „nur einem Jungen nachzulaufen". Sie hatten gesehen, wie ich und Mitch zusammen aufwuchsen und wie wir uns von Spielkameraden zu Freunden entwickelten, miteinander ausgingen und uns verliebten.

Ich wurde an der Uni in Pittsburgh angenommen und liebte es, Studentin zu sein, obwohl ich zugeben muss, dass es ohne Mitch an meiner Seite nicht annähernd so erfüllend gewesen wäre. Ich zog bei ihm ein und das Leben war herrlich.

Aber dann kam die verrückte Wende. Ich wurde in der Mitte meines ersten Studienjahres schwanger, was unsere Pläne durcheinanderbrachte. Eine Schwangerschaft war das Letzte, was wir in dieser frühen Zeit unseres Lebens wollten, und natürlich waren Mitch und ich geschockt. Noch größer war mein Schock, als Mitch am Tag nach meinem positiven Schwangerschaftstest mit einem Diamantring nach Hause kam und mir einen Heiratsantrag machte. Wir hatten immer davon gesprochen, dass wir seelenverwandt sind und für immer zusammenbleiben werden, aber wir hatten nie konkret über Verlobung, Heirat oder Kinder gesprochen. Wir waren schon so gut wie ewig zusammen, und so gingen wir davon aus, dass wir für immer zusammen bleiben würden.

Und doch, als er galant auf die Knie ging und mir einen Ring präsentierte, der so unfassbar groß und funkelnd war, konnte ich nicht glauben, dass wir nicht schon früher über diese Dinge gesprochen hatten, denn es fühlte sich so natürlich an, als ich meine Arme um seinen Hals warf und „Ja!" rief.

Auf die Verlobung folgte eine schnelle, aber wunderschöne Hochzeit im Beisein unserer Familien und aller Titans. Ich lernte schnell, wie man eine Eishockey-Ehefrau ist, da Mitch tagelang nicht da war. Während meiner Schwangerschaft war er so oft wie möglich an meiner Seite, aber es gab ein paar Termine, die er verpasste, weil er auf Reisen war. Ich war gerade neunzehn geworden, als ich Travis zur Welt brachte, und Mitch konnte dabei sein. Meine schönste Erinnerung an ihn ist der Ausdruck in seinem Gesicht, als er seinen Sohn zum ersten Mal im Arm hielt.

Ich konnte mein erstes Studienjahr an der Uni beenden, während ich schwanger war, aber nach der Geburt von Travis bin ich nicht mehr zurückgekehrt. Mitch und ich haben beschlossen, dass es für mich besser ist, Vollzeitmutter zu sein, und diesen Schritt habe ich nie bereut.

Fast ein Jahrzehnt später bin ich immer noch in Pittsburgh, auch wenn viele der anderen Ehefrauen,

Verlobten und Freundinnen weggezogen sind. Wir halten immer noch Kontakt und veranstalten sogar einige Zoom-Anrufe in der Selbsthilfegruppe, bei denen wir alle etwas trinken und uns über das Leben der anderen austauschen.

Aber fast jeden Sonntag kommt die Gruppe zusammen. Nicht jeder kann jedes Mal dabei sein. An einem Wochenende haben wir eine Gruppe von zehn Personen, am nächsten sind es nur zwei, die sich zum Mittagessen treffen. Und es sind nicht nur die Ehefrauen oder Lebensgefährtinnen, sondern auch Familienmitglieder oder Freunde, die nach dem Verlust eines Titans-Mitglieds den gleichen Kummer haben wie wir.

Heute ist ein besonderer Tag, denn die Mannschaft ist in der Stadt und morgen ist ein Heimspiel, sodass Stone und Harlow sich bereit erklärt haben, sie bei sich aufzunehmen. Stone hat bei dem Unfall seinen Bruder Brooks verloren und ist aus der Minor League hochgerufen worden, um seinen Platz im Team einzunehmen. Sie wohnen in einem schönen renovierten Lagerhaus mit mehreren Wohnungen darin ein paar Blocks nördlich des Flusses, nur eine kurze Fahrt vom Stadion entfernt. Ich finde einen Parkplatz zwei Blocks weiter. Als ich zum Eingang des Wohnblocks gehe, sehe ich, wie Cannon West aus seinem Auto aussteigt. Er schließt es ab, steckt den Schlüssel ein und nickt zu der Tasche in meiner Hand.

„Was hast du mitgebracht?"

„Nudelsalat. Und du?"

Er hält eine Einkaufstüte hoch. „Snickers Minis."

Lachend umarme ich ihn mit einem Arm. „Auch gut."

Der Trainer der Titans kommt zu einigen unserer

Treffen, und beim allerersten, bei dem er dabei war, bestand er darauf, dass wir ihn duzen sollen. Er hat bei dem Absturz niemanden verloren, aber er ist da, um uns als jemand zu unterstützen, der in seinem Leben ebenfalls Verluste erlitten hat. Wir plaudern den ganzen Weg in das Gebäude und die Treppe hinauf in den zweiten Stock, an dessen Ende sich die Wohnung von Stone und Harlow befindet. Auf dem Flur ist bereits Gelächter zu hören, und das höre ich sehr gern. Cannon und ich lächeln.

Bevor er die Tür erreicht, fragt er: „Wie läuft es mit dem neuen Job?"

Die Frage löst Freude in mir aus. „O mein Gott, sehr gut. Ich meine, es gibt so viel zu lernen, aber Brienne ist eine geduldige Lehrerin."

„Sie hätte sich niemand besseren für die Leitung der Stiftung ihres Bruders aussuchen können."

Sein Kompliment wärmt mich, denn ich kämpfe jeden Tag mit dem Hochstaplersyndrom. Von dem Moment an, als Travis geboren wurde, war es meine Aufgabe, seine Mutter zu sein. Mitch verdiente genug Geld, damit ich nicht arbeiten musste, und ich ging nie zurück aufs College. Meine Aufgabe war es, das Leben meines Sohnes und meines Mannes so gut wie möglich zu gestalten. Seit Mitchs Tod war es nicht einfach. Weder emotional noch finanziell. Briennes Jobangebot als Leiterin einer neuen Wohltätigkeitsorganisation, die sie nach ihrem Bruder benannt hat, begeisterte mich. Es kam genau zum richtigen Zeitpunkt, denn ich war kurz davor, das Handtuch zu werfen und nach Hause nach Massachusetts zu gehen, wo meine Eltern Travis und mich gern aufgenommen hätten.

Aber jetzt habe ich ein Ziel, und Brienne zeigt mir,

dass ich sowohl Mutter als auch berufstätig sein kann. Sie hilft mir zu erkennen, dass ich mich in jeder Hinsicht um meinen Sohn kümmern kann, und das gibt mir Kraft. Nach den vergangenen zehn Monaten fühlt es sich gut an, dazu in der Lage zu sein.

Kapitel 3

Ich kenne alle Leute hier, und trotzdem fühle ich mich ausgesprochen unwohl. Als ich bei Stone und Harlow ankomme, empfängt mich Harlow an der Tür. Sie packt mich am Arm und zieht mich in die Küche.

„Hier stehen Essen und Getränke. Bediene dich und komm dann zu uns ins Wohnzimmer."

Ich lade einen Teller mit verschiedenen Speisen voll, die die Leute mitgebracht haben. Es gibt eine Schale mit Snickers, und ich vermute, dass sie vom Coach ist. Ich weiß zwar, dass er zu einigen dieser Treffen kommt, aber ich bin mir sicher, dass er heute hier ist, um zu checken, ob ich auch da bin. Ich habe nichts mitgebracht, weil Coach West es mir nicht aufgetragen hat, aber Harlow hat mir versichert, dass das nicht nötig ist.

Im Wohnzimmer lande ich neben den Türen zum Balkon und unterhalte mich mit Hendrix und Coen. Wie passend. Alle drei Glückspilze zusammen.

Man sollte meinen, ein solches Erlebnis würde uns eng zusammenschweißen, aber seltsamerweise sprechen wir drei nie über den Unfall. Sicher, wir haben uns in den Wochen danach gegenseitig unterstützt und uns auf mehreren Beerdigungen und Gedenkfeiern von den Opfern verabschiedet. Aber schließlich haben wir alle irgendwie weitergemacht, weil wir die Saison mit einem neuen Team fortsetzen mussten.

Hendrix und ich konnten uns auf Eishockey konzentrieren, während das Team wieder aufgebaut wurde. Coen ist leider eine Zeit lang auf die schiefe Bahn geraten und wurde schließlich suspendiert. Zum Glück hat er sich im Sommer wieder aufgerappelt, und jetzt ist er zurück, verliebt und spielt besser denn je.

Mir ist klar, dass ihre Freundinnen nicht dabei sind, und ich frage mich, ob diese Veranstaltung nur für diejenigen offen ist, die einen geliebten Menschen verloren haben. Harlow ist anwesend, aber sie wohnt hier und Stone ist der Gastgeber. Außerdem war sie mit seinem Bruder Brooks befreundet.

„Wo ist Stevie?", frage ich Hendrix.

„Arbeiten", sagt er und taucht eine Gurkenscheibe in einen Dip.

„Und Tillie?", frage ich Coen.

„Sie wollte mitkommen, musste aber zurück nach Coudersport. Sie leitet eine Kunstausstellung."

Nun, das beantwortet diese Frage. Offenbar ist die Gruppe offen für Ehefrauen und Freundinnen. Ich sehe Brienne hier, aber nicht Drake, der wahrscheinlich Zeit mit seinen Jungs verbringt.

Es sind nicht nur Spieler im Flugzeug gestorben. Ich sehe Boyd Frazer; seine Frau Jessie war eine unserer Trainerinnen. Er wohnt in Pittsburgh und ich habe ihn schon lange nicht mehr gesehen.

Es gibt hier eine Handvoll Witwen. Maggie Pearsall, die mit Cory, einem unserer Verteidiger, verheiratet war. Sie ist immer noch in der Gegend, weil sie auch in Pittsburgh wohnt.

Kateryna Kozar, die mit unserem First-Line-Center Maksym verheiratet war, ist hier. Beide kommen aus der Ukraine. Ich habe Kateryna auf einigen der Partys nach den Spielen gesehen und gewusst, dass sie mit einem Arbeitsvisum mit ihren beiden Töchtern in Pittsburgh geblieben ist.

Und Danica Brandt, Witwe unseres linken Außenstürmers Mitch. Auf der Weihnachtsfeier der Titans wurde bekannt gegeben, dass sie eine neue Wohltätigkeitsorganisation leiten wird, die Brienne gegründet und nach ihrem Bruder benannt hat. Die Adam Norcross Charitable Foundation. Das ist ein faszinierendes Konzept, an das ich bisher nicht gedacht habe. Ihr Hauptziel ist es, die Angehörigen von Profisportlern und Betreuern zu unterstützen, die entweder verstorben oder arbeitsunfähig geworden sind und nicht mehr spielen können. Sie ist nicht nur für den Eishockeysport und auch nicht nur für die Vereinigten Staaten gedacht, sondern eine weltweite Stiftung, die von Danica geleitet werden wird.

Ich habe mich gefreut, das zu hören, und es war schön, sie vorletzte Woche auf der Weihnachtsfeier wiederzusehen. Natürlich kenne ich einige der Angehörigen besser als andere, aber Danica kenne ich gut. Mitch und ich haben in derselben Line gespielt, also haben wir viel mehr zusammen abgehangen als einige der anderen Spieler. In den Jahren, in denen wir zusammengespielt haben, war ich bei ihnen zu Hause zum Essen, habe ihre Eltern und andere Familienmitglieder getroffen, die zu Besuch kamen, und einmal bin ich mit ihm in Travis' erste Klasse gegangen, um den Kindern Märchen vorzulesen.

Ich habe einen lockeren Kontakt zu Danica gehalten. Sie kommt immer noch zu einigen der Spiele, After-Partys und Teamveranstaltungen, da Brienne dafür sorgt, dass alle Familienmitglieder des ehemaligen Teams eingeladen werden. Anfangs kam Danica nicht, weil sie wahrscheinlich in ihrer Trauer versunken war. Aber in dieser Saison habe ich sie öfter mal gesehen, und es war schön, wie ihr Lächeln mit der

Zeit immer strahlender wurde.

Wenn ich mir Danica jetzt ansehe, weiß ich nicht genau, wie das vergangene Jahr für sie gelaufen ist. Ich bin etwas überrascht, dass sie in der Gegend geblieben ist, da sie hier sonst niemanden hat. Ich weiß, dass ihre ganze Familie – und die von Mitch – in Massachusetts lebt.

Natürlich habe ich sie nie nach den Gründen gefragt, warum sie nicht nach Hause zurückgekehrt ist. Wir haben uns nur kurz unterhalten, manchmal beiläufig bei Veranstaltungen, aber soweit ich das beurteilen kann, scheint es ihr gut zu gehen.

Genau wie mir.

„Alter." Eine Hand klammert sich um meine Schulter und ich drehe mich zu Stone um. „Der Coach hat gesagt, du würdest kommen. Schön, dass du da bist."

Er ist offensichtlich von meiner Anwesenheit überrascht. Seit dem Unfall sind zehneinhalb Monate vergangen und ich war noch nie auf einem dieser Treffen, und ich habe mit Stone auch noch nie über den Unfall gesprochen, außer um ihm mein Beileid wegen seines Bruders auszusprechen.

„Der Coach hat es sozusagen angeordnet", sage ich.

Stone nickt. „Weil du gestern beim Training gefehlt hast."

Ich zucke mit den Schultern, während ich Coen und Hendrix ansehe, die mich ohne Rüge und verständnisvoll ansehen. Aber wie können sie etwas verstehen, wenn nicht einmal ich weiß, was mit mir geschieht?

„Siehst du", sagt er. „Du kennst all diese Leute. Keiner ist ein Fremder. Du brauchst keine Bedenken zu haben. Geh und amüsiere dich."

„Gut", sage ich mit einem halben Lächeln, damit er

weiß, dass ich Spaß mache. „Aber wenn mich jemand fragt, ob ich darüber reden will, und meine Gefühle zeigen, bin ich weg."

Stone lacht schallend. „So ist es nicht, mein Freund. Aber es gibt keinen einzigen Menschen in diesem Raum, dem du deinen Kummer nicht anvertrauen könntest. Jeder versteht dich. Sie würden dir alle den Rücken stärken."

Okay, jetzt fühle ich mich unbehaglich. Ich bin nicht gekommen, um über meine Gefühle zu reden. „Mir geht's gut, Stone. Wirklich."

„Nun, mir nicht." Ich blinzele überrascht über dieses Eingeständnis, denn seit Monaten scheint er das Leben zu lieben. „Es vergeht kein Tag, an dem ich nicht an meinen Bruder denke. Es vergeht kein Tag, an dem ich mich nicht schuldig fühle, weil ich im Team bin, während er nicht da ist."

„Geht mir genauso", sagt Coen leise und Hendrix nickt.

Ich bin sprachlos, dass diese drei Männer wie beiläufig über die anhaltenden Probleme nach dem Unfall sprechen können. Sie scheinen gut damit umzugehen.

Genau wie ich.

Coen lächelt. „Es dauert lange, bis man den Verlust eines geliebten Menschen verwunden hat. Du und ich, wir haben an diesem Tag viele von ihnen verloren. Wenn du reden willst, bin ich immer für dich da. Aber um dich zu beruhigen, das hier ist ein geselliges Beisammensein. Mehr Kameradschaft als alles andere."

Mein Blick fällt auf Coach West. Das ist nicht der Eindruck, den er auf mich gemacht hat, aber mit Leuten abzuhängen, die ich mag, klingt gar nicht so schlecht. Ich bin von Natur aus ein geselliger Typ.

Der Coach ist in ein Gespräch mit Brienne vertieft, und ich frage mich, ob sie über mein verpasstes Training reden. Das ist nicht wirklich etwas, was dem Besitzer des Teams zur Kenntnis gebracht werden würde, aber Brienne ist eng mit ihren Spielern verbunden.

„Camden." Eine sanfte Stimme hinter mir.

Ich drehe mich um.

Danica Brandt.

Sie grinst und breitet die Arme aus. „Es ist so schön, dich zu sehen."

Ich ziehe sie mit einem Arm an mich, da meine andere Hand mit meinem Teller beschäftigt ist. „Zweimal in weniger als zwei Wochen. Muss mein Glückstag sein."

Danica lacht, drückt mich noch einmal, und ich lasse sie los, damit sie zurücktreten kann. Ich bemerke, dass die Jungs sich verzogen haben und uns allein lassen.

„Ich bin froh, dass du gekommen bist", sagt sie und ihre sanften braunen Augen sind voller Zuneigung.

Ich nicke Coen und Hendrix zu, die zu Boyd gegangen sind. „Besser spät als nie, was?"

Sie blickt zu den beiden hinüber und dann wieder zu mir. „Für Hendrix ist es das erste Mal. Coen war in dieser Saison schon auf einigen Treffen."

Das überrascht mich. Als ich die beiden hier gesehen habe, nahm ich an, dass sie Stammgäste wären.

Sie muss das in meinem Gesicht gelesen haben, denn sie fügt hinzu: „Ich habe mit Hendrix auf der Weihnachtsfeier darüber gesprochen. Es kam im Gespräch auf, und ich habe ihn gedrängt, zu kommen."

Danica und ich haben uns bei demselben Treffen ein wenig unterhalten und sie erwähnte diese Selbsthilfegruppe nie. Ich meine, ich wusste davon. Vage. Aber da ich mich nie für so etwas interessiert habe, habe ich es irgendwie verdrängt. Ich frage mich, ob sie das an mir ablesen konnte oder ob es vielleicht in einem unschuldigen Gespräch mit Hendrix zur Sprache kam, sodass sie die Einladung ausgesprochen hat.

Trotzdem ertappe ich mich dabei, dass ich zugebe: „Der Coach hat mich dazu gebracht."

Danica Brandt ist eine unglaublich schöne Frau. Sie ist eines dieser hübschen Mädchen von nebenan mit glänzendem, karamellfarbenem Haar, das zu ihrem olivbraunen Hautton und ihren rehbraunen Augen passt. Diese Augen werden noch weicher, als sie erfährt, dass ich wegen des Flugzeugunglücks Probleme haben könnte.

Ich warte darauf, dass sie mich schubst, aber stattdessen wirft sie einen liebevollen Blick durch den Raum, bevor sie mich wieder ansieht.

„Dies ist ein absolut sicherer Ort für dich, nicht nur um über deine Erfahrungen zu sprechen, sondern auch um zu schweigen, wenn du willst. Manchmal reicht es schon, unter Gleichgesinnten zu sein. Mein Rat an dich: Genieße das Wiedersehen mit alten Freunden."

Und einfach so durchströmt eine gewaltige Erleichterung meinen Körper und die zuvor aufgestaute Spannung löst sich in Luft auf. Mir war gar nicht bewusst, wie viel Angst ich davor hatte, mich in einer Umgebung aufzuhalten, in der ich vielleicht über den Unfall und meine Gefühle sprechen müsste. Und obwohl Coen vor zwei Minuten im Grunde das Gleiche gesagt hat, vertraue ich aus irgendeinem Grund mehr darauf, als es von Danica kommt.

Sie sieht die Erleichterung in meinem Gesicht, was mir zeigt, wie einfühlsam sie ist, und gibt mir einen kleinen Schubs mit dem Ellbogen. „Ein Kinderspiel.“

Ich beschließe, ihren Rat anzunehmen und die Zeit zu nutzen, um Kontakte zu knüpfen. Wir haben zwar auf der Party miteinander geredet, aber in einer Gruppe von Leuten, und ich hatte keine Gelegenheit für ein persönliches Gespräch. Es ist schon ein paar Monate her, dass ich mit ihr reden konnte.

„Was macht Travis heute?“

Ihr Lächeln wird breiter und enthüllt zwei Grübchen, die ich wohl noch nie bemerkt habe, oder sie haben nur keinen Eindruck bei mir hinterlassen. Ich bin ganz fasziniert.

„Nächste Woche fängt er mit dem Jugendeishockey an, deshalb ist er heute mit seinen Kumpels auf dem Eis, um zu trainieren. Er ist so aufgeregt, dass er schon seit Tagen von nichts anderem mehr spricht.“

„Er wird bestimmt ein Flügelspieler wie sein Vater“, sage ich, weil ich weiß, dass das nicht beleidigend sein wird, aber ich bin mir nicht sicher, ob es sie traurig macht. Ich habe Travis beim Schlittschuhlaufen gesehen und er hat die gleiche Geschwindigkeit und Geschicklichkeit wie Mitch.

Danicas Lächeln wird nicht schwächer, aber ich sehe einen kurzen Anflug von Trauer. „Das sagt er auch. Aber er ist nervös, weil er letztes Jahr nicht gespielt hat. Alle anderen Jungs haben ihm eine ganze Saison voraus.“

„Er hat genug Talent, um das aufzuholen“, versichere ich ihr. Ich habe gesehen, wie der Junge Schlittschuh läuft und mit dem Puck umgeht, wenn er mit seinem Vater und einigen anderen aus dem Team herumgealbert hat. „Aber wenn er ein bisschen mehr Training braucht, helfe ich ihm gern.“

„Wirklich?“, fragt sie und der Hauch von Überraschung und Dankbarkeit in ihrer Stimme überrascht mich.

Es ist der Klang von jemandem, der nicht oft um Hilfe bittet und schockiert scheint, wenn sie angeboten wird. Ein Anflug von Schuldgefühlen durchfährt mich. Habe ich nach Mitchs Tod nicht genug für sie getan? Habe ich je genug für einen der Angehörigen getan?

„Auf jeden Fall. Ich würde ihm gern helfen. Wir haben morgen ein Heimspiel und am Mittwoch ein Auswärtsspiel. Ich könnte am Donnerstagnachmittag da sein. Wann kommt er aus der Schule?“

Danica scheint für einen Moment sprachlos zu sein, fängt sich aber wieder. „Ich hole ihn um drei Uhr ab.“

„Dann hole ich ihn um halb vier und bringe ihn um halb sechs wieder nach Hause. Wäre das okay?“

Sie nickt überschwänglich. „Ja, das wäre großartig. Er wird begeistert sein. Du weißt ja, dass ich mit ihm in unserer Einfahrt spiele, aber ich kann ihm keine Tipps geben, wie es sein Vater hätte tun können.“

Ich lache. „Du kennst dich mit Eishockey aus, aber ich bin nun mal ein Profi.“

Sie erwidert das Lachen. „Ich schicke dir unsere neue Adresse.“

Ich hebe die Augenbrauen. „Du bist umgezogen?“

„Ähm … ja“, sagt sie und streicht sich die Haare hinters Ohr. „Das Haus war zu groß für uns, weißt du.“

Ja, ich weiß. Sie haben in einem monströsen Haus in einer bewachten Wohnanlage gewohnt. Wahrscheinlich enthielt es zu viele Erinnerungen. Ich sehe, dass das Thema sie ein wenig nervös macht, also gehe ich nicht näher darauf ein.

„Ich verstehe schon“, versichere ich ihr.

„Hör zu“, sagt sie zögernd und tritt etwas näher. „Es gibt etwas, bei dem ich dich um Hilfe bitten möchte.“

Ich beuge mich zu ihr, da sie jetzt sehr leise spricht. „Worum geht es?“

„Ich bin nicht gut im Anwerben von Spendern, aber als Leiterin der neuen Stiftung ist es Teil meiner Aufgabe, die Finanzierung sicherzustellen.“

„Du willst Geld? Ich bin gern bereit, zu spenden.“

Sie grinst mich an und die Grübchen erscheinen wieder. Ich sollte nicht daran denken, dass sie dadurch noch hübscher wird. „Ja, ich nehme dein Geld gern, aber das ist es nicht, was ich dich fragen wollte. Ich versuche, einen großen Firmensponsor zu gewinnen, und der Geschäftsführer gibt für seinen sechzehnjährigen Sohn eine Geburtstagsparty. Er hat schon angedeutet, dass er als Sponsor einsteigen würde, wenn ich ihm die Titans ein wenig näherbringen kann.“

„Aha“, sage ich. „Klar. Was soll ich machen?“

„Komm mit mir zur Party. Und vielleicht hast du ein signiertes Trikot für den Jungen. Mach ein paar Fotos mit den anderen, gib ein paar Autogramme. Es ist Samstag, und ich weiß, dass es zwischen zwei Heimspielen ist, also ist es deine Freizeit. Mir ist klar, dass das recht viel verlangt ist …“

„Ich bin dabei“, sage ich und bin selbst etwas überrascht. Ich schätze meine Freizeit, und auf einem Teenager-Geburtstag abzuhängen, ist nicht meine Vorstellung von Entspannung. „Finde heraus, wie viele Kinder da sind, und ich besorge Trikots für alle."

„O nein", sagt sie kopfschüttelnd und hebt die Hände. „Ich kann dich nicht bitten, das zu bezahlen."

Lachend lege ich meine Hand auf ihre Schulter. „Ich muss nicht dafür bezahlen. Brienne spendiert das, und es ist ihre Stiftung, also weiß ich, dass sie sich darüber freuen wird. Du musst in größeren Maßstäben denken, Dani."

Ihr Spitzname rutscht mir einfach so heraus, ein Beweis dafür, dass ich diese Frau viel besser kenne, als ich mich erinnern kann. Jahrelang habe ich mit Mitch in derselben Line gespielt, bei Dutzenden von Mannschaftsveranstaltungen, Partys und Geburtstagsfeiern war sie dabei. Viele ihrer Freunde nennen sie so.

Auch Mitch tat das.

„Ich weiß", sagt sie gespielt schuldbewusst. „Ich habe doch gesagt, dass ich es hasse, um etwas zu bitten. Ich mag es nicht, den Leuten zur Last zu fallen."

„Glaub mir." Ich lasse ihre Schulter los und lächele ermutigend. „Reiche Leute um Spenden, Patenschaften oder Zeit zum Helfen zu bitten, ist für sie keine Last. Das ist der Preis dafür, reich zu sein. Du musst diese Angst ablegen."

Sie lächelt schief. „Ich werde deinen Rat beherzigen."

Coach West nähert sich, und als Danica ihn sieht, erstrahlt ihr Lächeln zu voller Wattstärke. „Cannon." Sie stößt ihn spielerisch mit dem Ellbogen an. „Ich habe dich vorhin nicht gefragt, aber ich habe gehört, dass du ein neues Schätzchen hast. Ich muss sie kennenlernen."

„Das wirst du auch", sagt er und die Zuneigung in seiner Stimme klingt nach ihm.

Er hat einen harten Weg hinter sich, denn er hat seine Frau an Krebs verloren, aber mit Ava scheint er etwas Wunderbares gefunden zu haben.

Der Blick des Trainers fällt auf mich. „Schön, dass du es geschafft hast."

Als ob ich eine Wahl gehabt hätte. Ich lächele und zucke mit den Schultern. „Ich dachte, ich sehe mal nach, was es mit der ganzen Aufregung auf sich hat." Mein Blick fällt auf Danica. „Es ist schön, alte Freunde wiederzutreffen."

„Sehr schön", stimmt sie zu. „Jetzt werde ich mich mit einigen anderen treffen. Wir sehen uns dann am Donnerstag. Ich kann es kaum erwarten, es Travis zu erzählen."

„Bis dann."

Nachdem Danica gegangen ist, wendet sich Coach West an mich. „Siehst du, ich habe doch gesagt, dass es hier schön ist."

„Nein", antworte ich mit einem energischen Kopfschütteln. „Das hast du ganz sicher nicht gesagt."

Er schnaubt und blickt zurück zu Danica. „Schön, Freundschaften wieder aufzufrischen, was?"

„Ich denke schon. Travis fängt nächste Woche mit dem Jugendeishockey an. Ich werde ihm dabei helfen. Und ich habe mich überreden lassen, bei der Suche nach einem Sponsor für die Stiftung zu helfen."

Der Trainer klopft mir auf die Schulter. „Glaub mir, irgendwann wird jeder mal von Danica zu etwas überredet."

Ich beobachte, wie Danica im Gespräch mit einer

der Ehefrauen lacht. „Na ja, sie muss sich erst mal trauen zu fragen. Damit tut sie sich ein bisschen schwer.“

„Sie wird es schon schaffen“, meint er nachdenklich. „Sie hat bemerkenswerte Arbeit geleistet, um die Dinge für sich und Travis nach dem Unfall hinzubekommen. Sie hat eine harte Zeit hinter sich, aber sie ist immer noch stark.“

„Ja.“ Ich schaue mich noch einmal im Raum um und nehme jeden genau wahr. Keiner sieht traurig aus. Einige sind in Gespräche vertieft, andere lachen, so wie Danica. Dies ist wirklich keine melancholische Zusammenkunft von Menschen, die ihren Schmerz teilen wollen. Es scheint, als ob alle gut geheilt sind oder sich gut erholen. Ich frage mich, wie viel davon auf diese Gruppe zurückzuführen ist, in der sich von Anfang an alle gegenseitig gestützt haben. Hätte ich keine Albträume von Flugzeugen, die mich töten, wenn ich früh etwas dagegen getan hätte?

Ich werde es wohl nie erfahren, aber ich habe meine Verpflichtung gegenüber Coach West erfüllt, indem ich an diesem Treffen teilgenommen habe.

Kapitel 4

Nach ein paar weiteren Tastenanschlägen beende ich die E-Mail und drücke auf Senden. Mein Blick wandert vom Bildschirm zu dem Foto von Travis, das auf meinem Schreibtisch steht. Ich nehme mir einen Moment Zeit, um die Freude zu genießen, die sein Lächeln ausstrahlt. Das Foto wurde letztes Jahr zu Weihnachten aufgenommen, als er die nagelneuen Eishockeyschlittschuhe auspackte, die er sich gewünscht hatte.

Weihnachten war ein Wechselbad der Gefühle, denn es war das erste Fest ohne Mitch. Die festliche Stimmung vom Zauber, dem Staunen und der Aufregung der Feiertage halfen jedoch, die Traurigkeit darüber, dass er nicht dabei war, zu dämpfen. Außerdem hatte Travis einen kleinen emotionalen Meilenstein, mit dem ich nicht gerechnet hatte. Ein paar Wochen vor Weihnachten erzählte er mir, dass er etwas Ernstes zu besprechen habe, und ich erinnere mich, dass mein Herz wie verrückt klopfte und ich mich fragte, was es wohl sein könnte.

Wurde er in der Schule schikaniert? War er vielleicht an einem Mädchen interessiert? Ich dachte, dass er mit neun Jahren wahrscheinlich zu jung war, aber man weiß ja nie. Ich weiß, dass Mitch in dem Alter sicher nicht auf diese Weise an mir interessiert war. Ich stellte mir das Schlimmste vor, und als es schließlich eintrat, war es ziemlich schlimm.

Travis saß mir am Küchentisch gegenüber. „Gibt es den Weihnachtsmann wirklich? Und sei bitte ehrlich zu mir. Einige Kinder in der Schule sagen, er ist nur eine Erfindung."

Darauf war ich völlig unvorbereitet. In einer Million Jahren wäre mir nie in den Sinn gekommen, dass er diese Frage stellen würde. Bei allem, was in den vergangenen zehn Monaten passiert war, standen Zweifel am Weihnachtsmann nicht ganz oben auf meiner Liste der Dinge, mit denen ich als Alleinerziehende umgehen musste.

Ich bin mir sicher, dass ich es vermasselt habe, aber Mitch und ich haben uns als Eltern immer versprochen, dass wir ehrlich zu unserem Kind sein würden. Ich erklärte Travis den Mythos, die Tradition und die Magie des Weihnachtsmannes. Ich stolperte bei dem halbherzigen Versuch, unseren Betrug herunterzuspielen, indem ich es ein magisches Geschenk nannte, das wir ihm überreichten.

Travis schätzte die Ehrlichkeit, aber er war auch sauer.

Ein Lächeln umspielt meine Lippen, als ich mich daran erinnere, wie er die Arme vor der Brust verschränkte. „Ich kann nicht glauben, dass du mich all die Jahre über den Weihnachtsmann angelogen hast." Er hob sogar die Hände und machte Anführungszeichen mit den Fingern, als er das Wort Weihnachtsmann sagte.

Mein Blick schweift über das Foto meines Sohnes, der seine neuen Eishockeyschlittschuhe in die Höhe hält und strahlend lächelt. Sein Lächeln erfüllt mich mit Hoffnung und der Verheißung, dass in unserem Leben alles in Ordnung sein wird. Mit dem Geschenk dieser Schlittschuhe hat er seinen Ärger darüber überwunden, dass wir ihn angelogen haben, und er hatte ein verdammt schönes Weihnachten, obwohl Mitch nicht bei uns war.

Ich schaue mich in meinem kleinen Büro im Stadion der Titans um. Brienne hat mich in diesem Gebäude untergebracht, um die Stiftung zu leiten, da sie den Großteil ihrer Arbeit hier verrichtet. Sie leitet das Geschäftsimperium ihrer Familie, zu dem auch die Norcross Bank gehört. Sie ist in die Fußstapfen ihres Bruders getreten, um das Eishockeyteam zu leiten, nachdem sie Adam beim Flugzeugunglück verloren hat. Sie hat zwar einen Hauptsitz in der Innenstadt auf der anderen Seite des Flusses für ihre Familienbetriebe, aber sie arbeitet gern in Adams altem Büro.

Auch wenn sie sich aus dem Teammanagement zurückzieht und die Zügel dem Manager Callum Derringer überlässt, vermute ich, dass sie wegen unseres geschätzten Torwarts Drake McGinn gern auf dieser Seite des Flusses ist. Die beiden haben sich vor ein paar Monaten als Paar geoutet, und ich habe mehr als einmal gesehen, wie er in ihr Büro geschlendert ist, um mit ihr abzuhängen oder mit ihr am Schreibtisch zu Mittag zu essen. Sie sind so süß, wie ein Pärchen nur sein kann.

Es ist seltsam, ein Büro zu haben. Es ist seltsam, zu pendeln. In all den Jahren als Hausfrau und Mutter musste ich mich nicht durch den Berufsverkehr kämpfen. Heutzutage fahre ich, nachdem Travis in den Schulbus gestiegen ist, über die 40th Street Bridge zum Stadion. Obwohl ich nur etwa fünf Meilen von meinem Haus entfernt arbeite, kann es von meinem Viertel Lawrenceville aus bis zu fünfundzwanzig Minuten dauern, um hierher zu gelangen.

Dank Brienne arbeite ich nicht jeden Tag im Stadion. Ich hole Travis gern von der Schule ab, um ihm ein halbwegs normales Leben zu ermöglichen, wie er es vor dem Tod seines Vaters hatte. Oft arbeite ich von zu Hause aus, um mir die Fahrerei zu ersparen, und ich weiß sehr gut, wie glücklich ich mich schätzen kann, einen Job zu haben, der mir dieses Maß an Flexibilität ermöglicht. Und ich weiß, wie viel Glück ich habe, einen Job ergattert zu haben, der es mir ermöglicht, mich um meinen Sohn zu kümmern.

Die Arbeit für Brienne als Leiterin der Stiftung hat bisher meine kühnsten Träume übertroffen. Es ist eine ungeheuer schwierige Arbeit, vor allem weil ich nicht weiß, was zum Teufel ich da tue. Aber Brienne hat schon eine ganze Reihe von Wohltätigkeitsorganisationen gegründet und begleitet mich bei jedem Schritt. Sie sagt mir im Wesentlichen, was ich tun soll, und ich führe es aus, was eine großartige Möglichkeit ist, von Grund auf zu lernen.

Bevor ich mich dem nächsten Punkt auf meiner To-do-Liste zuwenden kann, nämlich eine von Brienne zur Verfügung gestellte Excel-Liste zu durchforsten, in der die Spender aufgelistet sind, die zu einer Reihe von vergangenen Spendenaktionen beigetragen haben, kommt niemand anderes als die Chefin persönlich in mein Büro.

Wie immer ist sie der Inbegriff von Schick und Haute Couture. Heute trägt sie einen rot-weiß-schwarz karierten Rock, der ihr bis zu den Knien reicht, kombiniert mit einem schwarzen Rollkragenpullover. Dazu trägt sie eine schwarze Strumpfhose und hochhackige Mary Janes, die ihr einen Hauch von sexy Schulmädchen verleihen. Ihr blassblondes Haar ist zu einem klassischen Dutt hochgesteckt, und ihr Make-up ist makellos, einschließlich ihrer charakteristischen roten Lippen, die ihr einen Hauch der Fünfzigerjahre verleihen.

Sie reicht mir eine Mappe über den Schreibtisch.

„Das sind die Lebensläufe der Kandidaten für die Sitze im Verwaltungsrat. Ich kenne die meisten von ihnen, aber ich möchte, dass du jeden einzelnen anrufst und interviewst. Das wird eine gute Übung für dich sein.“

Ich lege die Mappe auf meinen Schreibtisch und wische mir heimlich mit den Händen über den Rock, weil ich feuchte Hände bekommen habe. Ich bin zwar selbstbewusst genug, um zu wissen, dass ich klug und fähig bin, aber ich weiß, dass die Leute, die sie in dieser Mappe hat, allesamt erfolgreiche Geschäftsleute sind, die zu einer ganz anderen Gesellschaftsklasse gehören als ich. Das meine ich nicht in einer selbstironischen Weise. Es ist nur so, dass Brienne eine Multimilliardärin ist und die Leute, mit denen sie zu tun hat, zwar nicht in dieser Stratosphäre des Reichtums leben, aber dennoch verdammt reich und erfolgreich sind. Das bedeutet auch, dass sie launisch, durchsetzungsfähig und dickköpfig sein können. Sie hat mich bereits gewarnt, dass ich es mit Leuten zu tun haben könnte, die im Umgang mit mir grenzwertig unhöflich sind, weil sie keine Zeit für Nettigkeiten haben. Und jetzt will sie, dass ich mir an einigen dieser Leute die Zähne ausbeiße.

„Kein Problem“, sage ich fröhlich, obwohl mein Magen ein wenig schmerzt. Ich denke daran, dass ich diesen Job brauche und dass ich alles tun werde, was nötig ist, damit es funktioniert. Ich werde ihn zu meinem Beruf machen, damit ich mich immer gut um Travis kümmern kann.

Brienne zwinkert. „Ich habe alles Vertrauen der Welt in dich, Danica. Ich weiß, dass ich die einzig richtige Frau für diesen Job ausgewählt habe.“

Das stärkt in der Tat mein Selbstvertrauen.

„Hast du in der Mittagspause schon was vor?“, fragt sie. „Ich wollte einen Salat bestellen. Du bist herzlich eingeladen, in meinem Büro mit mir zu essen.“

„So schön das auch klingt, aber ich treffe mich mit deiner zukünftigen Schwägerin im Primanti’s.“

Briennes Augen leuchten. „Ich freue mich, dass du und Kiera euch gut versteht.“

Kiera ist die Schwester von Drake, die im Oktober hierher gezogen ist, um ihm bei der Betreuung seiner Jungs zu helfen, wenn er auf Reisen ist. Mir ist auch aufgefallen, dass Brienne nicht geleugnet hat, dass sie eines Tages miteinander verheiratet sein werden, und das bringt mich zu der Frage, ob sie bereits daran denken.

„Wie wäre es, wenn du mitkommst?“, schlage ich vor. „Du weißt, dass das Primanti’s viel besser ist als ein Salat.“

Brienne lacht und wedelt mit dem Zeigefinger. „Ich lasse mich von solchen Köstlichkeiten nicht in Versuchung führen. Aber ich habe wirklich keine Zeit. Ich habe um ein Uhr eine Besprechung.“

Ich schaue auf meine Uhr und sehe, dass ich mich auf den Weg machen muss, wenn ich Kiera pünktlich treffen will. Ich stehe auf und greife in meine Schublade, um meine Handtasche zu holen. „Ich werde an dich denken, während du dein Kaninchenfutter isst.“

Ich gehe um den Schreibtisch herum und nehme meinen Wollmantel von der Rückseite der Tür. Als ich ihn anziehe, sagt Brienne: „Du solltest nach dem Mittagessen einfach für den Rest des Nachmittags nach Hause gehen. Es macht keinen Sinn, noch mal herzukommen, bevor du Travis abholen musst.“

Es liegt mir auf der Zunge, ihr zu versichern, dass es mir nichts ausmacht, zurückzukommen, auch wenn sie recht hat. Es wäre nur für etwa eine halbe Stunde. Brienne hat mich mehr als einmal ermahnt, nicht mehr zu widersprechen, wenn sie solche Angebote macht.

Also nicke ich. „Ich glaube, das werde ich tun."

***

Kiera kam früher als vereinbart, und als ich reinkomme, sitzt sie schon am Tisch mit unserem Essen. Seit Brienne uns im November vorgestellt hat, ist dies eines unserer Lieblingslokale zum Mittagessen.

Als Kiera hierher zog, stellte Brienne uns vor. Kiera wurde ziemlich krank, während Drake bei einem Auswärtsspiel war, und befand sich in einer prekären Lage, weil sie zu schwach war, um sich um die drei Jungs zu kümmern. Brienne half ihr gern, aber sie merkte, dass Kiera mehr Unterstützung brauchte. Brienne kannte mich schon vor dem Unfall, da Mitch schon fast ein Jahrzehnt im Team war. Sie fragte mich, ob es mir etwas ausmachen würde, mich mit Kiera anzufreunden, was ich auch tat. Es stellte sich heraus, dass Kiera in kürzester Zeit eine gute Freundin wurde. Wir haben so viele Gemeinsamkeiten, aber was uns vor allem verbindet, ist unser gemeinsamer Sinn für Humor. Der ziemlich derb werden kann.

Ich winke Kiera zu, als ich auf den Ecktisch zusteuere, und sie hebt ihr Kinn, während sie in ihr Sandwich beißt. Als ich mich auf den Stuhl setze, murmelt sie einen Gruß, den Mund voll Pastrami mit Pommes und Krautsalat. Ich habe das gleiche Sandwich vor mir und beginne sofort, es auszupacken.

Nachdem sie geschluckt hat, wischt sie sich den

Mund ab und trinkt von ihrem Wasser. „Toll, was du mit deinen Haaren gemacht hast“, sagt sie.

Nervös zupfe ich an einer Strähne. Ich habe mein dunkelbraunes Haar immer gleichlang bis kurz über die Schultern getragen, aber neuerdings trage ich einen Stufenschnitt. Keine Ahnung, warum. Vielleicht aus dem Wunsch heraus, mich ein wenig anders zu fühlen. „Sieht es nicht dumm aus?“

Kiera rollt mit den Augen. „Ich werde das nicht einmal einer Antwort würdigen. Jemand, der so unfassbar schön ist wie du, hat kein Recht, so dumme Fragen zu stellen.“

Ich schnaube, löse ein Stück Pommes von meinem Sandwich und winke ihr damit zu. „Du hast leicht reden, Miss Supermodel.“

„Okay, okay, schon kapiert. Wir sind beide umwerfend schön. Was die Frage aufbringt, warum wir deprimierenderweise Singles sind.“

Jeder andere Mensch auf der Welt, einschließlich jedes einzelnen Familienmitglieds, hätte das nie laut gesagt. Es ist jetzt zehn Monate her, dass Mitch gestorben ist, und niemand hat je die Möglichkeit erwähnt, dass ich mich wieder verabreden könnte. Jemanden zu finden, den ich wieder lieben könnte. Möglicherweise wieder zu heiraten.

Nicht, dass ich darüber überhaupt nachdenken würde. Es ist mir tatsächlich noch nicht in den Sinn gekommen. Ich bin so sehr damit beschäftigt, Travis ein gutes Leben zu bieten und eine neue Karriere zu starten, dass Dating und Beziehungen auf meiner Prioritätenliste so weit unten stehen, dass ich diese Dinge nicht einmal im Blick habe.

Doch ich liebe Kiera dafür, dass sie keine Angst hat, so etwas zu mir zu sagen. Denn natürlich rechne ich damit, dass ich eines Tages wieder ein Date haben werde. Ich kann mir vorstellen, dass ich mich noch einmal verlieben könnte. Mitch war zwar mein Seelenpartner, aber ich glaube nicht, dass man in diesem Leben nur einen haben kann. Ich finde es toll, dass Kiera den Mut hat, nicht wie auf rohen Eiern um solche Themen herumzutänzeln.

„Du bist ja nur Single, weil du dich nicht verabreden willst“, sage ich.

Kieras Augen funkeln. „Verabredungen sind etwas für Romantiker. Ich möchte einfach nur Spaß haben. Etwas super Ungezwungenes mit einem Hengst von einem Mann. Was ist deine Ausrede?“

„Ich habe keine Zeit für Verabredungen“, sage ich und nehme mein Sandwich in die Hand, um einen Bissen zu essen. „Was ist deine Ausrede dafür, dass du noch keinen Hengst gefunden hast, mit dem du dich amüsieren kannst?“

Kiera zieht eine Augenbraue hoch. „Oh, ich weiß nicht, wie wäre es mit der Tatsache, dass ich einen Vollzeitjob habe und auf drei Neffen aufpasse?“

Ich grinse schelmisch, als ob mir dieser Gedanke nicht auch schon gekommen wäre. „Ich schätze, wir sitzen im selben Boot.“

Ich versenke meine Zähne in diesen ersten üppigen Bissen und stöhne vor Genuss. Wer auch immer sich diese Kombination aus Pommes und Krautsalat als Teil eines Sandwiches ausgedacht hat, ist ein Genie.

Kiera sieht mich an, während sie ihre Brille in den Händen hält. „One-Night-Stands sind viel einfacher als Verabredungen. Ein kleines Rein-raus-Dankeschön ist wirklich alles, was wir brauchen.“

„Nun, das ist nicht gerade etwas, wovon ich etwas verstehe. Mitch war mein Ein und Alles.“

Kieras Mund bleibt offen stehen, als könnte sie nicht glauben, dass so etwas möglich ist. „Stimmt ja. Er war dein erster Freund, also ist er auch dein erster …“

Sie hält inne, aber ich verstehe, worauf sie hinauswill. „Ja. Ich war noch nie mit einem anderen Mann als Mitch zusammen. Also hatte ich auch noch nie einen One-Night-Stand.“

„Ist Mitch jemals vom Stadion nach Hause gekommen nur für einen Quickie?“

„Ja.“ Ich seufze wehmütig. „Das ist er.“

„Dann zählt das als One-Night-Stand. Ein monogamer, wohlgemerkt, aber trotzdem ein Schäferstündchen.“

Ich lache. „Ich fühle mich so modern.“

Kiera sieht mich an. „Ich habe die Kunst des Nicht-monogamen-One-Night-Stands perfektioniert, also wenn du jemals einen Rat brauchst, frage mich einfach.“

Das weckt meine Neugierde. „Hattest du Gelegenheitssex, seit du in Pittsburgh bist?“

„Ja“, sagt Kiera mit einem stolzen Heben des Kinns und einem zufriedenen Glitzern in den Augen. „Und es war verdammt geil.“

„Ich möchte so werden wie du, wenn ich groß bin“, scherze ich, während ich mein Sandwich wieder in die Hand nehme.

Das Gerede über Sex lässt nach und wir plaudern über das Leben und alles Mögliche. Kiera ist eine dieser Frauen, mit denen ich mich stundenlang unterhalten könnte. Unsere Gesprächsthemen reichen von Sex über Weltpolitik bis hin zu kitschigen Filmen. Wir verbringen viel Zeit damit, uns über die Erziehung von Jungs auszutauschen, da sie sich sehr um ihre Neffen kümmert.

Als wir fertig sind, sammeln wir unseren Müll ein und werfen ihn in den Mülleimer. Draußen knöpfe ich meinen Mantel zu und schlage gegen die Kälte den Kragen hoch. Der Himmel ist dunkelgrau und es riecht nach kommendem Schnee.

„Wir sollten die Jungs bald zusammenbringen", sagt Kiera. „Vielleicht kann Travis mal bei uns übernachten."

„Das würde ihm gefallen." Ich schaue auf meine Armbanduhr. „Ich muss los. Travis wird wütend sein, wenn ich zu spät komme, weil er heute Nachmittag mit Camden Schlittschuhlaufen geht."

„Wirklich?" Kiera zieht eine blonde Augenbraue hoch und grinst leicht, was mir sagt, dass sie etwas daraus macht, was nicht existiert.

„Er ist nur ein Freund. Ich kenne ihn schon lange und Travis kennt ihn auch. Er hat mir angeboten, ihn zu trainieren, weil Travis nächste Woche mit dem Jugendeishockey anfängt."

„Das ist großartig", sagt sie und wir gehen den Block entlang zum Parkhaus. Sie hakt sich bei mir unter. „Mir ist aufgefallen, dass Camden unglaublich gut aussieht."

Damit hat sie nicht unrecht. Er hat dunkelblondes Haar, das er zu lang und unordentlich trägt. Es sieht aus, als wäre er gerade aus dem Bett gekommen, aber auf eine coole Art. Er hat ständig einen Dreitagebart, und ich weiß nicht, ob ich ihn jemals glatt rasiert gesehen habe. Vielleicht bei der Beerdigung von Mitch.

Die Kombination aus dem Gedanken, wie gut Camden aussieht, und der unverblümten Erinnerung, dass mein Mann vor weniger als einem Jahr gestorben ist, wirkt wie ein Eimer kaltes Wasser, mit dem ich übergossen werde. Es ist fast so, als ob Kiera meine gemischten Gefühle spürt. Sie drückt beruhigend meinen Arm.

„Es ist absolut nichts Falsches daran, wenn du einen Mann wegen seines Aussehens bewunderst.“

Ich seufze, während wir den Bürgersteig entlanggehen, und drücke ihren Arm fester an mich. „Ich weiß. Und ich liebe dich dafür, dass du versuchst, die Dinge für mich zu normalisieren. Nicht *eine* andere Person in meinem Leben hat jemals die Idee angesprochen, dass es etwas für mich nach Mitch geben könnte. Und ich sage nicht, dass das Camden sein könnte. Ich danke dir nur dafür, dass du mir noch einmal gesagt hast, dass es nicht falsch ist, weiterzuleben.“

„Ist es wirklich nicht. Außerdem wirst du dich deswegen nicht von Mitch trennen. Er wird immer ein Teil deines Lebens sein. Vielleicht betrachtest du es so, als würdest du eine neue Tür öffnen und dein Leben bereichern.“

„Dazu bin ich noch nicht bereit.“

„Aber es wird die Zeit kommen.“

Ich bleibe stehen und sehe sie an. „Woher weiß ich, wann es angemessen ist?“

Sie zuckt mit den Schultern. „Ich nehme an, du weißt es in deinem Herzen.“

Das ist viel zu vage, um zu helfen, aber ich denke auch, dass sie wahrscheinlich recht hat. Wie auch immer, im Moment steht das nicht auf meiner Agenda. Nicht aus Respekt vor Mitch oder dem, was wir hatten. Ich weiß, dass er erwarten würde, dass ich mein Glück finde, selbst mit jemand anderem. Im Moment habe ich aber zu viel um die Ohren, um an eine romantische Beziehung zu denken.

Kapitel 5

Camden

Danica und Travis wohnen im Vorort Lawrenceville, in einem hübschen Reihenhaus aus rotem Backstein mit schwarzen Zierleisten um die Fenster. Das Viertel ist zwar schön, gut gepflegt und liegt in einer sicheren Gegend, aber es ist ein gewaltiger Rückschritt gegenüber dem Haus, das sie in Edgeworth besaßen, einer der wohlhabendsten Gemeinden im Raum Pittsburgh.

Ich finde einen Parkplatz ein paar Häuser weiter. Wenn ich nach dem Äußeren gehen müsste, würde ich sagen, dass sie auch etwa dreihundert Quadratmeter Grundstück weniger hat. Danica erwähnte, ihr anderes Haus sei zu groß gewesen für sie beide, was ich ihr nicht abnehme. Sie und Mitch haben dieses riesige Haus mit der Vorstellung gebaut, es als sozialen Mittelpunkt für Travis zu benutzen, wenn er älter wird. Es hatte einen tollen Hobbyraum im Keller und einen wunderschönen Pool draußen für den Sommerspaß. Mitch und Danica haben sich ihr Haus immer als den Ort vorgestellt, an dem Travis mit seinen Kumpels abhängen kann.

Ich laufe die fünf Stufen der Treppe hinauf und klopfe an die Tür. Wenige Augenblicke später öffnet mir Danica. Sie trägt eine dunkelgraue Hose und eine blaue Bluse. Ihre Füße sind nackt, und es sieht aus, als hätte ich sie direkt nach ihrem Arbeitstag erwischt. Ihr Make-up ist dezent, aber sie braucht es auch gar nicht, da die Grübchen das Einzige sind, was man ansieht, wenn sie lächelt.

„Hi! Komm rein. Es ist eiskalt draußen."

Ich streife mir die Füße auf der Matte ab und trete in ein schmales Foyer.

Als sie die Tür hinter mir schließt, sagt Danica: „Wir sind gerade nach Hause gekommen. Travis ist oben und zieht sich um. Willst du etwas trinken?“ Ich folge ihr durch das Wohnzimmer in die Küche. „Ich kann Kaffee machen.“

Ich stecke die Hände in die Taschen und schaue mich um. „Nein, danke, ich brauche nichts.“ Es ist lange her, dass ich im Haus von Danica und Mitch in Edgeworth war, aber ich erkenne sofort, dass kein Möbelstück aus dem früheren Haus stammt. „Das ist ein schönes Haus.“ Ich richte den Blick wieder auf Danica, während sie Wasserflaschen aus dem Kühlschrank nimmt. „Auf jeden Fall praktischer für deinen neuen Job im Stadion.“

Danica nickt. „Das ist ein Pluspunkt, aber eigentlich ist es hauptsächlich bequemer zu Travis’ Schule. Da ich jetzt arbeite, ist es gut, dass er bei Bedarf den Bus nehmen kann.“

„Er geht auf eine Privatschule, richtig?“

Sie steckt das Wasser in einen kleinen Beutel mit Kordelzug und legt einen Apfel aus einer Schale auf dem Tresen dazu. „Ja, auf die Harrington. Die ist super. Travis hat sich wunderbar gemacht.“

Ich gehe näher an ein Regal mit Nippes und Bilderrahmen heran. Ich schaue mir die verschiedenen Fotos an. Die meisten sind von Travis mit Danica. Danica sieht es und sie lächelt liebevoll. Ich konzentriere mich auf ein Foto und deute darauf. Es zeigt einen Jungen und ein Mädchen, die schlammverschmiert in einem Garten stehen und in die Kamera grinsen. Dem kleinen Jungen fehlt ein Vorderzahn. „Ist das Mitch?“

Danica lacht. „Ja. Da war er sieben. Ich war erst fünf. Wir haben Regenwürmer gefangen, damit wir angeln konnten.“

Das erstaunt mich und ich sehe mir das Foto genauer an. Ja, das ist die kleine Danica. „Wart ihr Nachbarn oder so?“

„Ja. Unsere Gärten lagen nebeneinander und es gab ein Loch im Maschendrahtzaun. Wir schlüpften immer hindurch und spielten im Garten des anderen. Unsere Mütter waren Freundinnen, sie tauschten Rezepte über den Zaun hinweg aus. Mitchs Vater nahm uns zum angeln mit, und wir unternahmen alles zusammen, besonders im Sommer. Wir lebten zufällig in einer Wohngegend, in der hauptsächlich ältere, pensionierte Leute wohnten, sodass wir die einzigen Kinder in einem Umkreis von mehreren Blocks waren. Wir hatten keine andere Wahl, als Freunde zu sein.“

Lachend drehe ich mich zu ihr um. „Bitte sag mir, dass du Mitch dazu gebracht hast, mit dir mit Puppen zu spielen.“

Danica lacht und schüttelt den Kopf. „Mitch hat Glück gehabt. Ich war eher der klassische Wildfang.“

Ich habe zwar gewusst, dass Danica und Mitch schon in der Highschool zusammen waren, aber ich wusste nicht, dass sie sich schon viel länger kannten. Das ist eine ziemlich nette Geschichte.

Ich werfe noch einen kurzen Blick auf das Foto, bevor ich sie angrinse. „Dating seit dem zarten Alter von fünf Jahren.“

Danica schnaubt und dreht sich vom Regal weg. „Wohl kaum. Wir waren jahrelang nur Kumpels. Mitch hat mich nicht als weibliches Wesen betrachtet, bis ich fünfzehn wurde. Dann kam die Zahnspange ab, die Akne verschwand und meine Brüste begannen sich zu entwickeln. Ich war ein Spätzünder.“

Ich lache und stelle mir ein lustiges Bild vor, wie Mitch eines Tages einen Raum betritt und Danica zum ersten Mal als Frau sieht. Wahrscheinlich hat er sich gefragt, was zum Teufel mit ihr passiert ist. Sicherlich lachte sie ihn mit ihren Grübchen an und es war um ihn geschehen.

„Übrigens“, sage ich, während sie die Tasche nimmt, vermutlich um sie Travis zu geben, „ich habe die Informationen erhalten, die du mir geschickt hast, und alle Trikots sind bestellt. Ich werde sie am Samstagmorgen haben.“

„Ich kann dir gar nicht genug dafür danken. Ich glaube, das garantiert mir bestimmt die Zusage des Spenders.“

„Es macht mir nichts aus, zu helfen“, versichere ich ihr.

„Treffen wir uns dort?“

Sie spricht von der Geburtstagsparty, zu der ich mit ihr gehen werde, damit sie hoffentlich ein großes Unternehmen als Sponsor für die Stiftung gewinnen kann. Brienne hat sich für mich eingesetzt und elf Camden-Poe-Trikots besorgt, die ich auf der Party verteilen und signieren kann.

„Wie wäre es, wenn ich dich abhole?“, schlage ich vor. „Es soll schneien, und nichts für ungut, aber Männer fahren besser als Frauen.“

Danica verdreht die Augen, ihr Mund bleibt offen stehen und sie gibt mir einen Klaps gegen den Bauch. „Ich hatte ja keine Ahnung, dass du sexistisch bist.“

Ich mache ein ernstes Gesicht. „Ich meine ja nur … wenn man sich die Statistiken ansieht …“

Sie stemmt die Hände in die Hüften und starrt mich an. „Ich bin in Massachusetts aufgewachsen, und ich garantiere dir, dass ich im Schnee genauso gut Auto fahren kann wie du.“

Ich kann mir das Lachen nicht verkneifen und hebe meine Handflächen, um Frieden anzudeuten. „Gut, gut. Du hast mich in die Schranken gewiesen.“ So war das allerdings nicht gemeint. Ich habe ihr nur angeboten, sie zu fahren, falls sie lieber eine Fahrgemeinschaft bilden wollte, aber ich wollte nicht, dass sie sich verpflichtet fühlt. Ich zögere nicht, sie ein bisschen aufzuziehen. Weil ich sie gut kenne. Ich hatte irgendwie vergessen, dass wir in den Jahren vor Mitchs Tod eine gute Freundschaft hatten.

Danica rollt mit den Augen.

„Schick mir eine Nachricht mit der Adresse und der Uhrzeit, wann ich da sein soll.“

„Wird gemacht“, sagt sie und wendet sich dann dem Foyer zu.

Donnernde Schritte von oben lassen uns innehalten. Travis fliegt die Treppe hinunter, rutscht über das Parkett und prallt gegen die Tür, bevor er sich in unsere Richtung dreht.

Danica geht auf ihn zu und übergibt ihm die Tasche. „Ich habe dir Wasser und einen Apfel eingepackt.“

„Mama“, sagt er leicht verärgert. „Das brauche ich nicht.“

„Aber du nimmst es trotzdem mit“, schimpft sie, während sie ihn auf den Kopf küsst. Er versucht, sich wegzudrehen, und ich vermute, er ist in dem Alter, in dem elterliche Zuneigung als ekelhaft empfunden wird.

Travis wirft mir einen schüchternen Blick zu.

„Du erinnerst dich doch an Camden, nicht wahr?“, fragt Danica.

Ich strecke meine Faust aus. „Natürlich tut er das. Ich glaube, ich habe dich das letzte Mal bei unserem Spiel gegen die Vipers Anfang November gesehen, richtig?“

Danica, Travis und mehrere andere Witwen und Kinder sind zu dem Spiel gekommen, um zwischen dem ersten und zweiten Drittel eine besondere Gedenkzeremonie abzuhalten.

Travis tippt mit der Faust gegen meine. „Du hast ein tolles Spiel gemacht. Du hast bei einem Tor assistiert.“

Ich blinzele überrascht, dass er so etwas weiß. Ich kann mich nicht einmal mehr daran erinnern, wie ich in dem Spiel gespielt habe.

„Ich lerne gern Statistiken auswendig“, sagt Travis.

„Mein Kind ist ein Zahlengenie“, sagt Danica stolz, woraufhin Travis vor Verlegenheit errötet.

„Okay, du Schlaumeier. Los geht’s. Das Training wartet auf dich.“

Travis rennt zur Tür, stopft die Snacktüte seiner Mutter in seine Eishockeytasche und wirft sie sich über die Schulter. Er schaut mich erwartungsvoll an.

Mein Blick wandert zu Danica und sie legt ihre Hand auf meinen Unterarm. „Nochmals vielen Dank, dass du das tust.“

„Jederzeit“, sage ich.

***

Travis ist ein Naturtalent, und ich nehme an, das liegt an seinen Genen. Ich habe eine private Stunde im Eisstadion reserviert. Ich habe auch kleine Kegel mitgebracht und sie für ihn aufgestellt, damit er den Umgang mit dem Puck üben kann.

Die letzte Übung besteht aus einer Reihe von zehn Kegeln, die etwa einen Meter voneinander entfernt sind. Das Ziel ist es, dass Travis den Puck durch die Kegel manövriert. Bisher hat er drei Runden absolviert und seine Zeit hat sich bei jedem Durchgang verbessert. Er skatet fehlerfrei um die Kegel.

Ich schaue auf meine Uhr. „Wir müssen jetzt los, Kumpel. Ich will nicht, dass du zu spät zum Abendessen kommst.“

Travis skatet zum Startpunkt. „Darf ich noch ein Mal?“

„Na gut“, sage ich, als wäre ich genervt, aber ich bin beeindruckt, dass er weitermachen will. Ich rufe die Stoppuhr auf meiner Uhr auf. „Noch ein Mal. Fertig. Los.“

Travis läuft los, und ich drücke auf den Knopf, der die Sekunde zum Ticken bringt. Er manövriert den Puck mit einer flüssigen Eleganz durch die Kegel, die für einen Neunjährigen beeindruckend ist. Als er das Ende erreicht hat, stoppe ich die Uhr und rufe das Ergebnis aus.

Travis reckt die Faust in die Höhe, weil er eine ganze Sekunde schneller war.

„Das war fantastisch“, lobe ich ihn, während ich mich bücke, um den nächsten Kegel aufzuheben. „Das ist eine tolle Übung, die man immer wieder machen sollte. Sie schärft deine Reflexe und hilft dir auch, deine Schnelligkeit zu verbessern.“

„Kann ich es noch einmal versuchen, Camden? Ich weiß, dass ich es noch einmal schaffen kann.“

Ich stöhne innerlich auf, weil ich wirklich bereit bin, zu gehen, doch die Aufregung in seinem Gesicht erweicht mein Herz. „Okay. Aber das ist das absolut letzte Mal.“

„Ja!“, ruft er jubelnd und skatet zum Startpunkt.

Ich glaube nicht, dass der Junge seine Bestzeit schlagen kann, denn die war ziemlich gut und ich weiß, dass er müde sein muss. Aber er überrascht mich tatsächlich, als er eine weitere halbe Sekunde schneller ist. Er läuft zu mir, und ich drehe meine Uhr so, dass er sie sehen kann.

Seine Augen leuchten. „Leck mich fett!“

Dieser Satz erschreckt mich. Das hat Mitch oft gesagt. Gestohlen von einem der alten Radiosprecher der Titans, der einen Haufen großartiger Einzeiler hatte, die oft keinen Sinn ergaben. Der Sprecher rief sie nach einem Tor und sie waren verdammt lustig. Dieser Sprecher ist seit Jahren im Ruhestand, aber Mitch hat es geliebt, dessen Sprüche zu wiederholen, wenn etwas Erstaunliches passierte. Er muss sie Travis beigebracht haben. Das ist wie ein Schlag in die Magengrube. Eine Mischung aus Traurigkeit und Freude, dass Mitch in seinem Sohn weiterlebt.

Ich räuspere mich erstickt. „Sammeln wir die Kegel ein.“

Während wir später Seite an Seite auf der Bank sitzen und unsere Schlittschuhe wieder gegen Straßenschuhe tauschen, gebe ich mehreren Kindern nach, die um ein Autogramm bitten. Ich mache ein paar Selfies mit ihnen, während Travis geduldig wartet.

Als wir schließlich aus der Eishalle gehen, sieht er zu mir auf. „Wie cool ist es, dass die Leute fragen, ob sie ein Foto mit dir machen dürfen?“

Ich grinse, denn nur ein Kind würde denken, dass das der Gipfel des Coolseins ist. Ich persönlich mag mehr die Bewunderung von sexy Frauen, die mit dem

Beruf des Profisportlers einhergeht, aber ich gebe zu: „Es ist verdammt cool.“

„Ich erinnere mich, dass die Leute überall, wo wir mit meinem Vater hinkamen, ein Foto mit ihm machen wollten.“

„Kein Wunder. Dein Vater war ein großartiger Spieler.“

„Ja“, sagt Travis leise. „Ich weiß.“

Ich lege einen Arm um seine Schultern. „Komm schon. Ich habe deiner Mutter versprochen, dich um halb sechs zum Abendessen nach Hause zu bringen. Das heißt, wir haben noch genug Zeit, um schnell ein Eis zu essen und uns den Appetit für das Abendessen zu verderben.“

Travis kichert. „Sie wird so wütend sein.“

Ich bin bereit, es zu riskieren. „Sie wird sauer auf mich sein, nicht auf dich. Vertrau mir, Kumpel.“

Kapitel 6

Camden

Graham Bale ist der Eigentümer eines Franchise-Fitnessstudios in Pennsylvania, West Virginia und Ohio. Ich habe zwar noch nie in seinen Einrichtungen trainiert, aber ich weiß natürlich alles über sie, denn sie sind sehr bekannt und zahlreich. Es sind riesige Gebäude, die so ausgestattet sind, dass jede Art von Training möglich ist. Vom Powerlifting bis zum Yoga. Jedes Fitnessstudio verfügt über einen Innen- und Außenpool, Saunen, ein Café, einen Physiotherapeuten und einen Chiropraktiker. Alles besteht aus Chrom und Glas und es gibt Smoothies für fünfzehn Dollar.

Graham und seine Frau Lindsey haben einen Sohn, der sechzehn Jahre alt wird, und um dieses Ereignis zu feiern, veranstalten sie eine Party, wie ich sie noch nie erlebt habe. Zumindest nicht für ein Kind.

Auf dem riesigen Rasen im Garten ist ein großes Zelt aufgebaut, das an diesem stürmischen Tag sogar beheizt wird, um die Gäste schön warm zu halten. Ich weiß zwar nicht, worauf Sechzehnjährige heutzutage so stehen, aber ich kann mit Sicherheit sagen, dass ich an dieser Art von Party nicht interessiert gewesen wäre.

Zwar gibt es keinen Krawattenzwang, aber es ist die eleganteste Veranstaltung, auf die man ohne Smoking gehen könnte. Alle Männer, einschließlich des Geburtstagskindes Holden und seiner zehn Freunde, tragen Anzüge und Krawatten. Auch Erwachsene sind zahlreich vertreten, die Frauen in Cocktailkleidern.

In der Mitte des Zeltes steht ein kirschroter Ferrari mit einer großen Schleife, die zur Farbe des Autos passt. Damit ist meine Frage beantwortet, warum die Party im Freien und nicht im Inneren der Villa stattfindet. Große, runde Tische mit je zehn Plätzen sind am Rand aufgestellt und ein Fünf-Gänge-Menü soll später serviert werden. An einem Ende des Zelts steht eine pompöse vierstöckige Geburtstagstorte mit einem Ferrari-Modell darauf. Sowie ein separater Tisch für Dutzende von Geschenken. Aber mal ehrlich, was kann sich ein Kind mehr wünschen als einen neuen italienischen Sportwagen zu seinem sechzehnten Geburtstag?

Es gibt eine voll ausgestattete Bar, aus der der Alkohol ungehindert an die Erwachsenen fließt, und die Kellner tragen Horsd'œuvres und Champagner herum.

Aus versteckten Lautsprechern ertönt leise Musik, und alle mischen sich unter die Gäste, auch die Sechzehnjährigen, die sich kräftig die Hände schütteln und Luftküsse geben. Es ist alles wahnsinnig kultiviert und höflich, und ehrlich gesagt einfach seltsam für eine Geburtstagsparty eines Teenagers.

„Ich dachte, es gäbe so etwas wie Videospiele oder Paintball", sagt Danica, als wir am Rand stehen. „Welcher Sechzehnjährige will denn so eine Geburtstagsparty?"

Ich kann mir ein Lachen nicht verkneifen und nicke in Richtung des Autos. „Ich glaube, der Junge hat genau das bekommen, was er wollte. Ich schätze, diese Party ist für die Eltern gedacht, nicht für das Geburtstagskind. Eine Möglichkeit, vor all ihren Freunden damit anzugeben, wie reich sie sind und wie glücklich ihr Kind ist, sie als Eltern zu haben."

Danica kichert und hält sich die Hand vor den Mund.

Wir sind etwa eine Stunde hier und wurden an der Eingangstür von einer Frau mit einem Klemmbrett und einem Ohrhörer begrüßt, die sehr gestresst wirkte. Ich nehme an, sie ist die Veranstaltungskoordinatorin, denn sie ließ uns drinnen warten, bis wir den Partygästen offiziell angekündigt wurden. Es war ein wenig peinlich, als wir unter höflichem Applaus das Zelt betraten, aber zu meiner Erleichterung freuten sich die Jungs, mich zu sehen.

Etwa eine halbe Stunde lang fotografierte ich nicht nur Holden und seine Freunde, sondern auch Erwachsene, die mich dreimal baten, an Geburtstagsfeiern für ihre Kinder teilzunehmen. Ich lehnte mit der Begründung ab, dass ich hier nur einen besonderen Gefallen schuldig sei. Sie können alle davon ausgehen, dass der Gefallen für Graham Bale ist, aber er ist nur für Danica.

Nach den Fotos habe ich jedes Trikot signiert. Holden ließ sein Trikot einfach auf einen Stuhl fallen und führte dann seine Freunde herüber, damit sie sich sein neues Auto ansehen konnten, aber anfassen durften sie es nicht.

„Was hast du an deinem sechzehnten Geburtstag gemacht?", fragt Danica.

Ich muss einen Moment in meinem Gedächtnis nachforschen. „Meine Eltern haben mir erlaubt, mit zweien meiner Freunde zu einem Drake-Konzert zu gehen. Ich durfte extra dafür bis ein Uhr nachts wegbleiben, und das war eine große Sache."

„Genau! Das ist es, was Sechzehnjährige tun sollten, und nicht herumstehen und Kanapees essen, während im Hintergrund Fahrstuhlmusik säuselt."

Lachend schaue ich sie an. Wie immer ist sie mehr als hübsch, aber in ihren Stoffhosen und einem dicken Pullover ist sie völlig underdressed. Man hat uns nicht gesagt, dass dies hier eine vornehme Soiree ist. „Was hast du gemacht?“, frage ich.

„Meine Mutter nahm mich und meine beste Freundin auf einen Wochenendtrip nach New York mit. Wir waren shoppen und haben uns Broadwayshows angesehen.“

Ich nicke und kann mir Danica gut dabei vorstellen. „Ich schätze, wenn man stinkreich ist, werden Konzerte und Wochenendausflüge in den Big Apple uninteressant.“

„Anscheinend“, murmelt sie und lässt ihren Blick zu dem Gastgeber der Party hinübergleiten, der sich mit einer Gruppe älterer Männer aus der Oberschicht unterhält.

„Wie läuft es mit dem neuen Job?“, frage ich.

Danica zuckt mit den Schultern. „Gut, denke ich. Zumindest scheint Brienne mit meiner Arbeit zufrieden zu sein. Es ist allerdings ein bisschen überwältigend.“

„Weil du noch nie eine brandneue Wohltätigkeitsorganisation mitgegründet hast?“ Ich stupse sie mit dem Ellbogen an.

Danica lacht, ein heiseres, kleines Lachen. „Nun, das stimmt. Aber das ist der erste Job, den ich habe, seit ich nach Pittsburgh gezogen bin.“

Ich bin mir nicht sicher, ob mich das überrascht oder nicht. Ich weiß, dass Danica Hausfrau war, wie viele andere Eishockeyfrauen auch, aber sie schien immer etwas zu tun zu haben. Ich weiß, dass sie in verschiedenen Komitees saß und häufig Dinge zu organisieren schien. „Ich kann mir vorstellen, dass es ein bisschen anstrengend ist, zu lernen, wie man sich im Berufsleben zurechtfindet, und gleichzeitig zu versuchen, alles Neue in der Abteilung zu verstehen.“

„Gott sei Dank gibt es Menschen wie Brienne. Ich weiß, dass sie mir diesen Job eher aus Mitleid gegeben hat.“

Ich schüttele den Kopf. „Auf keinen Fall. Brienne verteilt keine Gefallen aus Mitleid. Sie hätte dich nie genommen, wenn sie dich nicht für fähig halten würde.“

„Ja, du hast recht. Ich habe gelernt, dass es viele Dinge gibt, die ich mir nicht zugetraut habe, bis Mitch starb.“

Ich habe nicht viel Erfahrung mit den Feinheiten der Ehe. Meine Mutter starb, als ich erst zehn Jahre alt war, also wurde ich von einem alleinerziehenden Vater großgezogen. Er führte unseren Haushalt mit der Präzision eines Oberfeldwebels, was er auch war. Meine Mutter war Hausfrau, genau wie Danica. Ihre Aufgabe bestand darin, dafür zu sorgen, dass meine Brüder, ich sowie mein Vater gut versorgt waren. Als sie starb, gab es keine hausgemachten Mahlzeiten mehr, keine herzlichen Umarmungen und keine Gute-Nacht-Geschichten, wenn man ins Bett gebracht wurde. Zugegeben, mein Vater konnte alle Batterien der Rauchmelder im Haushalt in weniger als zehn Minuten auswechseln, wozu auch gehörte, die drei Meter lange Leiter die Treppe hinauf- und hinunterzuschleppen, aber er konnte uns nicht umarmen. Er konnte ein undichtes Rohr reparieren, aber er konnte kaum mehr als eine Hühnersuppe aus der Dose zum Abendessen zubereiten. Mein Vater war geschickt in der Instandhaltung des Hauses, aber ein Versager in Sachen emotionale Intelligenz.

Was mich auf einen Gedanken bringt. „Brauchst du Hilfe im Haus?"

Danica runzelt die Stirn und leichte Verwirrung erscheint auf ihrem Gesicht. „Ähm, zum Beispiel?"

Ich zucke mit den Schultern. „Muss vielleicht irgendetwas repariert werden, was du nicht selbst kannst? Wann wurden zum Beispiel das letzte Mal die Batterien der Rauchmelder ausgewechselt?"

Ihr Blick wird leer. „Die laufen mit Batterien?"

Ich rolle mit den Augen. „Nein, die laufen mit Luft und Liebe. Natürlich laufen sie mit Batterien, und es ist wichtig, dass die Batterien funktionieren, sonst ist der ganze Sicherheitsaspekt dieser Dinger hinfällig."

Sie lacht über meine Stichelei, drückt sich kurz mit zwei Fingern den Nasenrücken und schüttelt den Kopf. „Und ich dachte immer, die Dinger hängen am Strom."

„Einige schon, aber sie haben ein Batterie-Backup. Wenn der Strom ausfällt, greifen sie auf die Batterien zurück. Und damit ist meine Frage wohl beantwortet. Ich komme rüber und erledige das."

Danica schüttelt den Kopf. „Oh, nein, das musst du nicht tun. Ich bin sicher, dass ich selbst herausfinden kann, wie das geht."

Ich winke ab. „Das macht mir nichts aus."

„Du hast schon genug für mich getan, indem du hierher mitgekommen bist", sagt sie und nickt in Richtung Holden, der Selfies mit seinem Auto macht. „Aber versprich mir, dass du mich erwürgen wirst, wenn ich Travis jemals zu so einem materialistischen Rotzlöffel werden lasse."

Mein Lachen dröhnt ein wenig zu laut und mehrere Leute drehen sich in meine Richtung. „Dein Sohn ist sehr geerdet. Das wird bestimmt nicht passieren."

Danica lacht nicht, da ihre Aufmerksamkeit von etwas auf der anderen Seite des Raumes in Anspruch genommen wird. Ich bemerke, dass sie an ihrer Unterlippe knabbert, während sie Graham Bale beobachtet, wie er mit einer Gruppe von Männern spricht.

„Was ist los?“, frage ich sie.

Sie schüttelt den Kopf und hebt ihr Handgelenk, um auf ihre Uhr zu schauen. „Nichts. Ich muss mich nur irgendwann mal einbringen und die Spende sichern. Ich habe die Verpflichtungserklärung, die er unterschreiben muss, und er hat zugesagt, aber …“ Ihre Worte verstummen, Sorge zieht ihre Mundwinkel nach unten. „Er wirkt so unnahbar.“

Ich weiß genau, was sie meint. Der Kerl hat seinem Sohn mit dem brandneuen Führerschein einen Ferrari gekauft, was ihn in eine andere soziale Klasse versetzt als Danica. Fuck, ich verdiene auch verdammt viel Geld, aber ich würde mich nie wohlfühlen, wenn ich mit diesen Leuten abhängen würde. Sie haben nicht nur Geld, sondern auch Macht in dieser Stadt.

„Weißt du, wie Graham Bale seine Hosen anzieht?“, frage ich.

Neugierig neigt sie den Kopf zu mir. „Wie?“

„Ein Bein nach dem anderen, genau wie du.“

„Das ist wahrscheinlich das Einzige, was wir gemeinsam haben“, sagt sie mit einem schiefen Lächeln. „Aber es ist an der Zeit, dass ich meine Erwachsenenhose anziehe und das hier erledige.“

„Soll ich mitkommen?“, frage ich und spüre den Drang, an ihrer Seite zu bleiben, um ihr Mut zu machen. Vielleicht Schutz zu geben. Aus irgendeinem tieferen Grund möchte ich nicht, dass dies Danica schadet. Der Grund, warum ich hierhergekommen bin, ist, die Räder für das Sponsoring zu schmieren. Ich habe angenommen, dass der Typ so dankbar sein würde, dass er Danica mit Geld überschüttet, aber in Wahrheit hat er bis jetzt keinen von uns beiden auch nur angesehen.

Sie schüttelt den Kopf und hängt sich ihre Handtasche über die Schulter. „Ich muss das allein machen. Wünsch mir Glück."

Ich beobachte, wie Danica mit erhobenem Kinn über den Holzboden läuft, der über den Rasen gelegt wurde. Sie mag innerlich zittern, aber sie sieht entschlossen und selbstbewusst aus. Als sie die Gruppe von Männern erreicht, spricht Graham Bale weiter und ignoriert sie, obwohl er weiß, dass sie da ist. Ich habe gesehen, wie seine Augen auf sie gerichtet waren, als sie sich näherte.

Danica wartet geduldig, während sich andere Männer mit Graham unterhalten.

Er ignoriert sie weiterhin.

Ich habe mich gerade entschlossen, hinüberzugehen, als Danica die Hand ausstreckt und kurz seinen Arm berührt. Ich kann sie nicht hören, aber ich kann die Entschuldigung in ihrem Gesichtsausdruck sehen. Sie greift in ihre Handtasche und holt das Formular für die Zusage heraus. Ein Anflug von Ärger huscht über Grahams Gesicht, aber Danica beachtet das nicht weiter. Sie reicht ihm das Formular mit einem Stift und scheint ihn nicht aufzufordern, es zu unterschreiben, sondern befiehlt es ihm eher. Aber sicherlich höflich.

Graham nimmt das Formular und dreht sich zur Seite, um sich über einen Tisch zu beugen und es zu unterschreiben. Während er das tut, kann ich mir ein Grinsen über Danicas Unverfrorenheit nicht verkneifen. Sie stellt sich den anderen Männern in der Gruppe vor und nickt Graham zu, als er ihr das Formular zurückgibt.

Sie redet weiter, und ich habe keinen Zweifel daran, dass sie um Hilfe für die Stiftung bittet. Einige der Männer nicken und Danica zieht Visitenkarten aus ihrer Handtasche und verteilt sie.

Cleveres Mädchen.

Als sie in meine Richtung zurückgeht, lächelt sie und ihre Augen funkeln vor Zufriedenheit.

Ich strecke ihr meine Faust entgegen. „Ich habe keine Ahnung, was du gesagt hast, aber offensichtlich hattest du Erfolg."

Sie stößt mit ihrer Faust gegen meine, und erst jetzt erkenne ich, dass sie Linkshänderin ist. Außerdem trägt sie keinen Ehering mehr. Ich bin nicht unbedingt überrascht, aber das fällt mir auf, als sich unsere Knöchel berühren.

Danica strahlt mich an. „Das hat sich gut angefühlt. Ein paar von denen haben mir Spenden versprochen."

„Du bist eben ein Naturtalent."

„Vielleicht", sinniert sie und nickt dann Richtung Ausgang. „Aber jetzt muss ich gehen. Ich muss Travis abholen, und das hier war wirklich ein bisschen anstrengend."

Ich gehe mit Danica durch das Haus und zur Vordertür hinaus, wo ein Parkwächter unsere Autos holt. Die Bale-Villa hat eine riesige, halbkreisförmige Einfahrt, aber nur sehr wenige Parkplätze, deshalb haben sie eine Firma beauftragt, die Fahrzeuge der Gäste woanders zu parken. Danicas Wagen kommt vor meinem, ein Nissan, der neu aussieht, aber nicht so groß ist wie der, den sie früher fuhr.

Es schneit leicht, und das soll die ganze Nacht anhalten. Ich gehe mit ihr an die Fahrerseite.

„Noch mal vielen Dank, dass du mir dabei geholfen hast", sagt sie und umarmt mich zu meiner Überraschung.

Ich schlinge meine Arme um sie und drücke sie fest. „Ich helfe dir gern wieder, wenn du mich brauchst", biete ich an und schaue nach oben. „Fahr vorsichtig, okay? Der Schnee wird immer heftiger."

„Das werde ich", verspricht sie, während sie sich auf den Fahrersitz fallen lässt. „Du bitte auch."

„Pass auf dich auf, Dani."

„Du auch."

Ich schließe ihre Tür und sehe zu, wie sie aus der Einfahrt fährt. Es war schön, das für sie zu tun, und ich möchte glauben, dass Mitch, wo immer er jetzt ist, froh ist, dass ich ihr geholfen habe.

Kapitel 7

Danica

Ich stehe vom Tisch auf, nehme meine leere Wasserflasche und werfe sie in den Papierkorb. Ich beuge mich nach hinten, die Hände in die Hüften gestemmt, und stöhne auf, als mich die Muskeln in meinem schmerzenden Rücken anschreien, bevor meine Wirbelsäule knackt. Ich habe am Küchentisch gesessen und gearbeitet, und der Stuhl ist in keiner Weise ergonomisch günstig.

Mein Magen knurrt, und ich sehe, dass es fast Mittag ist. Ich habe nicht gefrühstückt, weil mir die Zeit entglitten ist. Das passiert in letzter Zeit häufig, da ich einen Vollzeitjob habe, den ich während der Arbeit erst lerne, ein Kind allein erziehe, das Haus sauber halten muss und dafür sorge, dass die Mahlzeiten einigermaßen regelmäßig und gesund sind. Wenn das alles erledigt ist, bleibt nur noch wenig Zcit, und an manchen Tagen vergesse ich bis zum Abendessen, zu essen.

Natürlich mache ich das normalerweise wieder wett, indem ich etwas esse, was mir überhaupt nicht guttut, wie zum Beispiel einen großen Teller Nudeln, und dann fühle ich mich beschissen. Ich bin überrascht, dass mein Körper in den vergangenen Wochen noch nicht rebelliert hat, während ich versucht habe, alles unter einen Hut zu bringen.

Wenigstens trinke ich Wasser, aber nur, weil ich auf meinem Handy einen stündlichen Alarm eingestellt habe, der mich ans Trinken erinnert. Ich dachte, dass dieser Alarm mich auch zum Essen anspornen würde, aber bisher hat das nicht funktioniert. Wenn der

Alarm ertönt, nehme ich pflichtbewusst die Wasserflasche in die Hand und trinke. Und wenn ich gerade mit etwas beschäftigt bin, ertappe ich mich dabei, dass ich mir sage: „Du machst dir ein Sandwich, wenn du mit dieser einen Sache fertig bist." Drei Stunden später stelle ich dann fest, dass ich nichts gegessen habe und mein Magen droht, sich selbst zu verdauen.

Ich gehe an die Treppe und rufe nach oben. „Travis, Mittagessen?"

Er antwortet nicht.

„Travis!"

Nichts.

Mit einem Seufzer stapfe ich die steile Treppe hinauf, ein Markenzeichen der Reihenhäuser aus dem frühen zwanzigsten Jahrhundert. Die Stufen knarren und ächzen. Daran musste ich mich erst einmal gewöhnen, als wir einzogen. Es war ein ziemlicher Kulturschock, von unserem modernen Haus in dieses kleine zweistöckige Reihenhaus mit nicht fertig ausgebautem Keller zu ziehen, aber ich habe seinen Charme zu schätzen gelernt.

Travis' Schlafzimmer ist die erste Tür rechts, und an der Außenseite ist eine Tafel angebracht, auf der in großen Blockbuchstaben „NICHT STÖREN" steht.

Ich ignoriere den Befehl und klopfe an die Tür, bevor ich sie einen Spalt weit öffne, um hineinzuspähen. Travis hat Kopfhörer auf und spielt ein Videospiel. Ich trete ein und er bemerkt mich aus dem Augenwinkel.

Er nimmt die Kopfhörer ab. „Was gibt's?"

„Ich will Mittagessen machen. Da ich das Frühstück verpasst habe und du nur eine Schüssel Müsli hattest, dachte ich an French Toast mit Speck. Klingt das gut?“

„Yep. Ruf mich, wenn es fertig ist.“

„Okay.“

Travis hat den ganzen Vormittag damit verbracht, draußen im Neuschnee zu spielen, der über Nacht gefallen ist. Es waren insgesamt nur etwa fünf Zentimeter, aber genug, dass Travis und ich einen respektablen Schneemann im Garten bauen konnten.

In der Küche nehme ich das frische Brot heraus und lege es auf das Schneidebrett. Ich suche nach meinem gezackten Brotmesser, als mein Telefon mit einer eingehenden Nachricht klingelt. Ich greife in meine Hosentasche und sehe, dass sie von Camden ist, was mich seltsamerweise leicht wuschig macht.

Camden: *Hast du mal eine Schneeschaufel für mich?*

Ich ziehe die Augenbrauen zusammen und überlege, warum in aller Welt er sich eine Schneeschaufel von mir leihen will. Ich dachte, er wohnt in einer Eigentumswohnung in der Innenstadt, aber ich könnte mich irren. Vielleicht hat er ein Haus gekauft. Wenn das der Fall ist, warum sollte er dann nicht einfach selbst eine Schaufel kaufen?

Ich: *Ja, natürlich.*

Dann füge ich ein Emoji mit einem lächelnden Gesicht hinzu.

Seine Antwort kommt schnell.

Camden: *Wo ist deine Schaufel?*

Ich lehne mich mit der Hüfte an den Tresen und überlege, was Camden wohl vorhat. Mir fällt nichts ein, also frage ich ihn.

Ich: *Warum willst du das wissen?*

Camden: *Weil ich auf deiner Veranda stehe und sie für dich freischaufeln möchte.*

Ich fühle mich wie elektrisiert. Ich eile zur Haustür und werfe mein Handy im Vorbeigehen auf den Küchentisch. Tatsächlich sehe ich durch die mit Eisblumen beschlagenen Glasscheiben eine breite Gestalt vor der Tür. Ich reiße die Tür auf und sehe Camden, der mich angrinst. „Was machst du denn hier?", frage ich erstaunt.

„Ich will deine Treppe zur Veranda freischaufeln. Die ist eine Gefahr. Jemand könnte ausrutschen und sich den Hals brechen."

„Das ist lieb von dir, aber wir gehen gar nicht durch die Vordertür. Wir kommen durch die Hintertür rein."

„Das mag stimmen, aber ich wette, du hast auch eine Hintertreppe, die freigeschaufelt werden muss, nicht wahr? Außerdem hast du eine Garage, und ich wette, dass der Schnee vor dem Tor auch geräumt werden muss, damit du morgen rausfahren kannst. Also werde ich das gleich mit erledigen."

Ich bin überwältigt, dass er so freundlich ist, mir auf diese Weise zu helfen. „Das musst du nicht tun."

„Unsinn", sagt er und tritt über die Schwelle, was mich ein paar Schritte zurückdrängt. Er schließt die Tür und schaut auf seine Stiefel hinunter. Sie sind mit Schnee bedeckt, der auf meinen Teppich fällt. „Das tut mir leid. Ich hätte den Schnee abstreifen sollen, aber da er bis zur Tür reicht, ist das ziemlich schwierig."

Ich lache und schüttele den Kopf. „Du bist verrückt."

„Ich bin entschlossen", erwidert er. „Wo ist die Schaufel?"

„In der Garage", sage ich und zeige über meine Schulter in Richtung der Hintertür in der Küche. Sie führt in einen kleinen eingezäunten Garten, der sich zwischen dem Haus und der freistehenden Garage in der hinteren Gasse befindet.

„Perfekt." Er lächelt, mit weißen, geraden Zähnen wie ein Filmstar, der nie das Elend eines Schlagschusses ins Gesicht erlebt hat.

Er fühlt sich wie zu Hause und geht zur Hintertür. Als er sie öffnen will, komme ich endlich wieder zu mir. „Ich mache gerade French Toast. Magst du mitessen?"

„Das wäre toll", sagt er, ohne mich anzusehen. „Ruf mich einfach, wenn es fertig ist."

Und dann ist er verschwunden.

„Alle wollen, dass ich sie rufe, wenn das Essen fertig ist", murmele ich, aber innerlich kichere ich.

Durch das Küchenfenster kann ich Camden dabei beobachten, wie er meine Hintertreppe vom Schnee befreit, vermutlich nachdem er vor dem Garagentor geschaufelt hat, das ich aus dieser Position nicht sehen kann.

Der Speck ist fertig, und ich bin gerade dabei, das Brot in die Eimasse zu tunken, als er die Hintertür öffnet.

„Was dagegen, wenn ich die vordere Treppe mache? Ich werde ein paar Schneeberge hinterlassen."

„Natürlich habe ich nichts dagegen“, sage ich und winke ihn herein. „Aber lass die Schaufel draußen und zieh deine Stiefel aus. Es wird nicht lange dauern, bis ich die erste Ladung French Toast fertig habe, und du kannst erst essen, bevor du wieder rausgehst.“

„Klingt gut.“

Er zieht seine Handschuhe und seine Strickmütze aus. Sein braun-blondes Haar steht in verschiedene Richtungen vom Kopf ab und die Mutter in mir möchte es glätten. Das Funkeln in seinen braunen Augen zeugt von seiner lebenslustigen Art, die ich jedes Mal sehe, wenn ich Travis ansehe. Der Frau in mir ist jedoch sehr wohl bewusst, dass Camden kein Junge mehr ist.

„Was willst du trinken?“, frage ich, als er seine Jacke auszieht und sie über die Lehne eines Küchenstuhls hängt.

„Hast du Kaffee?“

„Klar. Ich mache eine Kanne.“

„Das kann ich übernehmen“, sagt er leichthin.

Während Camden Kaffee aufsetzt, lege ich die dicken Brotscheiben auf die elektrische Grillplatte. Während der Kaffee brüht, lehnt sich Camden mit verschränkten Armen an den Tresen und sieht mir zu.

„Wo ist Travis?“, fragt er.

Ich nicke nach oben. „Er spielt ein Videospiel.“

„Ich nehme an, er hat den Morgen draußen verbracht. Ich habe den Schneemann gesehen.“

„Das war eine gemeinsame Leistung. Aber ich musste noch etwas arbeiten, und er war froh, eine Weile vor dem Bildschirm zu sitzen. Ich bin sicher, er wird später wieder rausgehen.“

Ich schaffe es, vier Scheiben Toast auf die Grillplatte zu legen, als Camden sagt: „Darf ich dir eine persönliche Frage stellen?"

Das erschreckt mich so sehr, dass ich zusammenzucke. Nicht, dass ich mich verschlossen oder gar abgeschreckt fühle, aber das habe ich nicht erwartet, schon gar nicht mit diesem leisen Ton der Besorgnis.

„Na klar", antworte ich.

Camden breitet seine Arme aus und stützt sich mit den Handflächen auf den Tresen neben seinen Hüften. Er blickt sich im Haus um und begegnet dann meinem Blick. „Geht es dir gut?"

Ich neige den Kopf, denn gut ist in meinem Leben ein subjektiver Begriff. „Wie meinst du das?"

Sein Lächeln ist leicht gequält. „Es geht mich wahrscheinlich nichts an, aber mir ist aufgefallen, wie sehr sich dein Lebensstil seit Mitchs Tod verändert hat. Früher hast du in einem prächtigen Haus gewohnt und einen großen Wagen gefahren. Aber jetzt nicht mehr. Also frage ich mich, ob es dir finanziell gut geht oder ob du Hilfe brauchst."

Hitze kribbelt in mir und verbrennt fast meine Wangen. Unwillkürlich neige ich den Kopf und wende mich wieder dem French Toast zu. Mit dem Pfannenwender hebe ich eine Ecke des Toasts an, um zu sehen, wie braun er ist. Er ist noch nicht bereit zum Wenden, was bedeutet, dass ich mich nicht damit beschäftigen kann, seiner Frage auszuweichen.

Mein Zögern veranlasst ihn, hinzuzufügen: „Sag mir, wenn ich die Klappe halten soll, Dani. Ich will nichts in dich hineininterpretieren, ich will nur wissen, ob es dir gut geht."

Ich atme tief durch und drehe den Kopf in seine Richtung. „Wir waren finanziell nicht gut vorbereitet, als Mitch starb, also musste ich ein paar Änderungen vornehmen.“

Camden runzelt die Stirn, und ich bin sicher, er ist verwirrt. Er weiß verdammt gut, was Mitch als Profisportler verdient hat. „Was meinst du?“

„Wir hatten unsere Testamente gemacht und eine Lebensversicherung abgeschlossen. Für all das war gesorgt, aber niemand spricht über die praktischen Folgen des Todes. Sagen wir einfach, ich war nicht darauf vorbereitet, ohne ihn finanziell zu überleben.“

Camden sagt nichts, sondern betrachtet mich mit offener Neugierde, die mit Besorgnis verbunden ist.

„Wir hatten natürlich Geld. Du weißt am besten, wie hoch das Gehalt von Mitch war. Aber wir haben in unserer jungen Ehe nicht die klügsten Entscheidungen getroffen, was wir mit diesem Geld gemacht haben. Es gab viel zu viele Rechnungen, viele Extravaganzen. Als er starb, war ich ohne Einkommen und konnte denselben Lebensstil nicht mehr aufrechterhalten.“

Sein Kiefer spannt sich an. „Du hast das Haus in Edgeworth verkauft, weil du es dir nicht mehr leisten konntest?“

„Wenn es nur das Haus gewesen wäre, wäre es einfacher gewesen, aber wir hatten das Strandhaus unten in North Carolina und die Eigentumswohnung in Lake Tahoe. Mitch hatte seine protzigen Autos und er kaufte mir viel zu teuren Schmuck. Also habe ich das alles verkauft.“

„Die Autos auch?“, fragt er.

Er weiß genau, dass Mitch eine Garage mit fünf Autos hatte, darunter ein Aston Martin Vulcan, ein Lamborghini Urus und ein 67er Ford Mustang Shelby. Das waren seine Spaßautos. Im Alltag fuhr er einen Range Rover und ich fahre einen Escalade.

„Allein die Raten für das Auto und die Versicherung würden mein derzeitiges Gehalt auffressen. Wenn ich dann noch drei Häuser zu unterhalten hätte, könnte ich nicht überleben.“

Camden nickt, ein langsames, bestätigendes Nicken. „Dann war es gut, dass du das getan hast.“

Ich schaue unter die Ecke des gebratenen Toasts und halte ihn für bereit zum Wenden. Mit dem Blick auf die Aufgabe, die vor mir liegt, fällt es mir leichter, zu sprechen. „Ich hätte noch ein paar Jahre lang von den Erträgen der Lebensversicherung leben können, aber ich war langfristig orientiert und wusste, dass ich das nicht würde durchhalten können. Ich musste mich auf das Wichtigste beschränken, und das war, Travis auf eine gute Schule zu schicken und einen College-Fonds anzulegen.“ Ich schaue zu Camden hinüber und lächele. „Wir hatten nicht einmal einen College-Fonds für ihn, weil wir davon ausgingen, dass wir immer genug Geld haben würden, um einen Scheck ausstellen zu können, wo auch immer er später studieren wollte.“

Er erwidert mein Lächeln verständnisvoll. „Hinterher ist man immer klüger, nicht wahr?“

„Ja“, antworte ich leise und wende mich wieder dem French Toast zu. „Ich dachte, wir würden das Richtige tun. Wir haben viel Geld in die Altersvorsorge gesteckt, aber das kann man nicht auflösen, ohne eine Strafe zahlen zu müssen. Und wir hatten einige Ersparnisse, aber das meiste Geld steckte in den Häusern, und die Autos waren finanziert. Es ist so albern, das jetzt zu sagen, aber wir sahen keine Gefahr darin, unser Geld auszugeben.“

„Ich bin neugierig“, sagt er und wirft einen kurzen

Blick auf die Kaffeemaschine, um zu sehen, ob sie noch brüht. „Hast du nie daran gedacht, nach Massachusetts zurückzukehren? Ich kenne ja eure Familien. Ich weiß, dass sie dich gern wieder dort gehabt hätten. Sie hätten sich um dich gekümmert, bis du wieder auf den Beinen bist.“

Ich nicke und lächele sanft. „Ich habe lange darüber nachgedacht, zurückzugehen. Verdammt, ich denke immer noch darüber nach. Meine Eltern und meine Schwester Reba hätten es gern gesehen, wenn ich nach Hause gekommen wäre. Aber wir haben hier in Pittsburgh Wurzeln geschlagen. Travis liebt seine Schule, und Harrington ist so erstklassig. Ich habe ein bisschen gerechnet – und in Mathe war ich in der Schule immer sehr gut – und errechnet, was ich tun muss, um es hier zu schaffen. Also habe ich die Häuser, die Autos und den Schmuck verkauft und das Geld zusammen mit der Lebensversicherung zur Bank gebracht.“

Der Daumen meiner linken Hand reibt abwesend an meinem Ringfinger. Der Verlobungsring und der Ehering sind weggepackt, zusammen mit dem einzigen anderen Schmuckstück, das ich aufbewahrt habe. Ein Medaillon, das Mitch mir zu meinem achtzehnten Geburtstag geschenkt hat.

„Ich finde es bewundernswert, wie du dich angepasst hast, um deine Ziele zu erreichen.“ Camden stößt sich von der Theke ab und stellt sich neben mich. Ich sehe auf und finde Trost in seinem Blick. „Ich wünschte, ich hätte es gewusst. Ich fühle mich schrecklich, weil ich es nicht wusste, und das liegt an mir. Ich hätte helfen können. Ich kann dir immer noch helfen, wenn du es brauchst.“

Ohne dass ich es will, streckt sich meine Hand aus

und sucht seine. „Du bist sehr lieb, aber ich würde das nie verlangen. Wenn du dich dadurch besser fühlst, Brienne hat mir von Anfang an geholfen, alles zu regeln. Sie hat mir Ratschläge gegeben, wie ich mich in eine starke finanzielle Position bringen kann, damit ich mich mit meiner Entscheidung, hierzubleiben, wohlfühle.“

„Sie ist eine erstaunliche Frau. Sie hat viel für die ganze Organisation getan.“

„Das stimmt“, sage ich mit Bewunderung.

Camden kramt in einem Schrank nach Tassen, während ich den French Toast auf einen Teller lege. Schnell tauche ich eine weitere Ladung Brot in die Eimischung und lege sie auf die Grillplatte.

„Ich rufe Travis“, sage ich, während ich den Spatel ablege.

„Wie trinkst du deinen Kaffee?“, fragt Camden.

„Mit viel Sahne und Zucker.“

„Das ist nicht sehr spezifisch.“

Ich grinse ihn an. „Sagen wir es mal so … es kann gar nicht genug davon drin sein.“

Camden rümpft die Nase. „Okay.“

Ich eile die Treppe hinauf und nehme zwei Stufen auf einmal. Ich klopfe kurz an und betrete Travis’ Zimmer. Überraschenderweise liegt er auf dem Bett und liest ein Buch. Mein Herz macht einen kleinen Hüpfer, denn Travis liest nicht besonders gern.

Er sieht mich an. „Ist das Essen fertig?“

„Ja. Und wir haben Überraschungsbesuch.“

„Wer ist es denn?“, fragt Travis und rollt sich vom Bett.

„Komm runter und sieh selbst.“

Travis nimmt das als Herausforderung, stürmt an mir vorbei und saust mit der Geschwindigkeit einer

Lokomotive die Treppe hinunter. Ich bin kaum unten angekommen, als ich ihn sagen höre:

„Camden! Was machst du denn hier?“

Als ich um die Ecke biege, sehe ich, wie sie sich mit einem Fistbump begrüßen.

„Ich bin gekommen, um deiner Mutter beim Schneeschaufeln zu helfen“, sagt Camden, während er sich an den Tresen lehnt und an seinem Kaffee nippt. „Und bevor ich gehe, überprüfe ich noch die Rauchmelder. Ich zeige dir, wie man die Batterien wechselt, dann kannst du das nächstes Jahr übernehmen.“

„Wirklich?“, fragt Travis.

Ich bin sicher, dass die Vorstellung, auf eine Leiter zu klettern, weitaus mehr Anziehungskraft auf ihn hat, als mir lieb ist.

„Ich bringe dir auch bei, wie man Schnee schaufelt, nachdem wir gegessen haben.“

Travis verzieht das Gesicht und seine Antwort ist halbherzig. „Oh … okay.“

Camden lacht und sein Blick gleitet zu mir hinüber. „Wenn du noch etwas im Haus brauchst, sag mir Bescheid, bevor ich gehe. Ich überlege mir dann, wann ich zurückkomme und mich darum kümmere.“

„Okay“, sage ich leise und mein Herz erwärmt sich vor Dankbarkeit. Ich gehe zur Grillplatte und nicke in Richtung Tisch. „Setz dich.“

Travis fängt an, Camden das Ohr abzuquasseln, während ich zwei Teller mit French Toast und Speck belade. Ich stelle mich an die Platte und bearbeite die zusätzlichen Scheiben, denn ich kenne den Appetit meines Sohnes, und wenn Camdens Appetit dem von Mitch ähnelt, werden sie das alles verschlingen. Ich schaffe es, selbst zwei Scheiben zu essen, während ich koche.

Nachdem wir fertig sind, räume ich die Küche auf, während Travis Camden mit der vorderen Treppe hilft.

Als sie wieder reinkommen, setze ich mich wieder an meinen Laptop, um weiterzuarbeiten.

Sie sind mitten im Gespräch, und ich höre, was Camden sagt, als sie die Haustür schließen. „Erinnere mich beim Training diese Woche daran. Wir werden daran arbeiten, wenn ich wieder in der Stadt bin.“

„Super.“

Travis' Gesicht ist von der Kälte gerötet, aber ich kann sehen, wie seine Augen vor Freude darüber aufleuchten, mit Camden über Eishockey zu reden. Das verursacht einen winzigen Schmerz in meiner Brust, denn das ist etwas, das ihm gefehlt hat.

Camden reicht Travis die Schaufel. „Tu mir einen Gefallen, Kumpel, und bring sie zurück in die Garage.“

„Okay“, sagt Travis, während er die Schaufel nimmt und ich mich vom Tisch erhebe.

Ich klopfe ihm im Vorbeigehen auf den Hintern. „Gut gemacht, Kleiner.“

„Danke, Mom.“

Als Travis durch die Hintertür verschwunden ist, gehe ich auf Camden im Foyer zu. Er deutet mit dem Daumen über die Schulter auf die Tür. „Ich gehe jetzt.“

„Ich kann dir nicht genug dafür danken, dass du gekommen bist, um den Schnee zu räumen. Das war wirklich nett und unerwartet und …“

Camden lächelt und winkt ab. „Ein Danke reicht völlig. Und du hast mir etwas zu essen gegeben, also habe ich das bessere Ende erwischt.“

Lachend neige ich den Kopf. „Nun, dann … vielen Dank.“

„Jederzeit. Nächste Woche haben wir drei Auswärtsspiele, der Zeitplan ist also eng, aber wenn wir zurückkommen, haben wir sieben Tage am Stück spielfrei. Wir werden trainieren, aber das ist eine gute Zeit für mich, um deine Batterien zu tauschen …“

„Du musst das wirklich nicht …“, will ich sagen, aber Camdens Gesichtsausdruck bringt mich dazu, den Mund zu schließen.

„Nimm das Hilfsangebot einfach an, Dani“, schimpft Camden. „Das tun Freunde nun mal füreinander, okay?“

Ich stoße einen Atemzug aus und lache nervös. „Okay. Ich bin nicht gut darin, Hilfe anzunehmen, also doppeltes Dankeschön.“

„Und deine Garage“, sagt er und nickt wieder in Richtung Hintertür. „Sie ist eine Todesfalle mit den überall gestapelten Kisten. Sie muss aufgeräumt werden. Auch dabei werde ich helfen.“

Ich schweige einen Moment und kämpfe mit meinem Bedürfnis, stark zu sein und das Angebot nicht anzunehmen. Aber da ist noch die Frau in mir, die tatsächlich Hilfe braucht und ein aufrichtiges Angebot erkennt, wenn es ihr unterbreitet wird. „Ich bin wirklich froh, dass wir uns wiedergefunden haben, Camden. Ich weiß zu schätzen, was du tust, nicht nur um mir zu helfen, sondern auch Travis. Ich weiß, Mitch wäre dir sehr dankbar.“

„Das freut mich“, sagt er und greift nach der Türklinke. „Mache eine Liste mit allem, was sonst noch getan werden muss. Ich kümmere mich nächste Woche darum.“

Ich stecke meine Hände in die Gesäßtaschen meiner

Jeans. „Wird gemacht.“

Camden lächelt, nickt und macht sich auf den Weg zur Tür.

„Das Gruppentreffen findet heute Abend wieder statt. Diesmal bei Coach West zu Hause. Es wird eine Pizza-Party.“

„Ja, das hat er mir beim morgendlichen Training erzählt. Aber ich habe schon etwas anderes vor.“

Im letzten Jahr hatte ich vergessen, was für ein guter Kerl Camden ist, da wir uns nicht oft gesehen haben, und das hat er in der letzten Woche bewiesen, als er mir geholfen hat. Aber ich merke, dass er mehr als nur ein wenig zurückhaltend ist, wenn es um den Unfall geht. Er hat sich letzte Woche bei Stone nicht wohlgefühlt und vermeidet definitiv eine Rückkehr. Aber es steht mir nicht zu, ihn zu irgendetwas zu drängen, also schenke ich ihm ein Lächeln. „Klar. Kein Problem. Ich hoffe, du weißt, dass du bei allen jederzeit willkommen bist.“

„Ja“, antwortet er unbekümmert. „Ich gehe jetzt besser.“

Ich hebe meine Hand zum Abschied und Camden geht hinaus, während Travis durch die Hintertür stürmt.

„Hast du die Garage auch abgeschlossen?“, frage ich.

„Ja. Kann ich wieder hochgehen und Videospiele spielen?“

„Wenn du deine Mom umarmst“, sage ich und schäme mich nicht im Geringsten, Zuneigung durch Erpressung zu erlangen.

Travis ist gut gelaunt und kommt bereitwillig zu mir, mit einem Grinsen im Gesicht.

„Ich liebe dich, Kumpel.“

„Ich liebe dich auch, Mom“, antwortet er und legt seinen Kopf auf meine Schulter.

Nächstes Jahr um diese Zeit wird er so groß sein wie ich.

Kapitel 8

Camden

Die Uhr läuft ab und der Buzzer ertönt. Ich stehe mit meiner Second Line auf dem Eis, und da Drake gerade einen Shutout erzielt hat, rennen wir alle zu ihm, um ihn zu feiern. Die Fans der San Francisco Bay Brawlers sind auffallend still, zumal mehr als die Hälfte von ihnen während des dritten Drittels gegangen ist, als wir mit 5:0 führten.

Das war eine vernichtende Niederlage, denn die Brawlers standen an der Spitze ihrer Division, und auf dem Weg zur Zielgeraden der Saison zählt jedes Spiel.

Coach West und die anderen Trainer verlassen das Eis vor der Mannschaft, warten aber vor der Tür der Umkleidekabine auf uns, um jedem von uns auf den Rücken zu klopfen. Der Trainer hat ein breites Grinsen im Gesicht, und das haben die meisten von uns auch.

„Das war ein gutes Spiel", sagt Coach West und klopft mir auf die Schulter.

„Danke, Coach." Ich gehe an ihm vorbei in die Umkleidekabine und freue mich auf eine heiße Dusche und dann auf einen Eisbeutel. Ich habe heute ein paar Bodychecks abbekommen, die meine rechte Schulter pochen lassen.

Ich bin zuversichtlich genug, um zu sagen, dass ich heute verdammt gut gespielt habe. Verglichen mit meiner bisherigen Spielweise war das eine deutliche Verbesserung. Abgesehen von meiner soliden Leistung auf dem Eis war eins der fünf Tore von mir, nachdem ich einen Pass abgefangen hatte. Ich bin gelaufen, als ob es kein Morgen gäbe, und habe ein Tor in Unterzahl erzielt. Wie jedes Mal, wenn ich seit dem Flugzeugunglück ein Tor geschossen habe, habe ich ein stilles Gedenken an die Verstorbenen gen Himmel geschickt. Normalerweise ist es nur eine allgemeine Anerkennung der verlorenen Leben, aber heute habe ich aus irgendeinem Grund speziell an Mitch gedacht.

Da musste ich an Danica und Travis denken. Ich habe viel über die beiden nachgedacht, vor allem, weil es verblüffend ist, wie gut es ihnen geht. Nicht, dass ich erwartet hätte, dass sie im Elend versinken würden, aber Danica hat sich entschieden, in Pittsburgh zu bleiben und ihr Leben im Grunde neu zu erfinden. Das ist verdammt mutig.

Ich denke, Travis hat die Unverwüstlichkeit der Jugend auf seiner Seite, aber ich weiß, dass er seinen Vater vermisst. Er ist ein toller Junge und ich helfe ihm gern beim Eishockey. Ich würde gern mehr tun, falls seine Mutter das möchte, aber ich will es nicht übertreiben. Ich weiß, dass ich mich innerlich besser fühle, wenn ich ihnen helfe. Ich denke, der Coach wollte deshalb, dass ich mich der Selbsthilfegruppe anschließe, weil er dachte, dass ich dadurch eine neue Perspektive und möglicherweise etwas Frieden finden würde.

Innerhalb einer Stunde ist das gesamte Team geduscht und angezogen und die Ausrüstung in den Bus geladen, der uns zum Flughafen bringt. Das Mannschaftsflugzeug wartet auf uns, um uns zur nächsten Etappe unseres Westküstentrips zu bringen, der drei weitere Spiele gegen die Calgary Wild, die Edmonton Grizzlies und die Alaska Blizzards umfasst. Es wird eine anstrengende Woche mit Flügen, Hotelzimmern und Spielen vor dem dort heimischen Publikum. Das Gute daran ist, dass wir danach eine ganze spielfreie Woche haben, gefolgt von den letzten drei Spielen im Januar, die zu Hause stattfinden.

Im Flugzeug ergattere ich einen Fensterplatz. Das Flugzeug ist schick, mit gepolsterten Sitzen, die sich verstellen lassen und über eine integrierte Heizung und Massagefunktion verfügen. Es gibt immer eine Auswahl an leckeren Speisen und Getränken, die von hübschen Flugbegleiterinnen serviert werden.

Es ist schon verdammt spät, aber ich bin immer noch ein bisschen aufgedreht, also bestelle ich vor dem Abflug einen Blanton's Neat in der Hoffnung, dass er mich so weit entspannt, dass ich ein paar Stunden Schlaf bekomme.

Bain Hillridge lässt sich auf den Sitz neben mir fallen, als weitere Spieler das Flugzeug betreten. Er ist ein Abwehrspieler wie ich und kam im November von den Arizona Vengeance zu uns. Obwohl ich jeden Tag meines Lebens darum kämpfe, in diesem Team in die First Line zu kommen, habe ich schnell eine Bindung zu Bain entwickelt.

Als er seine Ohrstöpsel aus dem Rucksack holt, sagt er: „Du warst heute richtig gut, Alter."

Ich bin keiner, der bescheiden ist und es als Glücksfall abtut. Ich habe mir den Arsch aufgerissen, um mein Potenzial voll auszuschöpfen. „Danke. Jetzt muss ich dieses Niveau halten."

„Sonst alles in Ordnung?", fragt er.

Ich verstehe seine Anspielung und weiß, dass er über die Folgen meines Versäumnisses beim Training vorletzte Woche spricht. Ich habe ihm erzählt, was passierte, als der Coach bei mir zu Hause auftauchte und darauf bestand, dass ich zum Treffen der Selbsthilfegruppe gehe.

„Ja, alles in Ordnung“, sage ich.

Die Flugbegleiterin bringt mir mein Getränk und ich klappe das Tablett vor mir herunter. Sie stellt den Drink ab und fragt Bain, ob er etwas möchte.

„Ich nehme einen Pfefferminztee.“

Sie lächelt und dreht sich um, um seine Bestellung auszuführen.

„Weichei“, murmele ich.

„Leck mich“, erwidert er und steckt sich die Ohrstöpsel ein, damit er die Antwort nicht hören kann, die ich ihm vielleicht entgegenschleudern könnte.

Ich lächele, als er sein Tablett in Erwartung seines Tees herunterklappt und sich auf seinem Sitz zurücklehnt. Sein Kopf wippt leicht zu seiner Musik.

Ich nehme mein Handy aus der Sitztasche vor mir und checke meine Nachrichten. Da ist eine Nachricht von meinem ältesten Bruder Caleb.

Caleb: *Tolles Spiel, Bruder.*

Caleb ist zweiunddreißig, und obwohl ich altersmäßig näher an unserem mittleren Geschwisterchen Christian dran bin – wir sind zwei Jahre auseinander –, habe ich eine engere Bindung zu Caleb. Der Altersunterschied von sechs Jahren und die Tatsache, dass meine Mutter starb, als ich zehn Jahre alt war, machte Caleb zum Verantwortlichen für die Grundversorgung in unserem Haushalt. Mein Vater war der Typ, der zur Arbeit geht und dann nach Hause kommt und sich entspannt. Er war kein guter häuslicher Betreuer. Sowohl Caleb als auch Christian folgten meinem Vater in die Armee. Sie sind immer noch im aktiven Dienst, aber mein Vater ist vor einigen Jahren in den Ruhestand getreten und arbeitet jetzt als Manager in einem Holzlieferungslager.

Ich: *Danke. Alles okay bei dir?*

Während ich auf seine Antwort warte, trinke ich einen Schluck von meinem Drink und genieße das rauchige Brennen im Hals. Ich weiß, dass es keine gute Angewohnheit ist, aber seit dem Flugzeugunglück habe ich mir angewöhnt, vor dem Start einen Drink zu nehmen, um meine Nerven zu beruhigen.

Ich blättere durch meine Nachrichten und lese unter anderem einen Austausch, den ich heute mit Danica hatte. Sie ging mir so sehr durch den Kopf, dass ich beschloss, mich zu melden, um zu hören, wie es ihr geht. Meine Anfrage war harmlos.

Ich: *Hast du schon eine Liste mit Dingen gemacht, die ich nächste Woche erledigen soll?*

Sie antwortete mit einem lachenden Emoji. Das brachte mich zum Lachen, also habe ich eine wichtigere Frage gestellt.

Ich: *Wie war Travis' erster Tag beim Eishockey?*

Danica: *Er hat gesagt, es ist großartig gelaufen. Er hat sich sehr darüber gefreut. Er war ein bisschen gestresst, weil die Kinder alle wirklich gut sind.*

Ich: *Ich werde mit ihm üben, wenn er will, wenn ich zurückkomme. Ich schicke dir meinen Spielplan.*

Danica: *Du bist der Beste.*

Ich war ganz locker und mochte ihre Antwort. Ich war gerade dabei, mein Handy wegzulegen, als es wieder brummte.

Danica: *Viel Glück heute Abend. Tritt ein paar Brawlers in den Hintern. Ich werde dich anfeuern.*

Ich überfliege diese Worte erneut. Das Gefühl, als ich sie las, war unbeschreiblich, genauso wie es jetzt ist. Glücksgefühle kommen in mir hoch, aber ich weiß nicht, warum. Ich hatte immer Freunde, die mich angefeuert haben. Die Familie, um genau zu sein. Aber Danica ist anders, denn sie ist mir sehr ähnlich. Sie hat bei dem Flugzeugunglück einen Teil von sich verloren. Sie war an demselben dunklen Ort wie ich. Wenn es jemanden gibt, der verstehen kann, was dieser Tag mit mir gemacht hat, dann ist sie es.

Zugegeben, viele andere haben dasselbe verloren. Die anderen Witwen, Mütter, Väter, Geschwister. Die beiden anderen überlebenden Spieler, Hendrix und Coen. Brienne Norcross. Sie sind alle wie ich.

Aber ich habe zu ihnen keine so enge Beziehung wie zu Danica. Dafür gibt es keinen wirklichen Grund. Sicher, ich war schon vorher mit ihr befreundet, aber Hendrix und Coen standen mir näher. Hätte ich mich mit ihnen nicht genauso solidarisch fühlen sollen wie mit Danica?

Oder liegt es an etwas anderem?

Das ist ein Gedanke, den ich ganz tief in mir vergrabe, denn wenn ich über die Gründe nachdenken muss, warum Danica anders ist als Hendrix und Coen, ist die offensichtliche Antwort inakzeptabel.

Danica ist eine Frau, die ihren Mann bei dem Flugzeugunglück verloren hat. Das hat sie auf eine Weise allein gelassen, wie es Hendrix und Coen nicht passiert ist. Ich bete zu Gott, dass das kein Retterkomplex ist, den ich habe, damit ich mich mit meinen eigenen Problemen besser fühle. Und auch wenn ich es schrecklich finde, dass es das sein könnte, ist es für mich nicht im Entferntesten möglich, einen Rückzieher zu machen. Ich helfe Danica verdammt gern. Ich brauche das vielleicht sogar.

Bain stupst mich kräftig an der Schulter an.

„Was ist?“

Er hat einen Ohrstöpsel herausgezogen. „Ich habe gefragt, ob du immer noch einverstanden bist, dass wir nächste Woche eine kleine Geburtstagsfeier für dich veranstalten?“

Ich erschaudere innerlich. Ich hasse es, meinen Geburtstag zu feiern, weil ich den ganzen Rummel nicht mag. So etwas gab es in meiner Familie nicht, und ich mag es nicht, wenn ich über einen längeren Zeitraum im Rampenlicht stehe. „Was hast du denn vor?“

„Nichts Ausgefallenes. Vielleicht gehen wir alle in Stevies Bar? Wir haben fast eine Woche frei, also warum nicht mal einen Abend feiern? Dein Geburtstag ist eine gute Ausrede dafür.“

„Solange es keine Luftballons und keine Torte gibt. Aber ich bringe jeden um, der Happy Birthday grölt.“

„Ist das dein Ernst?“

„Darauf kannst du wetten. Ich mag diesen Scheiß nicht, aber ich bin einverstanden, zusammen wegzugehen. Wer wäre alles dabei?“

„Wen immer du willst, Kumpel. Es ist dein Geburtstag.“

„Lade einfach das Team ein.“

„Die Coaches auch?“

„Ja, Mann. Das wäre cool.“

Bain klopft mir auf die Schulter. „Betrachte mich als deinen Partyplaner. Hast du noch andere Wünsche als keine Luftballons, keine Torte und keine Ständchen?“

Ich schnaube, weil ich mich so mürrisch und arschlochmäßig anhöre. „Keine Puck-Häschen.“

Bain blinzelt mich mit großen Augen erstaunt an. „Du machst Witze, oder?“

Ich schüttele den Kopf. „Je älter ich werde, desto weniger Toleranz habe ich dafür. Außerdem machen die immer so viel Aufhebens, und ich habe keine Lust, dass sie ständig an mir hängen.“

„Du bist in der Tat ein seltsamer Kerl. Ich kenne keinen einzigen Eishockeyspieler, dem das nicht gefällt.“

„Jetzt wirst du verallgemeinernd“, sage ich rügend. Die Wahrheit ist, dass ich in den ersten Jahren in der Liga die Vorzüge eines professionellen Eishockeyspielers geliebt habe. Ich konnte jede Nacht ein anderes Mädchen haben. Mein Sexleben litt keine Not. Heutzutage macht mir das einfach keinen Spaß mehr. Nicht, dass ich keine Freude am Sex hätte. Ich liebe ihn, verdammt noch mal. Aber ich glaube, seit dem Unfall habe ich meine Welt auf die Menschen eingegrenzt, mit denen ich eine echte Verbindung haben kann.

Wie Danica.

Ich balle die Fäuste bei dem Gedanken. Ich bin an Danica in keiner Weise interessiert außer an ihrer Freundschaft. Genauer gesagt daran, die Art von Freund zu sein, die Mitch für sie gewollt hätte. Ich mache viele Monate wieder gut, in denen ich ihr hätte helfen können.

Ich habe jetzt ein Ziel vor Augen.

Es gibt keine klare Antwort darauf, warum der Weg dahin Danica beinhaltet, aber es ist der einzige, den ich im Moment sehe, der keine Flugzeuge beinhaltet, die aus dem Himmel fallen und mich zerquetschen.

Kapitel 9

Danica

Ich öffne die Hintertür und schaue auf meine Uhr. „Scheiße.“

Ich beeile mich, lege die Handtasche auf den Küchentresen und werfe meine Schlüssel daneben. Ich eile durch das Wohnzimmer und gehe die Treppe hinauf in mein Schlafzimmer, wo ich mich meiner Kleidung entledige.

Die Bluse, die ich im Büro getragen habe, fällt auf den Boden. Ich streife die Schuhe ab, dann schlüpfe ich aus meiner Hose. Ich gebe ihr einen Tritt in Richtung Wäschekorb und beginne, die Kleider in meinem kleinen Schrank zu durchwühlen.

Als ich das Haus verkauft habe, habe ich unter anderem meinen Kleiderschrank verkleinert. Ich hatte fünfmal so viele Kleider, wie in diesen winzigen Schrank passen, und die meisten habe ich gespendet. Einige hatten einen sentimentalen Wert, sodass ich sie behalten habe, andere waren von hochwertigen Marken, die ich secondhand auf Kommission verkauft habe. Das meiste, was übrig geblieben ist, sind Outfits, die ich im Büro trage, und Jeans oder Leggings, die ich mit T-Shirts, Blusen, Flanellhemden oder Sweatshirts kombiniere.

Für den heutigen Nachmittag wähle ich Jeans, ein langärmeliges Waffelhemd und eine Weste, da es draußen ein wenig kühl ist. Ich ziehe das Outfit an und schnappe mir ein Paar Tennisschuhe.

Als ich fertig angezogen bin, stelle ich fest, dass ich noch ein paar Minuten Zeit habe. Ich gehe ins Badezimmer, um meine langen Haare zu einem Pferdeschwanz zu binden, und nachdem ich mein Gesicht betrachtet habe, frische ich das Make-up auf. Ich trage tagsüber nicht viel, aber ich erneuere die Mascara und füge etwas getönten Lipgloss hinzu.

Ich starre mich selbst voller Vorwürfe an.

Was machst du da, Danica?

Es klopft an der Haustür und ich zucke zusammen. Camden.

Ich weiß nicht, ob ich mich selbst ausschimpfen sollte. Ich bin gerade nach Hause geeilt, um mich mit Camden zu treffen, der die Batterien in meinen Rauchmeldern austauschen und mir helfen wird, die Garage aufzuräumen. Keine große Sache. Aber jetzt stehe ich hier und schaue in den Spiegel und mache mir Gedanken über mein Aussehen.

Ich nehme ein Taschentuch und wische mir den Glanz von den Lippen, aber gegen die viele Wimperntusche kann ich nichts mehr tun. Ich werfe das Taschentuch in den Müll, renne die Treppe hinunter und atme tief durch, bevor ich die Tür öffne.

Camden steht da. Verdammt noch mal. Sofort fällt mir auf, wie gut er aussieht. Das ist nicht gerade eine Offenbarung. Ich gebe zu, dass ich Camden bereits gutaussehend fand, als ich noch mit Mitch verheiratet war, genau wie viele der anderen Spieler. Genauso wie ich deren Frauen schön fand und die Kinder bezaubernd. Das ist doch ganz natürlich, oder? Schönheit zu schätzen?

„Darf ich reinkommen?", fragt Camden, und mir wird heiß, als ich merke, dass ich ihn stumm anstarre, denn seine unordentlichen Haare und sein ungepflegter Bart sind einfach viel zu heiß.

„Ja. Ja, natürlich. Entschuldige bitte. Ich glaube, ich habe immer noch die Arbeit im Kopf."

Lüge. Absolute Lüge.

„Viel zu tun?", fragt er und tritt über die Schwelle.

Er ist leger gekleidet in Jeans und ein Titans-Sweatshirt. Dazu trägt er abgewetzte schwarze Converse High Tops.

„Nicht übermäßig. Ich habe gestern Abend ein paar Dinge erledigt, sodass ich früher losfahren konnte, um dich hier zu treffen. Ich weiß es wirklich zu schätzen, dass du mir deine Hilfe angeboten hast."

Und ja, obwohl mich Camdens gutes Aussehen schulmädchenmäßig begeistert, drängt er mich tatsächlich dazu, etwas zu tun, das ich schon lange aufgeschoben habe. Ich räume meine Garage auf, was bedeutet, dass ich einige von Mitchs Sachen durchgehen muss. Camden weiß das nicht. Ich meine, er weiß nicht, dass all diese Kisten, die sich zu gefährlichen Türmen stapeln und jeden Moment umfallen könnten, Mitchs Kleidung, Schuhe, Bücher, Erinnerungsstücke, Auszeichnungen und fast ein Jahrzehnt gesammelter Erinnerungen beinhalten. Ich wette, wenn er es wüsste, hätte er nie seine Hilfe angeboten.

Es geht nicht darum, dass ich irgendetwas davon loswerden möchte. Ganz im Gegenteil, ich möchte das meiste behalten, aber es muss geordnet werden, und ich war nicht in der Lage, einige der Kisten auf die Regale über den Garagentorschienen zu heben. Mein Ziel ist es, die Kleidung auszusortieren, die gespendet werden kann, abzüglich einiger Dinge, die ich für Travis aufbewahre, und dann die Garage aufzuräumen und zu organisieren. Camdens Angebot, mir zu helfen, und ein für die Jahreszeit ungewöhnlich warmer Januartag bieten die perfekte Gelegenheit, das zu tun.

„Willst du mit der Garage anfangen oder erst die

Batterien tauschen?“, frage ich.

„Wie wäre es, wenn wir uns zuerst um die Garage kümmern?“, schlägt er vor. Er hält eine kleine Plastiktüte hoch. „Ich habe alle Batterien gekauft, aber wenn uns die Zeit davonläuft, bevor du Travis abholen musst, kann ich hierbleiben und das allein erledigen.“

„Guter Plan“, antworte ich und ignoriere das leichte Pochen in meiner Brust, weil ich merke, dass Camden wirklich gut riecht. Ich trete unwillkürlich einen Schritt zurück.

„In Ordnung“, sagt er mit einem strahlenden Lächeln. „Schauen wir uns das Projekt an.“

Wir gehen durch die Hintertür und durch den Garten zu der frei stehenden Garage. Sie hat eine Standardtür, durch die man von der Seite her eintreten kann, und das Tor liegt zur Gasse hin. Ich habe mein Auto auf der Straße geparkt, damit Camden, wenn wir hineingehen, eine gute Vorstellung davon hat, womit wir es zu tun haben.

Er blickt auf und sagt: „Wir müssen herausfinden, worauf du keinen ständigen Zugriff brauchst, und dann diese Kisten dort oben lagern.“

„Das ist alles Mitchs Zeug“, sage ich und muss die aufsteigende Traurigkeit unterdrücken.

Camden sieht mich an, sein Blick ist verständnisvoll. „Wir müssen das nicht tun.“

„Doch. Ich muss es tun. Ich hätte es getan, als wir eingezogen sind, aber es war viel los, und ich hatte nicht die Hilfe, die du mir jetzt anbietest. Ich muss die Kisten mit seinen Sachen sortieren, die gespendet werden sollen. Die Sachen, die ich behalte, werden eines Tages für Travis sein.“

Er nickt verständnisvoll und sieht sich um. „Okay.

Machen wir drei Stapel. Einen zum Behalten, der ganz oben stehen wird, einen zum Behalten, auf den du leicht zugreifen kannst und der in die Wandregale passt, und einen Stapel zum Verschenken. Ich übernehme die schwere Arbeit.“

Es sind seine klaren Worte und einfachen Organisationsideen, die mich beruhigen, sodass es sich nur um ein Projekt handelt, das ein wenig Umräumen erfordert und nichts damit zu tun hat, etwas aus meinem Leben zu löschen. Es ist nichts falsch daran, sich von Dingen wie Kleidung zu trennen und nur die Stücke zu behalten, die mit wichtigen Erinnerungen verbunden sind.

In der nächsten Stunde öffnen wir Kisten und sortieren Dinge. Manchmal ruft Camden mir den Inhalt zu, wenn er sich nicht sicher ist, was er damit machen soll.

„Hier ist eine Kiste mit Taschenbüchern von einer Autorin namens Johanna Lindsey“, sagt er.

Ich nicke in Richtung des Spendenstapels. „Das sind alte Liebesromane von mir. Ich lese jetzt digital.“

„Liebesromane, ja?“, fragt Camden und wählt einen mit dem bekannten Fotomodel Fabio auf dem Cover aus. Dessen Haar weht im Wind, während er auf eine vollbusige Verführerin in seinen Armen starrt. „Sind die gut?“

„O ja“, sage ich, während ich einige alte Steuererklärungen durchblättere, die ich für zu alt halte, um sie noch aufzubewahren. Ich lege sie beiseite, da sie geschreddert werden müssen.

„In den Kartons hier ist die Weihnachtsdekoration“, sagt Camden. Ich schaue hoch und sehe, dass Camden fünf Kisten vor sich stehen hat. „Ich stelle sie auf die unteren Regale, damit du sie leicht erreichen kannst."

„Okay." Ich hebe eine weitere Kiste auf die Werkbank, damit ich mich nicht bücken muss. Ich hebe den Deckel vorsichtig an, weil ich Angst vor Spinnen habe, aber zum Glück ist es zu kalt für sie. Darin sehe ich einen Haufen Fotos, die ich im Laufe der Jahre ausgedruckt habe. Viele davon habe ich in Bilderrahmen gesteckt, aber ich habe es immer übertrieben und alle aufbewahrt, mit dem Vorhaben, dass ich eines Tages Sammelalben machen werde.

Ich ziehe eins der Pakete heraus und blättere es durch. Es sind Fotos von Travis' Party zum fünften Geburtstag. Sie fand bei uns zu Hause statt, und weil er ein Juli-Kind ist, war es eine Poolparty. Es gibt mehrere Action-Fotos von Travis und seinem Vater, die Bällewerfen spielen, von Kindern, die sich gegenseitig mit Wasserpistolen jagen, und von einem riesigen Blechkuchen, auf dem Travis die Kerzen ausbläst.

Ich lege ihn beiseite und ziehe einen weiteren Umschlag heraus. Ich finde Fotos von einem Frauenwochenende im Winter, das ich mit einigen anderen Eishockeyfrauen in Miami verbracht habe. Ich glaube, ich war einundzwanzig, vielleicht zweiundzwanzig. Einige dieser Frauen verließen die Gemeinschaft, als ihre Männer weggetauscht wurden, andere, als ihre Männer bei dem Flugzeugunglück ums Leben kamen. Ich blättere durch die Fotos, die uns in sexy Kleidern zeigen, wie wir die Nacht in Clubs verbringen. Andere zeigen uns am Strand, wo wir fruchtige Cocktails schlürfen. Das hat so viel Spaß gemacht und ich vermisse solche Dinge.

Im nächsten Umschlag sind Fotos von einer Titans-

Party. Ich kann mich nicht erinnern, zu welchem Anlass das war, aber alle haben sich schick gemacht, die Männer waren in Anzügen und die Frauen in Cocktailkleidern. Ich blättere die Fotos durch und bleibe bei einem von Mitch und Camden hängen.

„Hey, sieh dir das an", sage ich und ziehe das Foto heraus.

Camden taucht hinter mir auf und schaut mir über die Schulter. Ich reiche ihm das Foto. Ich blättere weiter und siehe da, da ist eins von Camden, Mitch und Hendrix zusammen. Ich gebe es ihm, ohne ihn anzusehen, und spüre, wie das Hochglanzfoto aus meiner Hand gleitet, als er es nimmt.

Ich ziehe die restlichen Bilder heraus und wende mich Camden zu. Ich lehne mich mit dem Rücken gegen die Werkbank und blättere die Fotos durch.

„Hier sind Brienne und Adam."

Camden nimmt es und lächelt. „Du solltest ihr eine Kopie geben."

„Auf jeden Fall. Und das Bild von dir und Mitch solltest du behalten."

Kopfschüttelnd reicht Camden mir die Bilder. „Nein, das kann ich nicht."

„Ich bestehe darauf." Ich nehme die Fotos, ziehe das von ihm und Mitch heraus und drücke es ihm wieder in die Hand.

Er nickt fast unmerklich, als er es annimmt, und ich senke den Kopf wieder, während ich die anderen durchblättere. Ich reiche sie ihm nacheinander, während wir in Erinnerungen schwelgen.

„Das war ein Wohltätigkeitsessen für den Boys and Girls Club", sagt Camden. „Erinnerst du dich? Jemand hatte diesen wirklich seltsamen Zauberer engagiert."

„O mein Gott“, sage ich und kichere. „Und weißt du noch, wie er versucht hat, Teemus Frau als seine Assistentin zu benutzen, und sie ist ausgeflippt, als er ihr gesagt hat, dass er sie in zwei Hälften sägen wird?“

Camden lacht bei der Erinnerung daran. „Sie sprach nicht besonders gut Englisch, und ich glaube, es war ein Fehler, dass er vormachte, was er mit der Säge machen wollte.“

Ich lache so sehr, dass ich fast in die Hose mache, wenn ich daran denke, wie Motina geschrien hat. „Und dann hat sich Teemu aufgeregt, weil er nicht wusste, was los war.“

„Anscheinend gibt es in Litauen nicht viele Zauberer.“ Camden lacht.

Ich wische mir die Lachtränen unter den Augen fort und sehe Camden an. Zwischen uns herrscht gerade eine Stille, die sich anfühlt wie das Prickeln von Champagnerblasen. Die Aura von guten Erinnerungen schwirrt herum. Lächelnd richte ich die Fotos und stecke sie zurück in den Umschlag. „Ich liebe schöne Erinnerungen.“

„Ja“, sagt Camden, während er sich abwendet und das Foto, das ich ihm gegeben habe, in die Gesäßtasche seiner Jeans steckt. „Manchmal vergesse ich sie allerdings.“

„Es kann einem schwerfallen, sie hervorzuholen. Vor allem, wenn unsere Gedanken von so vielen anderen Dingen überschwemmt werden.“

„Hm“, sagt er und beugt sich vor, um eine der Weihnachtskisten zu nehmen.

Er sagt nichts weiter und ich beobachte ihn einen Moment. Er zieht sich absichtlich aus dem Gespräch zurück.

„Wie ist es dir so ergangen?“, frage ich unverblümt.

Camden stellt die Kiste auf ein Regal und sieht mich an. „Was meinst du?“

„Nach dem Unfall. Wie bist du damit umgegangen?“

„Gut. Warum?“

Ich zucke mit den Schultern und lege die Fotos zurück in die Schachtel. „Reine Neugierde. Wir haben beide etwas Traumatisches durchgemacht. Es sollte kein Problem sein, dich danach zu fragen. Oder mich zu fragen, wie es mir damit geht.“

Camden fährt sich mit der Hand über den stoppeligen Kiefer und neigt den Kopf nach links und rechts, als ob er versucht, Spannungen abzubauen. Er sieht mir nicht in die Augen, und ich bin kurz davor, ihm zu sagen, dass er es vergessen soll. Ich will ihn nicht zu etwas Unangenehmem drängen.

„Ich habe immer noch Albträume“, sagt er, und es bricht mir das Herz, wie erschöpft er klingt.

Als ob er seit letztem Februar nicht mehr richtig geschlafen hätte und dieses Eingeständnis ihn fertiggemacht hat. Abgesehen von der Erschöpfung, die ich in seinem Tonfall höre, merke ich auch, dass es ihm unangenehm ist, mir dies mitzuteilen. Ich könnte es dabei belassen, aber irgendetwas sagt mir, dass ich es nicht tun sollte.

„Willst du mir davon erzählen?“, frage ich.

„Nicht wirklich“, murmelt er.

„Du weißt, dass ich es verstehen würde“, versichere ich ihm.

„Ja, ich weiß. Aber was ich nicht verstehe, ist, dass du es so gut überwunden zu haben scheinst und ich immer noch von Flugzeugabstürzen träume.“

Er klingt wütend auf sich selbst, als wäre es eine

Schwäche, die er nicht kontrollieren kann. Ich lege eine Hand auf seinen Arm. „Es gibt keine Regeln dafür, was richtig oder falsch ist, wenn es um Trauer oder den Umgang mit Verlust geht. Und ich kann dir versichern, dass ich noch nicht darüber weg bin.“

„Vielleicht nicht“, sagt er und lässt seinen Blick über mein Gesicht schweifen. „Aber du hast eine Widerstandskraft gezeigt, wie ich sie noch nie gesehen habe.“

Ich freue mich über sein Kompliment und bin gleichzeitig traurig, dass er sich dadurch herabgesetzt fühlt. Ich bin keine Psychologin, aber wenn ich raten müsste, würde ich sagen, dass Camden den Verlust seines Teams nicht gut verarbeitet hat. Ich weiß nicht, was er im vergangenen Jahr alles unternommen hat. Ich weiß, dass er weiterhin Eishockey spielt, aber darüber hinaus … hat er sich überhaupt Hilfe gesucht?

Ich weiß, dass ich das getan habe. Nicht nur durch meine Selbsthilfegruppe, sondern auch durch Freunde, Familie und einen großartigen Therapeuten. Sowohl Travis als auch ich haben Berater aufgesucht, die uns geholfen haben, unsere Trauer zu verarbeiten, die Scherben aufzusammeln und sie wieder neu zusammenzusetzen.

Dennoch gibt es Momente, in denen ich mich so gebrochen fühle wie an dem Abend, als ich den Anruf erhielt, dass das Flugzeug verunglückt war. Diese Momente sind zum Glück immer seltener geworden.

„Hast du danach mit jemandem gesprochen?“, frage ich.

„Damit meinst du …?“ Er bricht fragend ab.

„Einen Profi.“

„Nein.“

Das ist alles. Ich bekomme nur ein Nein.

„Mit der Familie?", hake ich nach.

Camden schnaubt. „Mein Vater und meine Brüder sind nicht gerade Typen, die über Gefühle sprechen."

„Warum nicht?"

Ich bin erleichtert, ein echtes Lächeln auf seinem Gesicht zu sehen. „Sie sind großartig, versteh mich nicht falsch. Es ist nur so, dass sie diese Mentalität haben, dass Gefühle dumm sind und dass das, was dich nicht umbringt, dich nur stärker macht." Er sagt das in einem Ton, als ob er es aus einem Handbuch gelernt hätte.

„Warum sind sie so?"

„Das liegt an der Armee. Mein Vater ist im Ruhestand und meine beiden Brüder sind im aktiven Dienst. Sie haben die Einstellung, dass man Dinge einfach durchstehen muss. Man geht damit um und macht verdammt noch mal weiter. Man muss es nicht ans Tageslicht holen oder es in Ordnung bringen, man muss nur stärker sein als das Trauma."

Ich finde das unheimlich traurig. „Und deine Mutter?"

„Gestorben, als ich zehn war."

Das erklärt es. Camden kommt aus einer Familie, die Gefühle vergräbt, und ich weiß nicht, ob es ihm jemals erlaubt wurde, sichtbar zu leiden. Ich bewerte die Situation mit all den Informationen, die ich gehört habe, und beobachte den Gesichtsausdruck von Camden. Er sieht unbehaglich aus, und ich möchte nicht, dass er schlechte Gefühle damit verbindet, Zeit mit mir zu verbringen.

„Ich bin da, wenn du mal reden willst. Aber ich bin auch noch da, wenn du nicht darüber reden willst."

Die Erleichterung auf seinem Gesicht ist augenblicklich da und überträgt sich auf sein Lächeln. „Okay.“

„Gut. Lass uns hier fertig werden. Ich muss in einer Stunde los, um Travis abzuholen.“

Camden schaut auf seine Uhr. „Ich bin zum Abendessen verabredet, also ja, lass uns das hier erledigen und dann kümmere ich mich um die Rauchmelder.“

Er hat eine Verabredung zum Abendessen?

Wie bei einem Date?

Ich würde gern fragen, aber es geht mich nichts an.

Und dann fällt mir etwas auf, und ich bin entsetzt, wie sehr es mich stört.

Was ist, wenn Camden eine Freundin hat?

Ich fühle mich plötzlich schrecklich, weil ich seine Zeit in Anspruch nehme. Er hat sein eigenes Leben. „Weißt du was, ich kann das auch allein fertig machen. Und ich bin sicher, dass ich die Batterien selbst einlegen kann. Ich kann ziemlich gut mit einer Leiter umgehen.“

Camden runzelt die Stirn. „Ich kann noch eine Weile bleiben. Ich muss nicht gleich gehen.“

„Ich weiß“, sage ich, drehe ihm den Rücken zu und krame blindlings in den Kisten herum. Meine Stimme klingt unnötig schrill. „Ich will nicht, dass du hier deine Zeit verschwendest, wenn du …“

Meine Worte werden unterbrochen, als Camden mein Handgelenk in seiner großen Hand hält und mich zu sich dreht.

„Habe ich etwas Falsches gesagt?“ Er lässt mich los.

„Nein. Natürlich nicht. Es ist nur, dass du gesagt hast, dass du heute Abend verabredet bist, und ich will dich nicht aufhalten.“

Camden lacht. „Das ist keine große Sache. Ich treffe

mich nur mit ein paar der Jungs zum Steak essen und könnte auch etwas später dort auftauchen.“

O mein Gott. Eine völlig unangebrachte Erleichterung durchströmt mich, dass er sich mit Freunden trifft und nicht mit einem Date.

Was zum Teufel ist los mit mir?

„Wo wir gerade von den Jungs sprechen“, sagt Camden.

Ich blinzele meine Gedanken weg und setze ein Lächeln auf. „Ja?“

„Sie schmeißen am Freitagabend eine Geburtstagsparty für mich. Hast du schon Hendrix’ neue Freundin Stevie kennengelernt?“

Ich schüttele den Kopf.

„Die Party wird in ihrer Bar stattfinden. Du solltest kommen und mit uns abhängen. Stevie ist cool und du kannst dort eine Menge Leute kennenlernen.“

Aufregung rast durch mich. Ich bin schon lange nicht mehr ausgegangen, nur um Spaß zu haben. Und es wäre toll, Camdens Geburtstag zu feiern. „Ja, gern. Ich muss nur einen Babysitter für Travis organisieren.“

„Toll“, sagt Camden, und sein Grinsen verrät mir, dass er mich wirklich dabeihaben will und nicht nur höflich ist. Aber dann entgleitet es ihm ein wenig, nicht so, als ob er an dem Gedanken seine Freude verliert, sondern so, als ob er etwas Ernstes in Betracht zieht. „Ich bin wirklich froh, dass wir uns wiedergetroffen haben, Danica.“

„Ja“, sage ich leise und die Gefühle drohen mich zu ersticken. „Ich auch.“

Kapitel 10

Es ist eine Seltenheit, dass die Saison fast eine ganze Woche ohne Spiele bietet. In der ersten Januarhälfte standen viele Auswärtsspiele auf dem Programm. Darunter eine ganze Woche an der Westküste, in der wir vier Spiele absolvierten. Dadurch hatten wir die Möglichkeit, diese Zeit zu nutzen. Ohne Spiele, aber nicht ohne Training, Mannschaftsbesprechungen und Schulungen, und das fühlt sich ehrlich gesagt etwas seltsam an. Die Eishockeysaison ist immer wie ein nonstop fahrender Hochgeschwindigkeitszug, der die Strecke so schnell zurücklegt, dass man gar nicht weiß, wo die Zeit geblieben ist.

Ich habe drei volle Tage gebraucht, um mich zu beruhigen und das angespannte Gefühl zu vertreiben, dass ich etwas tun oder irgendwohin gehen sollte.

Wenn am Freitag mein Geburtstag ansteht, werde ich mit meinen Mannschaftskameraden richtig abfeiern. Es wird guttun, sich auszutoben und sich keine Gedanken über die Folgen eines Katers machen zu müssen.

Als ich Stevies Bar betrete, gibt es zu meiner Erleichterung keine Luftballons oder Luftschlangen, aber dann bemerke ich ein riesiges Banner, das sich von einer Ecke zur anderen über die Jukeboxen erstreckt. Darauf steht:

Happy Birthday zum Sechsundzwanzigsten, Camden!

Ich glaube, das ist noch zu ertragen.

Stevie ist die erste Person, die ich treffe, und sie umarmt mich.

„Ich schätze, ich muss mich bei dir für das Banner bedanken“, murmele ich.

„Ja“, antwortet sie mit einem verschmitzten Grinsen. „Bain hat gesagt, dass du keine alberne Dekoration willst, aber das ist meine Bar, also mache ich die Regeln.“

„Dann danke ich dir, dass du wenigstens auf Luftballons verzichtet hast.“

Sie zwinkert. „Die könnten noch kommen.“

Ich bahne mir einen Weg durch die Menge, eine Mischung aus Stevies Stammgästen, vor allem Bikern, und meinen Titans-Kumpels, und ernte Schulterklopfen von den Männern und Umarmungen von den Frauen. Es überrascht mich nicht, den Großteil des Teams hier zu sehen, einige mit ihren Frauen oder Dates. Sogar die Trainer sind hier, und es rührt mich, dass sie gekommen sind. Natürlich ist es günstig, dass wir so viele freie Tage haben.

Hendrix taucht vor mir auf, und seine ersten Worte sind, die Schuld zu leugnen. „Stevie hat das Banner gemacht. Ich hatte nichts damit zu tun.“

Lachend schüttele ich seine Hand. „Sie hat es bereits zugegeben.“

Bain hält mir ein Bier hin. „Trink, Kumpel. Es sind bestimmt über fünfzig Leute hier, die dir heute Abend ein Geburtstagsbier spendieren wollen.“

„Gott sei Dank haben wir kein Morgentraining“, sage ich und stoße mit dem Flaschenhals gegen seine Flasche. „Prost.“

Wir kippen beide unsere Biere ab und der erste eiskalte Schluck schmeckt viel zu gut. Ich werde morgen auf jeden Fall einen Kater haben.

Ich gehe weiter in die Bar und bedanke mich bei allen für ihr Kommen. Ich trinke mein Bier aus und jemand reicht mir ein weiteres. Ich befinde mich an einem Stehtisch und unterhalte mich mit Coen und Tillie, als ich bemerke, wie sich ein Lächeln auf Coens Gesicht bildet.

„Sieh mal, wer da ist“, sagt er und nickt in Richtung Tür.

Ich drehe mich um und sehe Danica hereinkommen. Ihr langes braunes Haar hängt ihr über die Schultern und sie streicht sich eine Strähne hinters Ohr, während sie sich nervös umsieht. Die meisten Biker sitzen an der Bar in der Nähe des Eingangs und ich kann ihr Gesicht lesen. Sie denkt, dass sie wohl im falschen Lokal sein muss. Ich schlängele mich durch die Gäste, und als sie mich sieht, lächelt sie erleichtert.

„Du bist tatsächlich gekommen“, sage ich zur Begrüßung.

Sie zieht ihren Mantel aus und ich helfe ihr galant dabei. „Na ja, man wird ja nicht jeden Tag … warte mal, wie alt wirst du überhaupt?“

Ich lege ihre Jacke über meinen Arm und beabsichtige, sie auf einen der Tische zu den Sachen der anderen Frauen zu legen. „Sechsundzwanzig.“

„Ein junger Hüpfer.“

Ich weiß nicht genau, wie alt Danica ist, aber ich weiß, dass sie Travis jung bekommen hat. Vielleicht in ihrem ersten Jahr am College. Sie kann nicht älter als siebenundzwanzig, achtundzwanzig Jahre alt sein, aber ich werde sie nicht fragen. Es ist auch nicht wichtig.

„Ich freue mich wirklich, dass du gekommen bist. Lass uns etwas trinken gehen.“

Ich führe Danica dorthin zurück, wo die meisten Titans abhängen, in die hinterste Ecke der Bar auf der gegenüberliegenden Seite der Jukeboxen, damit es nicht so laut ist. Es gibt mehrere runde Tische mit Stühlen und einige Stehtische. Links stehen drei Billardtische und dahinter ein paar digitale Dartscheiben.

Es gibt Umarmungen von denen, die Danica gut kennt. Stone, Harlow, Coen, Tillie und Hendrix. Ich stelle ihr Stevie vor, und sie beginnen, zu plaudern.

Coach West und Ava sind nicht hier, aber ich weiß, dass sie eine kurze Reise nach Charlotte machen, um sich mit ihrem Chef zu treffen, dessen Firma dort ansässig ist. Brienne und Drake sind auch nicht hier, aber Drakes Schwester Kiera ist da. Sie gehört inzwischen zu unserem Kreis und fügt sich gut ein. Drake schimpft zwar gern und warnt alle Singles vor ihr, aber jeder von uns beschützt sie wie verrückt. Sie gehört zur Familie.

In der nächsten Stunde verbringe ich die meiste Zeit damit, die Runde unter meinen Freunden zu machen. Ich nehme bereitwillig Geburtstagsbiere an und spiele ein paar Runden Billard mit Bain. Ich beobachte, wie eine Schlägerei zwischen zwei Bikern im vorderen Teil der Bar ausbricht, und lächele, als Stevie in die Schlägerei eingreift, um sie zu beenden, während Hendrix mit unruhiger Miene zusieht. Stevie ist eine starke Frau und hat keine Angst, den Frieden zu wahren. Trotzdem ist es für Hendrix eine harte Pille, die er schlucken muss, denn sein Instinkt sagt ihm, dass er sich einmischen und die Sache regeln muss. Ich habe das bei einem früheren Besuch hier aus erster Hand erfahren.

Mit der Zeit stelle ich fest, dass ich, egal wo ich bin und was ich tue, immer ein Auge auf Danica habe. Sie kennt zwar eine Handvoll Leute hier, aber die meisten der neuen Spieler trifft sie zum ersten Mal. Ich stehe bereit, um einzugreifen, wenn sie allein gelassen wird oder sich unwohl fühlt, aber im Gegenteil, sie scheint sich gut zu amüsieren. Sie trägt dieses natürliche Lächeln, das ich in den letzten drei Wochen zu schätzen gelernt habe, und ein Teil von mir möchte, dass es sich auf mich konzentriert.

Seit ich ihr vorgestern beim Aufräumen ihrer Garage geholfen habe, fühle ich mich noch stärker zu ihr hingezogen. Ich weiß, dass das alles damit zu tun hat, dass sie eine Barriere durchbrochen hat, die ich seit dem Flugzeugunglück nicht überwinden konnte. Ich habe ihr von meinen Albträumen erzählt, und dass ich auch Coach West davon erzählt habe, ist etwas anderes. Das geschah unter Zwang und aus Angst, ich könnte meinen Job verlieren.

Aber Danica hat mir in der Garage mit dem kaputten Betonboden irgendwie eine sichere Umgebung geboten. In der Enge dieses Raums erfuhr sie, dass ich immer noch damit kämpfe, den Unfall zu akzeptieren, und dass mein Hintergrund dabei eine Rolle spielt. Ich habe ihr genug über meine Familiendynamik erzählt, dass sie weiß, dass ich niemand bin, der seine Gefühle nach außen trägt. Sie wusste genau, wann sie sich zurückhalten musste, damit ich mich nicht in die Enge getrieben oder überfordert fühlte.

Deshalb bin ich wie ein neugieriger, ausgehungerter Hund. Ich möchte an ihrer Hand schnüffeln und sie anstupsen, um zu sehen, welche Leckereien sie noch hat, doch gleichzeitig bin ich ein bisschen zu ängstlich, um mich darauf einzulassen.

„Das war nett von Danica, dass sie gekommen ist." Ich drehe mich um und sehe Bain mit einem weiteren Bier für mich in der Hand. Ich nehme es mit einem dankenden Nicken entgegen. „Ich nehme an, du hast sie eingeladen."

„Ja. Ich dachte, sie würde es genießen, wieder mit dem Team zusammen zu sein."

Bain weiß, dass ich ein paarmal mit ihr zu tun hatte, seit ich zu der Selbsthilfegruppe bestellt wurde. Er weiß, dass ich in derselben Line wie Mitch gespielt habe, und ich habe ihm sogar gesagt, dass ich mich ein wenig schuldig fühle, weil ich bisher nichts für sie getan habe.

„Ich habe vor Kurzem mit ihr gesprochen. Sie singt ein Loblied auf dich."

Mein Blick wandert zu Danica, die mit Tillie an einem Tisch sitzt, während Coen Billard spielt. Worüber auch immer sie reden, Danica lacht herzhaft.

Als Reaktion auf Bains Worte bewege ich keinen einzigen Gesichtsmuskel und leugne, dass es sich ein wenig zu gut anfühlt, ihre Wertschätzung zu erfahren. Denn das heißt, dass meine Hilfe ihr persönlich etwas bedeutet, und aus irgendeinem Grund scheint die Hilfe für Danica Balsam für meine gequälte Seele zu sein. Ich halte meinen Tonfall neutral. „Sie hat es geschafft, ihr Leben nach Mitchs Tod wieder aufzubauen. Ich bewundere sie dafür."

„Mir ist auch aufgefallen, dass du dich heute Abend überhaupt noch nicht mit ihr getroffen hast", sinniert Bain.

Ich wende meinen Blick zu ihm, als ob mich die Bemerkung nicht stören würde. „Warum sollte ich? Es ist ja nicht so, als wäre das ein Date oder so."

Bains Mundwinkel gehen hoch, sein Ausdruck ist wissend. „Ich habe nie gesagt, dass es eins ist. Aber es scheint, als würdest du ihr aus dem Weg gehen."

„Ich gehe ihr nicht aus dem Weg", antworte ich

empört. „Sie war damit beschäftigt, sich mit anderen Leuten zu unterhalten, und ich wollte nicht stören.“

„Wenn du meinst“, sagt Bain und nickt dann zu einem leeren Billardtisch. „Willst du spielen?“

Nein, das will ich nicht. Ich möchte mit Danica reden, und mir wird klar, dass ich mich zurückgehalten habe, weil ich nicht wollte, dass jemand schlecht von mir denkt. Ich wollte nicht, dass jemand glaubt, ich hätte sie aus einem anderen Grund als Freundschaft eingeladen. Ich habe jetzt genug Bier in mir, um mich daran zu erinnern, dass ich in der Tat nichts weiter als ihr Freund bin und es völlig zulässig ist, mit ihr abzuhängen. „Ich verzichte“, sage ich zu Bain und gehe ohne einen Blick zurückzuwerfen davon.

Als ich den Tisch erreiche, an dem Danica sitzt, muss ich mich selbst davon überzeugen, dass es nicht nur meine Einbildung ist, dass ihre Augen aufleuchten. Ich lasse mich auf den Stuhl neben ihr nieder und Tillie erhebt sich sofort.

„Ich gehe auf die Toilette und hole mir dann noch einen Drink. Willst du auch einen?“, fragt sie Danica.

„Gern, danke.“

Dann sieht Tillie mich an. „Ich bin dran, dem Geburtstagskind einen auszugeben.“

Obwohl ich eine volle Flasche in der Hand habe, zwinkere ich ihr zu. Ich habe einen netten Schwips und möchte ihn behalten. Besonders jetzt, wo ich mich entschlossen habe, ein bisschen mit Danica abzuhängen.

„Amüsierst du dich?“, frage ich sie.

„Ja. Danke für die Einladung. Es fühlt sich irgendwie wie in alten Zeiten an.“

Das freut mich zu hören, denn ich weiß, dass sie vor allem die familiäre Kameradschaft innerhalb des

Teams zu schätzen weiß. „Ich bin froh, dass du gekommen bist. Was hast du heute Abend mit dem kleinen Mann gemacht?“

„Er übernachtet bei einem Freund. Sie sind zusammen im Jugendeishockey und haben morgen Training. Ich werde ihn dann dort abholen.“

„Und wie läuft es da? Er hat seine erste Trainingswoche hinter sich, oder?“

Danicas Gesicht verdunkelt sich vor Unsicherheit und sie zuckt mit der Schulter. „Ich weiß es nicht. Er hat noch nie organisierten Sport gemacht, also bin ich nicht sicher, was vernünftig ist und was nicht.“

„Ist etwas passiert?“

„Nein. Ganz und gar nicht. Es ist nur, dass der Trainer ein bisschen anstrengend ist. Travis ist es gewohnt, dass sein Vater mit ihm allein spielte und es Spaß machte. Selbst als du mit ihm trainiert hast, war das ziemlich locker. Aber jetzt spürt er den Leistungsdruck, und der kommt hauptsächlich vom Trainer. Ich habe bei einem Training zugesehen, und er ist ziemlich hart zu den Jungs. Manche Eltern mögen das, also weiß ich nicht, ob ich überfürsorglich bin.“

„Es gibt die unterschiedlichsten Coaching-Stile. Aber ich weiß, dass es keinen Einheitsmaßstab für alle gibt. Manche Menschen werden durch ein Umfeld mit hohem Druck motiviert, während es andere lähmen kann. Ein guter Trainer weiß, wie er seinen Stil an die Bedürfnisse aller anpassen kann.“

Danica nickt. „Ich habe angeboten, mit dem Trainer zu sprechen, und Travis war beschämt. Er hat es mir verboten.“

Ich lache, denn ich kann mir vorstellen, wie Travis das macht. „Du willst nur das Beste für ihn.“

„Er weiß das, aber er hatte auch mit einer Mutter zu

tun, die nach Mitchs Tod viel zu überfürsorglich war. Ich hatte solche Angst, dass ihm etwas zustößt, dass ich ein bisschen erdrückend wurde. Ich habe gelernt, mich ein wenig zurückzuhalten, aber es ist schwer. Ich möchte all seine Probleme lösen, denn er hat genug Schlimmes erlebt."

Es reizt mich, Danicas Hand zu nehmen und sie zu drücken, aber ich tue es nicht. Ich hätte es getan, wenn wir allein wären, aber bei so vielen Augen, die uns beobachten, will ich nicht, dass es nach mehr als einer netten Unterhaltung aussieht.

Das heißt aber nicht, dass ich nicht doch etwas anbieten werde. „Er will nicht, dass du mit dem Trainer redest, aber das heißt nicht, dass ich es nicht tun kann." Ihre Augen leuchten auf. „Ich werde beim nächsten Training zuschauen, und wenn mir etwas auffällt, kann ich unter vier Augen mit ihm darüber reden."

„Das kann ich aber nicht von dir verlangen."

„Natürlich kannst du das. Du musst mir nur erlauben, bei seinem Training zuzusehen."

Danica starrt mich einen langen Moment an, und ich kann praktisch sehen, wie sich in ihrem Kopf die Räder drehen. Schließlich lächelt sie.

„Okay. Und natürlich, wann immer es dir passt. Du hast eine Menge zu tun, also sag mir einfach …"

„Morgen", sage ich.

Sie blinzelt. „Ähm, okay. Morgen würde gehen."

„Perfekt", sage ich und klopfe mit den Fingerknöcheln auf die Tischplatte. Mein Blick wandert nach links und ich entdecke einen freien Billardtisch. „Willst du eine Runde spielen?"

„Ich bin nicht so gut darin", gibt sie zu. „Ich wäre kein nennenswerter Gegner."

„Wir werden mit Coen und Tillie zusammen spielen. Das wird ein ausgeglichenes Match."

Wir spielen zu viert ein paar Runden Billard und ich trinke noch ein paar Bier. In der Jukebox läuft *Livin' on a Prayer* und die ganze Bar singt das Lied aus voller Kehle mit. Danica und ich tun so, als ob unsere Billardqueues Mikrofone wären.

Stevie bringt eine große Torte, und verdammt, wenn sie sie nicht fast in Brand setzt, indem sie versucht, sechsundzwanzig Kerzen anzuzünden. Ich brauche drei Versuche, um sie alle auszupusten, aber nur, weil ich so sehr lache, weil die Jungs bei jedem Versuch anzügliche Geräusche machen.

Der Kuchen ist in kürzester Zeit vertilgt, und ich werde von einem Stückchen Zuckerguss an Danicas Mundwinkel abgelenkt. Ich muss mich abwenden, um mit jemand anderem zu sprechen, und als ich zurückblicke, ist es zum Glück weg.

Gegen elf Uhr nachts spüre ich ein Ziehen an meinem Hemdsärmel und drehe mich um, um Danica zu sehen. Sie hat ihren Mantel an, und da ich nicht den ganzen Abend mit ihr verbracht habe, möchte ich nicht, dass sie schon geht. Diese Meinung behalte ich allerdings für mich. „Gehst du schon?"

„Ja." Sie rümpft die Nase. „Ich bin so eine Langweilerin, aber für mich ist es spät. Ich habe mich schon von allen anderen verabschiedet, aber das Beste kommt zum Schluss."

Es tut gut, das zu hören. „Ich bin froh, dass du gekommen bist. Brauchst du einen Uber, der dich nach Hause bringt?"

Sie schüttelt den Kopf und hängt ihre Handtasche über die Schulter. „Nein. Ich habe nach zwei Bier aufgehört."

Mir ist aufgefallen, dass sie seit einiger Zeit Wasser trinkt, und das gibt mir die Gewissheit, dass sie in der Lage ist, zu fahren. Ich weiß, dass Danica verantwortungsbewusst ist und nichts riskieren würde.

„Dann bringe ich dich zu deinem Auto“, sage ich und stelle mein Bier auf einen Tisch in der Nähe.

„Das muss nicht sein.“

„Doch“, sage ich und biete ihr meinen Arm an. „Mitch sucht mich wie ein Poltergeist heim, wenn ich dich nachts allein aus einer Bar gehen lasse.“

Danica lacht, wie ich es erwartet habe, und verschränkt ihren Arm mit meinem. Irgendwie wusste ich, dass ein Witz über Mitch nicht pietätlos wäre, sondern, im Gegenteil, verstanden wird. Das sagt ihr, dass ich weiß, was Mitch für seine Frau empfunden hat, und dass ich es respektiere.

Wir verlassen die Bar und sie wendet sich gen Westen. „Ich stehe etwa zwei Blocks weiter in dieser Richtung auf einem bewachten Parkplatz.“

Während wir den Bürgersteig entlangschlendern, stemme ich mich gegen die Kälte. Ich habe nicht daran gedacht, meine Jacke anzuziehen, aber die Temperatur ist eisig. Bilde ich mir das nur ein oder ist Danica näher an mich herangerückt? Ist ihr kalt und sie sucht Wärme, oder macht sie sich Sorgen, dass mir kalt ist?

„… beginnt um zehn Uhr morgens.“

„Entschuldige bitte, was hast du gesagt?“, frage ich, weil ich nichts mitbekommen habe.

Danica lacht. „Bist du betrunken?“

„Angenehm angeheitert“, korrigiere ich, aber ich bin sicher, dass ich betrunken sein werde, bevor der Abend vorbei ist. Ich werde auf jeden Fall einen Uber nach Hause nehmen.

„Ich sagte, dass Travis' Training um zehn beginnt. Ich kann dir die Adresse schicken."

Ich überlege, ob ich ihr anbieten soll, sie abzuholen, aber das erscheint mir aus irgendeinem Grund zu dreist. Trotz der Tatsache, dass ich mich ihr jetzt schon zweimal aufgedrängt habe, um ihr zu helfen, ohne ihr die Möglichkeit zu geben, abzulehnen, fühlt es sich zu persönlich an, sie abzuholen, um sie irgendwo hinzubringen.

„Klingt gut", antworte ich. „Ich treffe dich dort."

„Hier ist der Parkplatz", sagt Danica, und wir gehen an einem Wärter vorbei, der in seiner Kabine schläft.

An ihrem Auto kramt sie in ihrer Handtasche nach den Schlüsseln, und ich bin überrascht, dass sie dann auf mich zukommt, um mich zu umarmen. Ich bin erschrocken und brauche einen Moment, um die Umarmung zu erwidern. Sie legt die Arme um meinen Hals, die Schlüssel in ihrer Hand klimpern.

„Alles Gute zum Geburtstag, Camden."

Eine liebevolle Geste für einen Freund, und doch klingt es nach mehr.

Oder das liegt an meinem Bierpegel.

Trotzdem löst sich keiner von uns aus der Umarmung und ich inhaliere den Duft ihrer Haare.

Fuck, riecht sie gut.

Sie fühlt sich in meinen Armen ein wenig zu gut an, und ich habe kein Recht, so etwas zu denken. Ich lockere den Griff um sie, obwohl ich mich nur ungern von ihr losreißen möchte. Zunächst nutzt Danica die Gelegenheit nicht, um sich zu befreien, und so halten wir noch ein paar Sekunden länger still.

Dann bewegen wir uns langsam auseinander. So verdammt langsam, dass meine Wange ihre Schläfe streift und ich die Hitze ihres Atems an meinem Hals spüre. Ich neige den Kopf ohne Grund, und so verharren wir kurz Wange an Wange, bevor wir uns weiter voneinander entfernen. Mein Gott, nur ein Zentimeter trennt unsere Münder, und wenn ich den Kopf nur leicht drehen würde, würden meine Lippen ihre berühren. Wir erstarren beide, und ich kann das Heben und Senken ihres Brustkorbs selbst unter ihrem schweren Mantel sehen. Ich kneife die Augen zusammen, bete insgeheim um Kraft und schaffe es irgendwie, mich aus der Umarmung zu lösen.

Danica hüstelt und tritt einen Schritt zurück, ihr Blick sinkt zu Boden. Ich schiebe meine Hände in die Gesäßtaschen und schaue zu dem Wachmann in der Kabine hinüber, nur um meine Aufmerksamkeit woanders hinzulenken.

Ein leises Kichern lenkt meine Aufmerksamkeit wieder zu Danica. Ich ziehe eine Augenbraue hoch, und sie schüttelt den Kopf, während sie sich die Hand vor den Mund hält, vielleicht um ein weiteres Lachen zu unterdrücken. Dann treffen sich unsere Blicke, und ihre Augen sind nicht voller Vorwürfe, dass wir uns fast geküsst hätten. Stattdessen sprühen sie vor Humor, und ich kann nicht anders, als zu grinsen. Und schon sind wir wieder auf Augenhöhe.

Sie schließt ihre Tür auf. „Noch mal vielen Dank für die Einladung. Es hat Spaß gemacht.“

„Mir auch. Wir sehen uns dann morgen früh.“

Danica lässt sich auf ihren Sitz gleiten, und ich rühre mich nicht von der Stelle, bis sie den Parkplatz verlässt und die Straße entlangfährt.

Weil es saukalt ist, jogge ich zurück zur Bar.

Drinnen angekommen, reicht mir Bain ein frisches Bier, damit ich mein altes nicht suchen muss.

„Danke, Mann.“

„Hast du Danica zum Auto begleitet?", fragt er.

„Ja."

Bain sagt nichts weiter, sondern starrt mich nur mit hochgezogenen Augenbrauen an, als erwarte er, dass ich Details rauslasse. Mir läuft es heiß über den Rücken, und ehe ich mich versehe, verteidige ich mich.

„Da gibt es nichts weiter zu erzählen, Alter. Ich habe sie zu ihrem Auto begleitet, um mich zu vergewissern, dass sie in Sicherheit ist, und mehr nicht."

„Okay", sagt er leichthin.

„Wir sind nur Freunde."

„Das sehe ich."

„Dann glotz nicht so blöd", knurre ich.

„Wie glotze ich denn?"

„Als ob du ein Geheimnis über mich wüsstest. Da gibt es aber nichts zu wissen."

Bain nickt und trinkt einen langen Zug von seinem Bier. Ich denke, das Thema ist damit erledigt, aber dann sagt er: „Der Bro-Code gilt in dem Fall nicht."

Das ergibt keinen Sinn und ich drehe mich mit einem finsteren Blick zu ihm um. „Wie bitte?"

„Mitch ist tot. Sie ist alleinstehend. Du bist Single. Es gibt keinen gültigen Bro-Code."

Der Bro-Code. Diese ungeschriebene Regel, die jeder versteht. Man macht sich niemals, und ich meine wirklich niemals, an die Frau eines Teamkollegen heran. Selbst wenn sie sich getrennt haben oder geschieden sind, hält man sich zurück. Coen brach die Regeln in einer trunkenen Nacht, als er dachte, ein Teamkollege hätte sich von seiner Freundin getrennt, und hat damit eine Grenze überschritten. Bevor er es wiedergutmachen konnte, starb der Freund bei dem Flugzeugunglück, und er war mit schweren Schuldgefühlen belastet, weil er sich nicht einmal entschuldigen konnte.

Aber ich bin sicher, dass der Bro-Code auch für Witwen gilt.

„Kann sein", murmele ich.

„Ich meine ja nur, falls du Interesse hättest ..."

„Habe ich nicht."

„Für mich sieht es ganz danach aus", erwidert Bain, und mir entgeht nicht der Schalk in seinen Augen. „Ich denke, es ist offensichtlich, dass ihr beide eine Verbindung habt. Jeder in dieser Bar konnte es sehen."

Mein Blick schweift durch den Raum in der Erwartung, dass mich alle mit demselben wissenden Blick anstarren, den Bain gerade hat. Aber niemand schenkt mir Beachtung, und ich denke, er nimmt mich auf den Arm.

„Wir sind nur Freunde", sage ich erneut. Bevor er etwas Verrücktes sagen kann, gehe ich weg.

Nur Freunde.

Mehr nicht.

Kapitel 11

Camden

Travis spielt in der U9-Jugendliga, und obwohl der Junge ein hervorragender Schlittschuhläufer ist und geschickte Hände hat, ist es sein Selbstvertrauen, an dem er am meisten arbeiten muss. Das merkte ich an dem Tag, an dem ich mit ihm aufs Eis ging. Während ich ihn lobte, fiel mir auf, dass es ihm schwerfiel, den Beteuerungen zu glauben. Ich sagte ihm, dass sein Umschaltspiel gut ist, und er ging automatisch davon aus, dass das nicht gut genug sei, um für sein derzeitiges Team zu spielen. Ich bin davon überzeugt, dass es daran liegt, dass er nach Mitchs Tod nicht gespielt hat und sein Selbstvertrauen wieder aufbauen muss.

Ich treffe Danica und Travis in der Anlage, in der seine Liga trainiert. Sie trainieren nur montags und samstags und die Spiele finden sonntags statt. Wenn Travis dabeibleibt, werden die Verpflichtungen Jahr für Jahr zunehmen. Ich weiß, dass der Junge genug Talent hat, um in der obersten Liga zu spielen, wenn er älter ist, und sie trainieren dann fünf Abende pro Woche. Eishockey spielen bedeutet, dass er zu Spielen und Turnieren in andere Staaten fliegen muss, und das ist eine sehr teure Verpflichtung.

Das muss ich meinem Vater zugutehalten: Er wusste vielleicht nicht, wie er mir nach dem Tod meiner Mutter Liebe, Zuneigung und Unterstützung geben sollte, aber er sorgte dafür, dass ich meiner Leidenschaft fürs Eishockey nachgehen konnte. Das ist der Hauptgrund dafür, dass ich heute Profisportler bin.

Ich komme früh an, weil ich noch ein paar Minuten

mit Travis sprechen möchte, bevor er aufs Eis geht. Danica hat mir heute Morgen eine Nachricht geschickt, dass er sich freut, dass ich zum Zuschauen komme. Er hat keine Ahnung, dass ich den Trainer überprüfen soll, damit ich Danica beruhigen kann, aber das heißt nicht, dass ich ihm nicht in letzter Minute aufmunternde Worte geben kann.

Als ich an der Eingangstür warte, sehe ich Danica einfahren. Travis sieht mich durch das Fenster an und winkt mit einem breiten Grinsen. Er wartet kaum darauf, dass seine Mutter das Auto zum Stehen bringt, bevor er die Tür aufreißt und vom Rücksitz springt.

„Hey, hey, hey", ruft Danica, als sie ihre Tür öffnet. „Pass auf die Autos auf."

Travis hält an, schaut nach links und rechts und hält es für sicher, die Durchgangsstraße zu überqueren. Danica steigt aus dem Auto und rollt mit den Augen über ihren Sohn. Sie trägt Jeans, einen roten Mantel und weiße Schnürstiefel mit Pelzbesatz. Auf dem Kopf trägt sie eine Strickmütze in demselben Rotton wie ihr Mantel, und ihr langes schokoladenfarbenes Haar fällt ihr über den Rücken.

Ich hasse es, dass ich ihr nachsehe, aber seit dem Beinahe-Kuss gestern Abend und seit Bain mir gesagt hat, dass der Bro-Code nicht greift, sehe ich sie mehr und mehr als Frau und nicht als Witwe meines toten Teamkollegen.

Obwohl ich gestern Abend, nachdem sie die Party verlassen hatte, ein wenig betrunken war, fiel es mir schwer, einzuschlafen, als ich nach Hause kam. Ich habe immer wieder daran denken müssen, wie verdammt unpraktisch es ist, Interesse an jemandem zu haben, mit dem ich nicht mehr als befreundet sein sollte. Ich habe vielleicht nicht viel Schlaf bekommen, aber wenigstens sind mir keine Flugzeuge auf den Kopf gefallen.

„Camden!“, ruft Travis, als er mich erreicht. „Mom hat gesagt, dass du kommst.“

„Ich bin froh, dass sie mich eingeladen hat.“ Ich lege eine Hand auf seine Schulter. „Ich wollte sehen, wie du all die raffinierten Moves machst, die du mir beim Training gezeigt hast.“

Travis errötet, aber ich freue mich, dass er sich nicht selbst herabsetzt. Vielleicht hat er in den letzten zwei Wochen doch schon etwas Selbstvertrauen aufgebaut.

Danica erreicht uns, und ich sehe, dass sie Travis’ Ausrüstungstasche und seinen Schläger trägt. Ich nehme sie ihr ab und gebe sie an Travis weiter. „Kleiner Mann, warum trägt deine Mutter das alles für dich? Zeig mir deine Muskeln.“

Travis grinst. „Tut mir leid. Das mache ich normalerweise selbst. Ich war nur so aufgeregt, dich zu sehen.“

Mein Blick fällt auf Danica, die, wie ich erleichtert feststelle, amüsiert und nicht beleidigt ist. Ich weiß nicht, ob sie zu den Müttern gehört, die ihrem Kind gern alles abnehmen, und es liegt mir fern, daran etwas zu ändern, aber wenn, dann muss er sich dieser Dinge etwas bewusster werden. Wenn er Eishockey spielen will, muss er seine eigene Ausrüstung mit sich herumschleppen.

Eine andere Mutter mit ihrem Kind, die Danica und Travis offenbar kennen, nähert sich dem Gebäude. Die Frauen umarmen sich kurz und Travis stellt mich seinem Freund vor.

„Das ist Camden Poe.“

Die Augen des anderen Jungen werden groß. „Oh, wow.“

„Hallo“, sage ich und reiche dem Jungen die Hand. „Und wer bist du?“

„Gabe“, sagt er und starrt mich an.

„Hi, Gabe. Jeder Kumpel von Travis ist auch mein Kumpel.“

„Wow“, murmelt der Junge erneut und schaut zu seiner Mutter und dann wieder zu mir. „Kann ich ein Foto mit dir machen oder so?“

„Klar doch.“

Gabes Mutter holt ihr Handy heraus und macht Fotos von mir und Gabe, dann mischt sich Travis dazu. Ich bin überrascht, dass auch Danica ihr Handy zückt und ein Foto von mir und ihrem Sohn zusammen macht. Dann eilen die Jungs in die Umkleide, und Gabes Mutter geht zurück zu ihrem Auto, wo sie während des Trainings warten wird.

Danicas Augen verengen sich. „Du siehst nicht allzu verkatert aus.“

Grinsend öffne ich die Tür und mache ihr ein Zeichen, vorauszugehen. „Nicht so, dass ein Kopfschmerzmittel nicht helfen würde.“

Ich folge ihr durch die Anlage zur Eisfläche, die sein Team für eine Stunde gebucht hat. Sie bekommen nur die Hälfte des Eises, die andere Hälfte ist von einem anderen Team belegt. Es wurden Tribünen aufgestellt, und wir suchen uns Plätze ganz oben, weit weg von all den anderen Eltern, die sich in der Nähe des Eises versammelt haben. Einige schauen mich an, und ich weiß, dass ich erkannt worden bin.

Ich stütze meine Füße auf der Metallbank unter mir auf und die Unterarme auf die Knie, während ich den Kindern beim Aufwärmen zusehe. Travis ist noch nicht draußen und das Training beginnt in etwa zehn Minuten. Ich schaue Danica zu meiner Linken an. „Weiß jemand, wer der Vater von Travis ist?“

„Nicht direkt von mir“, sagt sie und stellt ihre Füße auf die Bank neben meine. Sie lehnt sich nach vorn, um meine Position einzunehmen, die Unterarme auf den Oberschenkeln. „Ich wollte keine unrealistischen Erwartungen wecken. Einige Leute wissen es, weil er mit ein paar Kindern aus dem Team zur Schule geht, aber ich weiß nicht, ob er wirklich gesagt hat, wer sein Vater war.“

Ich blicke zurück auf das Eis. „Er schien ein wenig unsicher zu sein, als ich ihn zur Eishalle gebracht habe, aber ich denke, das ist nur, bis er wieder in den Rhythmus kommt. Ich habe mich allerdings gefragt, ob der Trainer das weiß, denn, ja, er könnte von Travis etwas erwarten, was er noch nicht geben kann.“

Sie antwortet nicht, sondern stößt mich leicht mit der Schulter an. „Ich bin dankbar, dass du hier bist. Ich kann viel für mein Kind tun, aber beim Eishockey bin ich nicht so ganz in meinem Element. Du bist ein guter Freund, Camden.“

Ich schaue sie an. „Ich kann mir vorstellen, dass du auch ohne mich gut zurechtkommen würdest, aber du weißt, dass ich dir gern helfe. Du bist auch eine gute Freundin.“

Sie schnaubt. „Ich habe nicht viel getan, um diesen Titel zu verdienen. Du bist derjenige, der mir zu Hilfe eilt.“

Ich bin nicht in der Lage, ihren Blick zu halten, also lenke ich meine Aufmerksamkeit wieder auf die Spieler auf dem Eis. „Du hast etwas getan, was sonst niemandem gelungen ist. Du hast mich dazu gebracht, mich über den Unfall zu öffnen.“

Danica hakt sich bei mir unter. Sie drückt mich liebevoll, und verdammt, wenn sich das nicht natürlich anfühlt. Hier so mit ihr zu sitzen.

Ihr Ton ist neckend. „Du hast dich nicht sehr geöffnet und ausdrücklich gesagt, dass du nicht über den Unfall sprechen willst.“

Ich grinse, als ich Travis rauslaufen sehe, und mein Blick bleibt auf ihm. „Aber ich habe dir erzählt, dass ich Albträume habe und nie bei einem Therapeuten war. Ich habe dir sogar ein bisschen von meiner Familie erzählt und weshalb ich nicht zu einem Therapeuten gegangen bin.“

„Stimmt“, murmelt sie und reißt dann ihren Arm los, als sie Travis auf dem Eis bemerkt. „Aber ich weiß besser als jeder andere, dass es mehr als ein fünfminütiges Gespräch braucht, um Trauma und Trauer zu verarbeiten.“

„Stimmt“, erwidere ich und stoße sie mit der Schulter an. Ich habe nicht die Absicht, Wunden aufzureißen, von denen ich glaube, dass sie vollständig verheilt sind. Sicher, unter dem Schorf könnte es ein wenig hässlich sein, vielleicht ein bisschen infiziert. Aber damit kann ich leben. Das ist viel weniger schmerzhaft, als wenn ich die Wunden aufreiße und den Mist heraussickern lasse.

Ich nehme ihre Freundschaft gern an. Es ist unkompliziert, mit ihr zusammen zu sein, nicht nur, weil sie warmherzig, lustig und freundlich ist, sondern weil wir etwas gemeinsam haben.

Den Unfall.

Würde ich auch mehr von ihr annehmen? Wenn wir beide diese gegenseitige Kameradschaft empfinden, könnte es dann etwas anderes als bloße Freundschaft werden? Ich weiß, dass ich mich zu Danica hingezogen fühle, auch wenn ich das nur mir selbst gegenüber zugebe. Aber fühlt sie dasselbe? Ich schwöre, gestern Abend gab es einen Moment, in dem ich das Gefühl hatte, dass sie wollte, dass ich den kleinen Abstand zwischen unseren Mündern schließe. Ich glaube, sie wollte, dass ich sie küsse, aber was zum Teufel weiß ich schon? Das könnte auch am Bier gelegen haben.

In der nächsten Stunde beobachten wir das Training von Travis, und ich achte besonders auf den Coach. Ich habe ihn auf der Website der Jugendliga studiert. Ein Mann namens Dan Kantor, der schon seit mehreren Jahren Kinder trainiert. Nach allem, was ich erfahren konnte, kennt er sich bestens aus. Er weiß genau, was Kinder in diesem Alter leisten können sollten, und seine Anweisungen sind genau richtig.

Aber ich sehe, dass er ein wenig hart ist und mit Lob sparsam umgeht. Er sagt zwar oft „Das war gut", aber das ist auch schon alles, was er an Bestätigung ausspricht. Auf der anderen Seite werden Fehler oder unterdurchschnittliche Leistungen hervorgehoben und ins Rampenlicht gerückt. Ein Kind hatte einen schlechten Übergang, stolperte und fiel auf das Eis. Es stand zwar sofort wieder auf, aber der Coach statuierte ein Exempel an ihm.

„Genau das ist der Unterschied, ob man nur zum Spaß spielt oder ob man zum Profieishockey taugt. Das Umschaltspiel muss perfekt sein."

Das stimmt. Ich bin nur nicht sicher, ob sie das schon mit neun Jahren sein müssen, in einer Liga, in der die meisten Kinder nur zum Spaß spielen oder um Geschicklichkeit zu erlernen.

Was diese Coaching-Dynamik noch schwieriger macht, ist die Tatsache, dass einige der Eltern den Stil des Trainers zu mögen scheinen. Der Junge, der gestürzt ist, bekam eine Standpauke von seinem Vater. Nachdem der Trainer an ihm ein Exempel statuiert hatte, stellte sein Vater ihn zur Rede.

„Komm schon, Kevin. Wir haben das schon hundertmal geübt. Du kannst nicht solche dummen Fehler machen.“

Ich habe ein leises, aber deutliches Knurren der Missbilligung von Danica gehört, als wir das hörten, und obwohl Travis gut gespielt hat und nie vom Trainer angemotzt wurde, hat es sie eindeutig verärgert, zu sehen, wie der Coach mit anderen Kindern umgeht. Selbst wenn diese Art von Trainer-Feedback nicht auf Travis abzielt, geht er sicher davon aus, dass es sich irgendwann gegen ihn wenden wird, und das kann sehr belastend sein.

Als das Training vorbei ist, gehen alle Kinder in die Umkleideräume, und die Eltern beginnen, die Tribüne zu räumen.

„Wie findest du ihn?“, fragt Danica, als wir die Tribüne entlanggehen.

„Ich glaube, er ist ein harter Trainer. Er hat es nicht so mit positiver Bestärkung.“

„Ich hasse es, wie er die Kinder demütigt, wenn sie etwas falsch machen. Es gibt nettere Arten, die Botschaft rüberzubringen.“

„Da kann ich nicht widersprechen.“

„Was soll ich ihm sagen?“, fragt Danica mit besorgter und unsicherer Miene. „Ich will nicht, dass er Travis dafür bestraft, dass ich eine Nörglerin bin.“

„Dann lass mich mit ihm reden. Ich werde mich freundlich darüber unterhalten, was ich beobachtet habe und was mir dazu einfällt. Das wird nicht zur Rache an Travis führen.“

„Ja? Das würdest du tun?", fragt sie zaghaft.

Ich würde wahrscheinlich alles für sie tun.

Ich schenke ihr ein zuversichtliches Lächeln. „Ihr zwei verschwindet von hier. Ich rufe dich später an und sage dir, wie es gelaufen ist."

Danica mustert mich, als hätte sie eine Million Fragen und wüsste nicht so recht, wo sie anfangen soll. Sie sieht verwirrt aus, leicht ängstlich und gleichzeitig ein wenig erleichtert. Vielleicht ist sie verwirrt darüber, dass ich ihr helfe, aber mein Angebot steht.

„Okay", sagt sie schließlich mit einem Nicken. „Wir reden später."

Als Danica außer Sichtweite ist, gehe ich an den Rand der Eisfläche, wo der Trainer mit ein paar Eltern spricht. Ich bleibe ein wenig zurück und warte, bis sie weg sind, aber sein Blick fällt über deren Schultern auf mich.

Er erkennt mich eindeutig, denn Überraschung steht ihm ins Gesicht geschrieben, aber er wendet seine Aufmerksamkeit wieder dem Gespräch zu, in das er gerade verwickelt ist. Es ist zum Glück kurz, und als die Eltern weggehen, dreht er sich in meine Richtung.

Ich gehe auf ihn zu und strecke meine Hand aus, um sie zu schütteln. „Coach Kantor."

Falls er überrascht ist, dass ich seinen Namen weiß, zeigt er es nicht. Er drückt mir überschwänglich die Hand.

„Das ist eine ziemliche Überraschung. Schön, Sie kennenzulernen."

Ich deute auf die Tribüne hoch und sage: „Ich habe mir das Training angesehen."

Freude breitet sich auf seinem Gesicht aus. „Das ist eine Ehre. Hat es Ihnen gefallen?"

Ich schaue mich um und sehe, dass die meisten Eltern bereits gegangen sind, während andere auf der Tribüne auf die nächste Gruppe von Kindern warten. Als ich mich wieder umdrehe, frage ich: „Darf ich ehrlich sein?“

Er verzieht das Gesicht und verschränkt abwehrend die Arme vor der Brust. „Natürlich.“

„Die Kinder sind bunt gemischt. Für einige geht es um Spaß, während andere wettbewerbsorientiert sind. Es gibt also zwei Gruppen, die unterschiedliche Trainingsstile brauchen, aber Sie verwenden nur einen.“

„Die Eltern, die ihre Kinder in dieses Programm schicken, wollen, dass ich sie zu echten Eishockeyspielern ausbilde.“

„Nicht alle Eltern wollen das. Manche Kinder wissen in diesem Alter noch nicht, was sie wollen. Zugegeben, es gibt vielleicht eine Mehrheit von Kindern, die den Sport ernst nehmen und sich weiterentwickeln wollen …“

„Das sind die Einzigen, auf die es ankommt“, sagt er kurz und bündig.

„Es kommt auf alle an“, widerspreche ich.

Der Mann verengt seine Augen. „Haben Sie ein Kind in diesem Team?“

„Nein.“ Ich sage nichts weiter, aber ich werde wegen Travis nicht aufgeben.

„Dann haben Sie nichts zu sagen.“ Er streckt mir die Hand hin, um mir zu signalisieren, dass das Gespräch beendet ist. „Danke fürs Zuschauen, aber ich muss mich auf das nächste Training vorbereiten.“

„Klar, Coach“, sage ich mit einem höflichen Lächeln und schüttele ihm die Hand.

Verärgert über seine mangelnde Offenheit, aber

nicht überrascht, erkenne ich, dass dieser Mann sich nicht ändern wird. Das Beste, was ich tun kann, ist, Travis einige Ratschläge zu geben, wie er sich anpassen kann.

Ich ziehe meine Schlüssel aus der Tasche, als ich die Einrichtung verlasse, und drehe sie um meinen Finger. Ich überlege, ob ich Danica anrufen soll, aber ich weiß nicht, ob man das am Telefon besprechen sollte.

Stattdessen schicke ich ihr eine kurze Nachricht.

Ich: *Ich habe mit dem Coach gesprochen. Was dagegen, wenn ich vorbeikomme, um dich auf den neuesten Stand zu bringen?*

Ihre Antwort kommt fast augenblicklich.

Danica: *Nein, natürlich nicht. Du kommst gerade noch rechtzeitig zum Mittagessen.*

Kapitel 12

Danica

Als Camden an meine Haustür klopft, muss ich mich beherrschen, nicht in den verzierten Spiegel zu schauen, der über der Couch hängt, während ich vorbeigehe. Ich muss nicht überprüfen, wie ich aussehe, denn ich versuche nicht, ihn zu beeindrucken.

Lügnerin.

Diese seltsame Besessenheit, die ich von Camden als Mann und nicht als Freund habe, macht mich verrückt. Wenn ich ehrlich bin, hat das alles angefangen, als er auftauchte, um meinen Schnee zu schippen, und das hat leider die Art verändert, wie ich ihn betrachte. Er ist so verdammt gutaussehend, auf eine unbekümmerte, unordentliche Art. Es sind die zotteligen Haare, die an keinem Tag gleich aussehen, und der Bart, der eher nur ein Schatten ist. Er hat die Ausstrahlung eines Eishockeyspielers, was mir nicht fremd ist, aber er sieht auch aus, als wäre er ein guter Holzfäller. Man ziehe ihm ein kariertes Flanellhemd und eine Jeans an und gebe ihm eine Axt in die Hand. Das ist eine nette Fantasie.

Ich kann das auf zwei Dinge zurückführen. Erstens könnte ich ein wenig einsam sein. Nicht nur, was die Gesellschaft angeht, denn ich habe gute Freunde, auf die ich mich stützen kann und die mein Leben interessant machen. Aber ich spreche von mir als Frau. Ich habe den Sex mit meinem Mann geliebt. Den Akt, die Intimität, die Lust. Es ist schon verdammt lange her, dass ich Sex hatte, und jetzt denke ich darüber nach.

Die andere Schuld kann direkt auf Kiera geschoben werden. Ich habe Camden zwar heiß gefunden, aber nicht viel mehr als das. Auf der Party gestern Abend hatte sie genug Alkohol intus, um einige verrückte Dinge zu sagen.

Kleine Ideen, die sie mir absichtlich in den Kopf gesetzt hat.

Wir sahen Camden und Bain beim Billardspielen zu. Ich hatte zu diesem Zeitpunkt noch keine Gelegenheit gehabt, mit Camden abzuhängen, da er der Ehrengast war und viele Leute seine Aufmerksamkeit verlangten.

Kiera machte ein Geräusch tief in ihrer Kehle, als Bain sich über den Tisch beugte, um seinen Stoß vorzubereiten. Er stand am anderen Ende, uns gegenüber, und sie knurrte leise aus dem Mundwinkel.

„Mmm, sieh dir diese Arme an.“

Zuerst war ich verwirrt. Arme? Was sollte mit denen sein? Aber dann sah ich genauer hin und begriff, was sie meinte. Bain trug ein schwarzes, langärmeliges T-Shirt, das wie eine zweite Haut saß, und als er sich über den grünen Filz streckte und seinen Stoß anvisierte – ein Arm ausgestreckt, der andere nach hinten gerichtet –, konnte man tatsächlich erkennen, dass er ein gut trainierter Mann ist.

Und natürlich dachte ich sofort an Camden. In diesem Moment stützte er sich lässig auf seinen Billardqueue und redete auf Bain ein. Camdens Hemd war nicht so eng wie das von Bain, sondern eher ein normales Oberhemd, das ihm gut, wenn auch nicht wie angegossen, passte. Aber an dem Tag, als er mir in der Garage geholfen hat, trug er ein langärmeliges Sportshirt. Beim Umräumen all dieser Kisten hatte er sein Titans-Sweatshirt ausgezogen, und ja, mir fiel auf, wie gut ihm das Oberteil passte, und ich konnte sehen, dass er viel trainiert.

Das war damals schon beunruhigend, und seit Kiera gestern Abend auf der Party darauf hingewiesen hat, läuft meine Fantasie auf Hochtouren. Es ist schwer, denn Camden hat sich immer wieder für mich eingesetzt, und jetzt giere ich nach ihm wie ein Teenagermädchen, das gerade seine Hormone entdeckt hat.

Camden klopft erneut, und ich merke, dass ich auf halbem Weg durch das Wohnzimmer erstarrt bin. Ich verdränge die Gedanken daran, wie Camden nackt aussehen könnte, und konzentriere mich auf den wahren Grund, warum er hier ist. Um über Travis und dessen Coach zu sprechen. Ich schwinge die Tür auf und schenke ihm ein strahlendes Lächeln. „Hi, komm rein."

Er tritt ein, ganz entspannt, und schenkt mir ein entwaffnendes Lächeln. „Kann ich dich dazu überreden, mir einen Kaffee zu machen?"

„Ist der Kater schlimmer, als du vorgibst?", necke ich ihn, während ich ihn in die Küche führe.

Camden lässt sich auf einem Küchenstuhl nieder. „So ähnlich. Wo ist Travis?"

Ich mache mir keine Mühe mit einer Kanne Kaffee, da ich heute keinen mehr trinke, und mache ihm stattdessen eine einzelne Tasse mit der Maschine. „Er liest oben. Er muss zwanzig Minuten am Tag lesen üben, ob er will oder nicht, und glaube mir, er will nicht."

Camden lacht, und das jagt mir einen angenehmen Schauer über den Rücken. Leise grollend wie ein entfernter Donner. „Ich habe in dem Alter auch nicht gern gelesen."

„Wann hat sich das geändert?", frage ich, während

ich die Tasse vor ihm abstelle. Schwarz und so, wie ich mich erinnere, dass er seinen Kaffee mag.

Er wirft mir einen verschmitzten Blick zu. „Leider nie. Ich habe CliffsNotes benutzt, um mich durch den Englischunterricht in der Highschool zu schummeln."

Ich schnaube entsetzt und lege eine Hand auf meine Brust. „Das ist Literatur-Blasphemie."

Camden hebt seine Tasse an und grinst über den Rand hinweg. „Ich war ein Sportler. Ich hatte kein Interesse an Büchern. Ich war allerdings daran interessiert, die Playboys meines Vaters aus seinem Schrank zu klauen."

Ich lache, weil das wahrscheinlich für viele Jungs ein Übergangsritual ist. Für Travis wird es das allerdings nicht geben. Das Einzige, was er bekommen könnte, sind Moms alte Liebesromane, und wegen seiner Verachtung für das Lesen bezweifele ich, dass er jemals mit den pikanten Stellen in Berührung kommen wird. Zumindest nicht, bis er ungehinderten Internetzugang bekommt, wenn er älter ist.

Camden nippt an seinem Kaffee und stellt die Tasse ab. „Ich habe ein paar Minuten mit Coach Kantor gesprochen. Ein ganz netter Kerl."

„Und doch höre ich ein Zögern in deiner Stimme."

„Er kümmert sich nur um die Spieler, die das Potenzial haben, was zu werden. Er ist entweder zu engstirnig oder zu faul, seinen Trainingsstil anzupassen, um sicherzustellen, dass alle Kinder davon profitieren."

Ich runzele die Stirn vor Sorge. „Was soll ich tun? Travis rausholen?"

Camden schüttelt den Kopf. „Das würde ich nicht. Noch nicht. Travis ist ein guter Spieler, und auch wenn der Coach nicht der beste Allrounder ist, so kennt er sich doch aus. Ich denke, Travis wird von ihm lernen, wenn er sich an seine Art gewöhnen kann."

„Aber dieser Mann könnte ihn demoralisieren", überlege ich und mache mir Sorgen.

„Möglich."

Ich habe das Gefühl, dass er mehr sagen will, aber er tut es nicht. Ich frage mich, ob er Angst hat, mir bei der Erziehung auf die Füße zu treten. „Meinst du, es ist das Risiko wert?", frage ich zögernd.

„Das kann ich nicht sagen. Er ist nicht mein Kind. Aber wenn Travis eine echte Leidenschaft für Eishockey hat, und man sieht ja, wie er in dem jungen Alter schon spielt, würde ich ihn wahrscheinlich bei diesem Trainer lassen. Er muss lernen, wie man mit schwierigen Leuten umgeht. Kein Trainer ist wie der andere. Der Unterschied zwischen unserem ersten Trainer nach dem Flugzeugunglück und unserem jetzigen Trainer ist wie Tag und Nacht. Wenn du es schaffst, Travis' Selbstvertrauen in dieser Saison zu stärken, wird er am Ende nicht nur Eishockey-, sondern auch etwas über Beziehungsfähigkeit lernen."

Ich nicke und lasse meinen Blick auf den Tisch sinken, während ich über all das nachdenke. Als ich meinen Blick wieder zu Camden hebe, lächele ich verlegen. „Ich bin manchmal überfürsorglich. Mein Herz sagt, ich soll ihn da rausholen und ihm einen anderen Trainer suchen. Aber mein Verstand sagt, dass deine Meinung sehr vernünftig klingt."

Camden sieht mir in die Augen. „Wie gesagt, er ist nicht mein Kind. Ich bin kein Elternteil, also weiß ich nicht, was aus diesem Blickwinkel richtig oder falsch ist. Ich kann nur sagen, was du in Zukunft erwarten kannst. Aber wenn du willst, dass ich mit Travis spreche und ihm erkläre, dass manche Trainer nicht nett sind, dass man aber etwas von ihnen lernen kann, werde ich das gern tun.“

Ich zögere mit der sofortigen Annahme des Angebots. Er hat schon so viel für Travis und mich getan, und das fühlt sich ein bisschen so an, als würde ich meine Probleme auf ihn abwälzen. Aber ich vertraue Camden, und Travis schaut zu ihm auf. Ich weiß, dass Mitch es gutheißen würde, wenn er seinen Sohn anleiten würde.

„Wenn es dir nichts ausmacht, gern.“

„Es wäre mir ein Vergnügen“, sagt er und legt überraschend seine Hand auf die meine auf dem Tisch.

Es ist nur ein kurzer Moment und er lässt mich genauso schnell wieder los. Es war eine ausgesprochen freundliche Geste, die vor Zuneigung und Freundschaft nur so triefte. Und ich denke, das ist wirklich alles, was es sein sollte.

Ich zeige auf die Treppe und frage: „Magst du das gleich jetzt tun?“

Camden schüttelt den Kopf. „Ich möchte nicht, dass er denkt, ich hätte beim Training etwas gesehen, vor allem, wenn er sich an nichts gestört hat. Lass uns keine Probleme schaffen, wenn es nicht sein muss.“

Er sagte uns. Also er und ich. Wir beide. Als Team.

„Ich muss jetzt los. Ich treffe mich mit ein paar Jungs zum Work-out.“ Er steht auf und ich folge ihm. „Frag Travis doch mal, ob er am Dienstag wieder mit mir aufs Eis will. Das wird der Tag nach seinem nächsten Training sein und ich werde es dann beiläufig erwähnen.“

„Er würde gern wieder mit dir trainieren.“ Ich lächele bei der Erinnerung an das letzte Mal, als Travis nach Hause kam. „Er konnte nicht aufhören, von dir zu reden."

Etwas huscht über Camdens Blick, und ich bin sicher, dass ich mir nichts einbilde, als sich sein Kiefer leicht anspannt. Sofort rudere ich zurück, was eine Menge sinnloses Geplapper beinhaltet. „Ich weiß, es ist viel verlangt, und du musst das nicht tun. Du hast schon so viel getan, das ist nicht dein Problem. Außerdem ist es dein freier Tag."

„Travis ist kein Problem für mich, Danica. Es ist nur … ich will nicht, dass er denkt … ich will nicht …"

„Was willst du nicht?"

„Ich möchte nicht, dass er denkt, ich würde versuchen, das zu ersetzen, was er mit Mitch hatte. Ich versuche nicht, dessen Weisheit oder dessen Rat zu ersetzen. Ich versuche nur, ein Freund zu sein. Ich möchte Travis nicht das Gefühl geben, dass er meinetwegen seine Erinnerungen an seinen Vater hüten muss. Er ist nur ein kleines Kind und …"

Ich trete vor, nehme Camdens Hand in meine und halte sie fest. Seine Haut ist warm. „Nein, Travis würde das nicht denken. Und ich auch nicht. Was Travis mit Mitch hatte, wird niemals geschmälert werden. Wir halten die Erinnerung an ihn jeden Tag wach. Was du tust, ist, Travis eine dringend benötigte Anleitung für den Sport seiner Wahl zu geben, denn ich weiß nicht, was ich ihm da raten soll. Bitte fass uns beide nicht mit Samthandschuhen an, wenn es um Mitch geht. Es gibt hier keine bösen Geister, nur schöne Erinnerungen."

Ich spüre, wie sich Camden unter meinem Griff um seine Hand entspannt. Als er nickt und Erleichterung in seinem Gesichtsausdruck zu erkennen ist, lasse ich seine Hand los.

„Nun, ich gehe jetzt besser." Camden wendet sich zur Tür und schaut über seine Schulter zurück. „Sag Travis, dass ich ihn am Dienstag nach der Schule abhole."

„Das werde ich", verspreche ich.

„Tschüss", sagt er.

„Tschüss."

Ich schließe die Tür und lehne mich mit klopfendem Herzen dagegen. Das waren tiefgründige Dinge, die wir besprochen haben, und ein Teil von mir fragt sich, wie sehr ich versucht habe, Camden zu beruhigen, wenn es um eine Beziehung mit Travis geht, und wie viel davon mich selbst betrifft.

Mitchs Geist sucht mich nicht heim. Es stimmt, er war mein Seelenpartner und es vergeht kein Tag, an dem ich mir nicht wünsche, dass er durch ein Wunder zu mir zurückkehrt. Aber ich weiß auch, dass das nicht passieren und dass mein Leben weitergehen wird. Das ist alles Teil der Heilung.

Es klopft an der Tür, die Vibration fährt durch meinen Körper und ich stoße mich von ihr ab. Ich öffne die Tür und finde Camden vor, der sich anscheinend unwohl fühlt.

Mist. Ich habe wohl die falschen Dinge gesagt.

„Es tut mir leid", platze ich heraus. „Ich habe dich verschreckt, nicht wahr?"

Camden runzelt die Stirn. „Nein. Wie kommst du darauf?"

„Weil dein Gesichtsausdruck mir sagt, dass du dich unwohl fühlst."

Er lächelt leicht und blickt verlegen, als ob er versucht, mir zu erklären, was mit ihm los ist. „Ich bin ein wenig beunruhigt, aber wegen etwas, das nichts mit dem zu tun hat, worüber wir gesprochen haben.“

Besorgt strecke ich einen Arm aus. „Komm rein.“

„Nein“, sagt er und schüttelt unnachgiebig den Kopf. „Nicht nötig. Ich werde es einfach sagen, und wenn es dumm ist, sag es mir, okay?“

„Oh, okay“, antworte ich, obwohl ich keinen Schimmer habe, worum es gehen könnte.

Camden wischt sich mit den Händen übers Gesicht, bevor sein Blick entschlossener wird. „Darf ich dich zu einem Date einladen?“

Meine Beine fühlen sich an wie Wackelpudding, und ich halte mich am Türrahmen fest, um das Gleichgewicht zu halten. „Ein Date?“, frage ich und wiederhole die Worte, weil ich ihn sicher falsch verstanden habe.

„Das ist blöd von mir, oder? Du bist auf keinen Fall bereit für so etwas, und es ist total peinlich, weil ich Mitchs Teamkollege war und außerdem …“

„Ja“, platzt es aus mir heraus, um ihn zu stoppen, bevor er die Einladung zurücknimmt.

Camden blinzelt. „Ja?“

Ich lächele ihn an. „Ja. Ich gehe gern mit dir aus.“

Kapitel 13

Ich hatte schon Dates. Natürlich. Das reicht von einer Verabredung in der Highschool bis hin zur Mitnahme eines Puck-Häschens zu einer Veranstaltung in der Hoffnung, später Sex zu haben. Und später wurde ich regelmäßig flachgelegt, aber das hatte mehr damit zu tun, dass ich mir die richtigen Frauen ausgesucht habe, die sich mir freiwillig hingaben. Ich war noch nie vorher nervös. Ich war schon immer sehr selbstbewusst und weiß, dass mein Aussehen, mein Charme und mein Status als Profisportler eine dreifache Verführung darstellt, der Frauen schlecht widerstehen können.

Doch als ich auf Danicas Veranda stehe, sind meine Hände verdammt schweißnass, und mein Herz ist kurz davor, sich den Weg aus meiner Brust zu klopfen. Ich spüre einen deutlichen Druck in der Mitte meines Brustbeins, vielleicht der Beginn einer Panikattacke. Was zum Teufel habe ich mir dabei gedacht, sie um ein Date zu bitten? Es gibt so viele Gründe, warum das falsch ist, und doch habe ich mich noch nie so sehr darauf gefreut, mit einer Frau zusammen zu sein, wie in diesem Moment.

Ich weiß nicht genau, wonach ich suche, ich weiß nur, dass ich Danica auf eine intimere Art und Weise um mich haben möchte. Heute Abend bedeutet das ein ruhiges Abendessen in einem abgelegenen Restaurant mit einem reservierten Tisch im hinteren Teil, versteckt in einer Ecke, damit wir nicht gestört werden.

Mehr nicht. Gutes Essen und gute Gespräche.

Ich höre das Klacken von Danicas Schritten auf dem Parkettboden, als sie sich der Tür nähert. Sie öffnet die Tür und mein Blick fällt zuerst auf ihre Füße. Ich unterdrücke ein Stöhnen angesichts der sexy taupefarbenen, hochhackigen Stiefeletten. Mein Blick wandert an ihr hoch. Ich habe ihr gesagt, sie solle sich leger kleiden, und abgesehen von den schicken Schuhen hat sie eine verwaschene Jeans und einen blauen Rollkragenpullover mit einem beigebraunen Blazer an. Ihr braunes Haar ist in lockere Wellen gelegt und sie trägt Make-up. Ihre Augen sind rauchig geschminkt, die Wimpern sind lang und sie trägt einen roten Lippenstift. Sie sieht aus wie eine verdammte Göttin und ich möchte gleichzeitig vor ihr weglaufen und sie an mich ziehen.

„Du siehst wunderschön aus“, sage ich, und die Worte purzeln heraus, bevor ich sie stoppen kann. Ich hätte ihr sagen sollen, dass sie hübsch aussieht anstatt schön. Ich meine, hübsch wird ihr nicht gerecht, aber schön bedeutet, dass ich ganz schön rangehe, und das steigert meine Ängste.

Danica errötet und senkt kurz den Kopf, bevor sie mir wieder in die Augen schaut. „Das habe ich schon lange nicht mehr gehört.“

Nicht seit dem Unfall, denke ich mir.

„Ich werde es dir noch einmal sagen, bevor der Abend vorbei ist“, sage ich, obwohl ich mich im Geiste ohrfeigen möchte. Ich sage solche kitschigen Dinge nie zu Frauen. Weil ich noch nie eine Frau hatte, die mir so wichtig war.

„Du siehst auch unverschämt gut aus.“ Danica grinst, ihre Augen glänzen vor Schalk, aber ich zweifele nicht an dem Kompliment. Sie ist nicht der Typ, der etwas nur so dahersagt. „Wo wir die Nettigkeiten jetzt hinter uns gebracht haben, wohin gehen wir?“ Sie schnappt sich einen Wollmantel und zieht ihn an, bevor sie auf die Veranda hinausgeht.

Als sie die Tür abschließt, sage ich: „In ein äthiopisches Restaurant, von dem ich schon viel Gutes gehört habe. Du hast gesagt, dass du gern neue Dinge ausprobierst, also dachte ich, warum nicht.“

Ich habe Danica vorgestern um ein Date gebeten. In der Zwischenzeit haben wir uns viele Nachrichten geschickt. Witziges, Informationen, lustige Memes, GIFs. Zufällige Gedanken, die ich ihr oder sie mir schickte. Währenddessen habe ich herausgefunden, dass sie eine Feinschmeckerin ist und alles einmal probieren würde, also wollte ich sie an einen einzigartigen Ort ausführen.

Am liebsten hätte ich sie angerufen, um sie zu fragen, was sie gerade macht und wie ihr Tag gelaufen ist. Aber das wäre zu intim gewesen. Einfach zu viel des Guten. Unsere Nachrichten blieben freundschaftlich, und ich hoffe, dass wir weiterhin Freunde bleiben können, falls dieses Date in einer Katastrophe enden sollte.

Danica dreht sich um, und ich strecke meinen angewinkelten Arm aus und warte darauf, dass sie sich bei mir unterhakt. Das ist die ritterlichste Geste, die ich je in meinem Leben gemacht habe, mehr noch als in der Nacht meiner Party, als ich sie zu ihrem Auto begleitete. Das war spät in der Nacht in einer Gegend voller Bars und Betrunkener. Es war eine Frage der Sicherheit, aber heute Abend ist es eher eine romantische Sache. Was so gar nicht zu mir passt, aber im Moment glaube ich nicht, dass ich irgendetwas unter Kontrolle habe.

Lächelnd hakt sich Danica bei mir unter und wir

gehen die Treppe hinunter. Ich konnte keinen Platz direkt vor ihrem Haus ergattern, aber es ist nur ein kurzer Spaziergang den Block entlang und der Bürgersteig ist frei von Eis und Schnee. Heute Abend sind es frische zwei Grad, und es macht mir nichts aus, dass sie sich dicht an mich drängt. Ich öffne die Beifahrertür meines Wagens und halte ihre Hand, als sie über das Trittbrett in den Geländewagen steigt. Nachdem ich die Tür geschlossen habe, gehe ich um das Heck und bleibe kurz stehen. Ich atme tief durch. Scheiße, bin ich aufgedreht. Ich atme explosionsartig aus und spreche mir innerlich selbst Mut zu.

Du hast ein Date, Arschloch. Du hast sie gefragt, sie hat Ja gesagt. Sie hätte auch Nein sagen können. Bain sagt, es gibt keinen Bro-Code in dem Fall. Hör auf, dir Sorgen zu machen, Idiot, und amüsiere dich.

„Ja, viel Spaß", murmele ich, während ich zur Fahrerseite gehe und einsteige. Danica lächelt und ich lächele zurück. Ich merke, dass meine Handflächen immer noch feucht sind, als ich den Wagen starte und den Gang einlege.

„Ich bin nervös", sagt sie plötzlich.

Ich sehe sie an. „Du bist nervös?"

Sie nickt verlegen.

Der Knoten in der Mitte meiner Brust löst sich und ich muss lachen. „Fuck, ich auch. Es hilft, zu wissen, dass du genauso fühlst."

Danica lacht. „Das ist doch normal, oder?"

„Gott, ich hoffe es." Sie kichert und die Spannung löst sich auf. Unsere Blicke treffen sich, ihr Gesicht wird vom Schein der Straßenlaterne erhellt. „Versprechen wir uns, den Abend ohne Sorgen zu genießen."

Sie schmunzelt. „Du meinst, wir sollen unsere vergangenen Traumata und die Gründe, wieso wir uns kennen, vergessen? Vielleicht so tun, als hätten wir uns gerade erst kennengelernt?"

Ich strahle. „Ja. Genau so."

Die Fahrt zum Restaurant dauert nur fünfzehn Minuten, und wir haben kein Problem, die Zeit mit lockeren Gesprächen zu überbrücken.

„Wo ist Travis heute Abend?"

„Bei seinem Kumpel Jordan. Ich bin sicher, dass sie tief in die Xbox eingetaucht sind, denn anscheinend hat Jordan das neue Eishockey-Videospiel bekommen."

„Ist er einer von Travis' Mannschaftskameraden?"

„Ja, und sie gehen auch zusammen zur Schule."

Ich schaue in ihre Richtung und genieße ihre Schönheit für eine Sekunde. „Muss ich dich bis zu einer bestimmten Zeit nach Hause bringen, um ihn abzuholen?"

„Nein. Jordans Mutter Tamara ist eine gute Freundin von mir. Travis übernachtet dort, und Jordan bleibt oft bei uns. Ich werde ihn morgen früh abholen und beide Jungs zur Schule bringen."

Ich zögere, meine nächste Frage zu stellen, aber die Neugierde würde mich die ganze Nacht ablenken, also bringe ich es hinter mich. „Weiß Travis, dass du heute Abend mit mir ausgehst?"

„Nein", stößt sie mit einem nervösen Lachen hervor. „Ich habe ihm gesagt, dass ich mit einem Freund ausgehe, was auch stimmt. Hätte er mich gefragt, mit wem ich ausgehe, hätte ich es ihm gesagt, aber er war nicht neugierig genug."

„Hattest du ein Date, seit Mitch tot ist?"

Sie schüttelt den Kopf. „Was ist mit dir? Wie sieht es mit deinem Liebesleben aus?"

Ich werfe ihr einen Blick zu und richte meine Aufmerksamkeit wieder auf die Straße. „Nichts Ernstes." Bedeutungsloser Sex, sich morgens aus der Wohnung einer Frau schleichen, bevor sie aufwacht, und versuchen, den Krallen auszuweichen, die sich in mich bohren wollen.

Das Restaurant sieht ein wenig einfach aus, da es sich in einem Einkaufszentrum befindet, aber die Bewertungen sind gut, und als ich anrief, um zu reservieren, war man sehr hilfsbereit, mir einen abgelegenen Tisch zu geben.

Als wir an einem quadratischen Tisch im hinteren Teil des Lokals nebeneinander Platz nehmen, reicht uns der Kellner die Speisekarte. Ich neige mich Danica zu, damit wir sie gemeinsam durchsehen können, aber als der Kellner zurückkommt, haben wir uns immer noch nicht entschieden.

„Darf ich einen Vorschlag machen?", bietet er an. „Äthiopisches Essen ist am besten, wenn man es teilt. Legen Sie die Gabeln beiseite und benutzen Sie das Injera-Fladenbrot, um Stücke vom Essen abzustechen. Ich würde das Doro Wot und das Zilzil Tibs empfehlen. Das sind unsere beliebtesten Gerichte."

Danica und ich blicken wieder auf die Speisekarte, um die Beschreibung der Speisen zu lesen. Ich schaue zum Kellner auf. „Okay, probieren wir das. Und welches Getränk schlagen Sie vor?"

„Ich bringe Ihnen T'ej zum Probieren. Das ist ein fermentierter Honigmet, der mit Gesho-Blättern hergestellt wird. Er ist ein wenig süß, passt aber perfekt zu den würzigen Speisen."

„Fantastisch. Und Wasser, bitte."

„Natürlich", sagt er mit einer leichten Verbeugung.

„Meinst du, wir sollten vorher ein paar Magentabletten einnehmen?“, fragt Danica.

„Lass uns mutig sein und darauf verzichten.“

Wir lachen beide, aber mein Lachen versiegt, als Danica meine Hand in ihre nimmt und mir den Atem stocken lässt. Wir sitzen eng beieinander, unsere Stühle stehen nebeneinander, und sie verschränkt ihre Finger mit meinen. Ihre Haut ist weich und warm. Ich starre fast hypnotisiert auf unsere Verbindung. Ein schlanker Finger wechselt sich mit einem meiner größeren ab, meine Haut ist etwas gebräunter.

Danica starrt sie auch an, aber dann gleitet ihr Blick zu mir. „Ich weiß, das ist ein bisschen seltsam, und ich weiß, dass keiner von uns beiden wirklich nach etwas gesucht hat. Aber ich weiß auch, tief in meinem Inneren, dass sich unsere Wege aus einem bestimmten Grund wieder gekreuzt haben. Vielleicht ist es nur, um Freunde zu sein, vielleicht ist es mehr. Aber im Moment weiß ich, dass es sich gut anfühlt, deine Hand zu halten. Es fühlt sich in keiner Weise unangenehm oder falsch an.“

Nichts an diesem Szenario sollte sich für mich richtig anfühlen, und doch ertappe ich mich dabei, wie ich unsere Hände zusammen auf den Tisch lege, die Finger ineinander verschränkt, weil es sich mehr als richtig anfühlt, sie zu halten. Ich lasse meinen Blick einen Moment dort ruhen und denke darüber nach, dass ich mir nicht sicher bin, wann ich das letzte Mal die Hand einer Frau auf zärtliche Weise gehalten habe.

Auf jeden Fall hat es sich noch nie so angefühlt.

Ich hebe meinen Blick und lasse ihn über ihr Gesicht schweifen. „Ich habe noch nie mit jemandem über den Unfall gesprochen.“

Sie blinzelt mich überrascht an. „Mit niemandem?“

Ich zucke mit den Schultern und streichele mit dem Daumen über die Seite ihres Handgelenks. „Nachdem es passiert war, habe ich natürlich mit Leuten über das Grauen gesprochen. Viel gemeinsame Trauer mit Familienmitgliedern und Freunden durchgemacht. So in der Art. Aber ich habe nie jemandem erzählt, wie ich mich gefühlt habe, all diese Menschen zu verlieren. Ich habe mich nie auf ein sinnvolles Gespräch über das Trauma eingelassen.“

Danica bleibt still, aber ihre Finger bewegen sich, eine stumme Geste, die zeigt, dass sie da ist und zuhört.

„Erinnerst du dich daran, dass ich dir an dem Tag in deiner Garage erzählt habe, dass mein Vater und meine Brüder beim Militär sind und es nicht so mit Gefühlen haben?“

Sie nickt und drückt erneut meine Hand.

„Ich habe einmal versucht, mit meinem ältesten Bruder Caleb darüber zu sprechen. Ich hatte nie eine enge Beziehung zu meinem Vater. Er war emotional zu distanziert, aber zu Caleb habe ich aufgeschaut.“

„Was ist passiert?“, fragt sie zögerlich.

„Es ist nichts passiert. Er hörte zu und drückte mir dann irgendwie die Schulter. Er sagte: ‚Ich verstehe dich, Bruder. Aber du musst dich zusammenreißen und stark sein. So machen wir Poes das.‘“

Danica runzelt die Stirn. „Das war nicht sehr tröstlich.“

„Wir sind keine liebevolle Familie. Mein Vater hat es nicht gut geschafft, seine Jungs trauern zu lassen, als Mom starb. Er sagte im Wesentlichen dasselbe, was Caleb zu mir gesagt hat: ‚Du musst stark sein‘. Dann sagte er, dass Mom das so gewollt hätte.“

„Ich kann mir vorstellen, dass es deiner Mutter lieber gewesen wäre, wenn du stattdessen umarmt worden wärst", sagt Danica.

Das bringt mich zum Lachen. „Ja, das ist genau das, was meine Mutter gewollt hätte. Mein Vater war der stolze, militärische Typ, der Fels, auf dem unsere Familie stand. Mom war die weiche Umgebung, die unsere Verletzungen lindern konnte. Ohne sie, die uns ausbalancierte ..." Ich beende meinen Gedanken nicht, da es nicht nötig ist. Danica nickt verstehend. „Nach dem Unglück habe ich also getan, was Caleb mir gesagt hat. Ich war stark, und das bedeutete, alles zu verdrängen. Nicht darüber zu reden. Mit meinem Leben weiterzumachen."

„Es tut mir leid, dass du niemanden hattest, an den du dich anlehnen konntest. Aber jetzt hast du mich."

Ich schlucke schwer und verdränge den Klumpen der Besorgnis in meiner Kehle. „Ich träume immer wieder von Flugzeugabstürzen. Den ersten Traum hatte ich etwa einen Monat nach dem Unglück. Da war das neue Team schon wieder auf dem Eis und ich konzentrierte mich auf das Eishockeyspielen. Ich hatte das Gefühl, als käme es aus heiterem Himmel, denn ich war weder deprimiert noch ängstlich noch wütend noch hatte ich Liebeskummer oder eine andere der Millionen Emotionen, die normal gewesen wären. Ich war eine Zeit lang betrübt, habe getrauert und weitergemacht. Es ergab also keinen Sinn, dass ich diese Albträume hatte. Oder dass ich sie immer wieder habe."

„Das ist die Art, auf die dein Verstand dir etwas mitteilen will."

Ich nicke. „Die Träume sind unterschiedlich. Manchmal bin ich in dem Flugzeug, das mit den anderen abstürzt. Manchmal bin ich auf dem Boden und das Flugzeug fällt aus dem Himmel auf mich. Manchmal stürzt es in der Ferne ab, weit genug weg, dass ich in Sicherheit bin, aber dann rollt der Feuerball auf mich zu, immer näher und näher, bis er mich verschlingt.“

„Hast du bei jedem Albtraum das gleiche Gefühl? Beruhen sie alle auf Panik?“

Diese Frage verwirrt mich. Ich würde sie alle als panisch einstufen, denn es sind Albträume, die mich zu Tode erschrecken. Aber einer von ihnen fühlt sich tatsächlich anders an. „Wenn ich auf dem Boden bin und das Flugzeug auf mich fällt oder der Feuerball mich erwischt, habe ich Panik.“

„Und auch, wenn du im Flugzeug sitzt?“, drängt sie sanft.

„Das fühlt sich leichter an. Der freie Fall macht mir zwar Angst und ich spüre das Zittern in meinem Magen, wenn wir abstürzen, aber ich bin von meinem Team umgeben und es scheint in Ordnung zu sein.“

Der Kellner kommt und stellt zwei Gläser mit bernsteinfarbenem Wein hin. Das unterbricht den düsteren Moment und veranlasst Danica und mich, unsere Hände voneinander zu lösen.

Sie blickt auf. „Danke.“

Als wir wieder allein sind, nehme ich mein Glas und halte es hoch. Sie tut das Gleiche und wir stoßen an. „Danke, dass du mit mir ausgehst“, sage ich.

„Danke für die Einladung.“

Wir trinken beide einen Schluck und sehen uns über die Ränder der Gläser hinweg an.

„Mmm,“ sagt sie mit sichtlicher Freude. „Der ist köstlich.“

„Ein bisschen zu süß für mich, aber ich bin froh, dass ich ihn probiert habe.“

Wir stellen unsere Gläser ab und diesmal nehme ich ihre Hand. Ich verschränke nicht unsere Finger, sondern halte sie mit den Handflächen aneinandergedrückt. Mit dem anderen Arm stütze ich mich auf dem Tisch ab und lehne mich näher an sie heran. „Was glaubst du, was das bedeutet?“

Wir reden nicht über Wein oder Dates. Ich bitte sie, mir zu helfen, zu verstehen, und sie weiß es.

Danica beugt sich vor und ich kann goldene Flecken in ihren braunen Augen sehen. „In deinen Träumen bist du wohl erleichtert, in diesem Flugzeug zu sein, weil du dich schuldig fühlst, dass du nicht dabei warst.“

„Ja.“ Sie sagt mir nichts, was ich nicht schon geahnt hätte. Aber irgendwie kommt es mir nicht so dumm vor, wenn ich es von ihr höre und nicht aus den Tiefen meines Verstandes.

„Es war nicht deine Zeit zu sterben, Camden. Ob du nun an Gott, das Schicksal oder nichts davon glaubst. Es war einfach nicht deine Zeit.“

Ich lächele. „So einfach, hm?“

„Lange habe ich geleugnet, dass Mitch gestorben ist.“

Ich zucke zusammen, als ich den Namen meines Freundes höre. Ihres Ehemanns. Ich habe für einen Moment vergessen, dass er während dieses Gesprächs auch anwesend sein würde.

Danica ergreift fest meine Hand. „Aber letztendlich konnte ich mit dem Verlust nur fertig werden, indem ich erkannte, dass es sich meiner Kontrolle entzieht. Dass da etwas Größeres im Spiel ist, als ich begreifen kann. Die einzige Möglichkeit, es zu akzeptieren, bestand darin, mir klarzumachen, dass Mitchs Zeit gekommen war. Das mag gefühllos erscheinen, aber ich musste einen Weg finden, die Trauer in meinem Herzen mit meinem Überlebenswillen in Einklang zu bringen. Also beruhigte mich mein Verstand, dass ich nichts hätte tun können, um es zu verhindern. Mitchs Zeit war einfach gekommen.“

Ich bedecke unsere mit meiner anderen Handfläche. „Es tut mir leid, Dani. Ich hasse es, dass du das durchmachen musstest. Noch mehr tut es mir für Travis leid, weil ich nicht weiß, wie ein Kind das so verarbeiten kann, wie du es getan hast.“

Sie lacht. Ein heiseres Lachen, das von Emotionen und Zuneigung geprägt ist. „Kinder sind die widerstandsfähigsten Geschöpfe der Welt. Oft war Travis mein Fels in der Brandung, ohne dass er es wusste.“

„Hier, bitte sehr.“ Die Stimme des Kellners reißt uns auseinander. Er trägt in jeder Hand einen Teller und balanciert einen auf seinem Unterarm. „Das Doro Wot, ein würziger Hühnereintopf, und das Zilzil Tibs, geschmortes Rindfleisch.“

Meine Sinne werden von den Gewürzen übermannt, und Danica beugt sich vor, um sie zu inhalieren.

„Mmm“, brummt sie leise in ihrer Kehle, und mein Blick wandert von dem Essen zu ihr. Das klang viel zu sexy. Sie grinst. „Riecht göttlich, nicht wahr?“

Der Kellner deutet auf den Teller mit etwas, das aussieht wie poröse, schwammige Crêpes, aber etwas dicker. „Das ist Injera. Nehmen Sie das Brot, um das Essen damit aufzunehmen, aber niemand wird sich über Sie lustig machen, wenn Sie die Gabeln benutzen.“

Danica greift als Erste nach dem Brot, reißt ein Stück ab und drückt es in das Rindfleisch. Sie hebt es zum Mund, die Soße tropft, und unsere Blicke treffen sich, als sie es sich auf die Zunge legt. Sie kaut langsam und genießt diesen ersten Bissen.

„O wow, das ist gut. Das musst du probieren.“

Sie gibt mir keine Gelegenheit dazu, sondern reißt ein weiteres Stück Brot ab und schnappt sich damit mehr Rindfleisch. Sie hält es mir hin. Nicht, damit ich es in die Hand nehme, sondern um es mir zum Mund zu führen. Ohne zu zögern öffne ich den Mund und lasse sie den Bissen auf meine Zunge legen. Das ist eine der intimsten Gesten, die mir eine Frau je gezeigt hat, und ich muss zugeben, dass mich das anmacht.

Es tröstet mich auch auf seltsame Weise.

Ich kann die Gewürzmischung auf meiner Zunge nicht analysieren, aber das zarte Rindfleisch und das milde Brot zergehen auf der Zunge. „Verdammt, das ist unglaublich gut.“

Der Kellner verbeugt sich leicht. „Guten Appetit.“

Danica und ich hauen rein und greifen beide nach dem Brot.

„Sind deine Brüder verheiratet? Hast du Nichten oder Neffen?“, fragt sie.

In den nächsten zwei Stunden essen wir scharfes Essen und trinken Honigwein. Wir reden über alles.

Außer den Unfall.

Kapitel 14

Danica

Mein erstes Date war vor über zwölf Jahren. Mitch lud mich ins Kino ein, und ich wusste nicht, dass es eigentlich ein Date war. Wir waren schon so lange befreundet, und ich hatte erlebt, wie er sich mit anderen Mädchen verabredete, die älter und hübscher waren. Es kam mir nie in den Sinn, dass er sich für etwas anderes interessierte als eine Freundin, mit der er freitagabends abhängen konnte. Er wollte *Thor* sehen, und da wir beide Marvel-Fans waren, nahm ich an, dass er mich mitnehmen wollte, nachdem einige seiner Kumpels nicht konnten.

Ich dachte all das, merkte aber schnell, dass es viel mehr war, als er mich am Ende des Abends an meine Haustür brachte. Er wirkte blass, nervös und zögerlich. Ich war verwirrt und dachte, er wäre vielleicht krank. Es stellte sich heraus, dass er mich küssen wollte und nicht wusste, wie er das anstellen sollte.

Schließlich fand er es heraus und unser Leben änderte sich.

Jetzt bin ich hier, zwölf Jahre später, und stehe vor meinem zweiten ersten Date.

Es ist ganz anders als beim ersten Mal. Ich habe von Anfang an verstanden, dass Camden mich auf eine Weise mag, die mehr ist als lediglich Freundschaft. Und ich bin reif genug, um die Komplikationen zu verstehen, und weise genug, um zu wissen, dass ich nichts falsch daran finde, das zu wollen.

Mitch war mein Seelenpartner, aber jetzt ist er es nicht mehr. Das endete mit seinem Tod. Ich gebe nicht vor, zu wissen, was die Zukunft bringen oder ob sie mit Camden oder einem anderen Mann stattfinden wird. Ich weiß nur, dass die Liebe zu schön ist, um auf sie zu verzichten, und ich habe nicht vor, mich vor ihr zu verstecken und zu denken, dass meine einzige Chance vertan wurde, als das Flugzeug verunglückte.

Der größte Unterschied zwischen der ersten Verabredung mit Mitch und der zweiten mit Camden, bei der wir uns auf meiner Veranda gegenübersitzen, besteht darin, dass ich genau weiß, was los ist. Und Camden ist nicht so nervös, wie Mitch es war. Klar sehe ich den Konflikt in seinen goldenen Augen, aber seine Haltung ist selbstsicher.

Da er kein Blatt vor den Mund nimmt, sagt er: „Jetzt weiß ich, dass ich ein zweites Date möchte."

Einfache Worte, die genau das ausdrücken, was er denkt.

Da ich heute Abend so viel Spaß hatte wie seit dem Verlust von Mitch nicht mehr, sage ich auch, was ich denke. „Das würde mir gefallen."

„Das Schwierigere an der Sache ist, dass ich dich küssen möchte." Mir stockt der Atem, denn ich habe mich bereits gefragt, ob der Abend so enden würde. „Noch schwieriger ist, dass ich nicht weiß, ob ich dafür einen Tritt in die Eier bekommen würde."

Ich unterdrücke ein Lachen, aber ich kann das Lächeln nicht verbergen. „Heute Abend wird es kein In-die-Eier-Treten geben."

„Gut."

Sein Ton ist schroff, aber seine Berührung ist sanft, als er mir eine Haarsträhne aus dem Gesicht streicht, um sie hinter mein Ohr zu schieben. Ein angenehmer Schauer überläuft meine Wirbelsäule. Camdens Hand bewegt sich nicht weg, sondern wandert stattdessen in meinen Nacken.

Camden neigt den Kopf leicht schief. „Denn ich denke daran, seit du mir das Essen mit der Hand gereicht hast und deine Finger meine Lippen berührt haben."

O Gott. Ich wusste, dass das eine zu persönliche Geste war, und ich würde lügen, wenn ich behaupten würde, dass ich nicht auch daran gedacht hätte, ihn zu küssen.

Camdens Worte sind so verdammt hypnotisierend, dass mir keine geistreiche Antwort einfällt. Aber das ist egal, denn sein Gesicht verschwimmt, als er den Abstand zwischen unseren Mündern verringert. Die erste Berührung seiner Lippen raubt mir den Atem. Als Reaktion darauf atme ich den Duft seines Herrendufts ein und mir schwirrt der Kopf. Der Geschmack des Honigmets auf seiner Zunge, als sie zaghaft meine berührt, macht mich noch schwindeliger.

Camden zieht sich zurück und sieht mich zärtlich an. Ich erkenne unzählige Emotionen, die in seinen Augen kreisen. Verlangen. Zögern. Schuldgefühle. Meine Hände liegen auf seiner Brust, auf dem dicken Pullover, und ich kralle meine Finger in das Gestrick, um ihn festzuhalten. „Hab keine Angst", flüstere ich.

Von all den Dingen, die ich hätte sagen oder tun können, um Camden zu versichern, dass ich mit allem einverstanden bin, befehle ich ihm, seine Ängste loszulassen. Denn die halten ihn am meisten zurück.

Camden umfasst mein Gesicht und streichelt mit den Daumen meine Wangen. „Das ist verdammt schwer."

„Stimmt." Ich umfasse seine Handgelenke, während

er weiterhin meine Wangen streichelt. „Aber auch wieder nicht.“

„Dann erzähle mir mehr über das Nicht.“ Sein Blick wandert über mein Gesicht, auf der Suche nach einer Antwort.

„Wir haben eine Vergangenheit. Sowohl zusammen als auch getrennt, was die Dinge verkompliziert. Das ist der heikle Teil. Aber ich entscheide mich dafür, in der Gegenwart zu leben, nicht in der Vergangenheit. Gerade jetzt, auf dieser Veranda mit dir, vergesse ich, was gestern war. Ich denke nur an das Jetzt. Ich habe es verdient, und ich glaube, du auch.“

Sein Atem geht stoßweise, und beim Ausatmen kann ich sehen, wie die Vorsicht aus seinem Gesichtsausdruck schwindet. Camdens Mund ist wieder auf meinem, die Bewegung ist sanft, aber selbstsicher. Ich lasse mich ganz darauf ein, presse mich an ihn und lege meine Hände zurück auf seine breite Brust, dann auf seine Schultern und um seinen Hals. Das macht Camden mutiger und er legt einen Arm um meine Taille. Wir pressen uns eng aneinander, und ich schwöre, dass ich das Klopfen seines Herzens spüre, als der Kuss inniger wird. Ich bin völlig berauscht von diesem Mann. Ich bin berauscht von dem Bedürfnis, mehr zu erleben, und setze meine Zunge noch stärker ein. Camden knurrt tief in seiner Brust, und die Vibration überträgt sich auf mich. Seine Hände liegen an meinen Hüften, halten mich fest, und ich spüre das Verlangen, das zwischen uns aufsteigt.

Camden murmelt: „Verdammt noch mal.“

Ich atme so schwer, dass ich fast keuche. O mein Gott. Er hat mich zum Keuchen gebracht, und da merke ich den Druck zwischen meinen Beinen, den ich schon sehr lange nicht mehr gespürt habe.

Alles nur wegen eines Kusses.

„Wir sind dabei, eine Grenze zu überschreiten, Dani. Und wenn wir das tun, gibt es kein Zurück mehr."

Mein Mund kribbelt, mein Blut rast, und verdammt noch mal, ich bin maßlos erregt. Ich schließe die Augen und lehne meine Stirn an seine Brust. Camdens Finger bewegen sich auf meinen Hüften. Es wäre ein Leichtes für mich, es zu beenden. Ich könnte langsamer machen, sogar zu reiner Freundschaft zurückgehen. Noch gibt es ein Zurück.

Aber ich kann es nicht.

Ich will es nicht.

Ich schaue Camden in die Augen. „Ich will die Grenze überschreiten. Ich bin bereit dafür."

„Ich weiß nicht so recht."

Hinter dem Zögern höre ich die Wahrheit, die zuzugeben wahrscheinlich schmerzhaft ist. Er möchte in seinem Handeln stark sein, sich seiner selbst sicher sein.

„Ich sag dir was." Ich stelle mich auf die Zehenspitzen und küsse ihn auf den Hals. „Ich werde die Grenze zuerst überschreiten." Camdens Hände umklammern mich fester, während ihm ein rauer Atemzug entweicht. Ich flüstere an seine warme Haut und bewege meinen Mund zu seinem Kinn. „Ich bin schon drüber." Ich küsse seinen Mundwinkel. „Ich warte nur noch darauf, dass du nachkommst."

Ich bin nicht auf das wilde Knurren vorbereitet, das Camden ausstößt, und erschrecke ein wenig über seine animalische Seite. Es hört sich an, als würde er gefoltert, aber er verstummt schnell, als sein Mund den meinen erobert. Er übernimmt die Kontrolle, eine Hand an meinem unteren Rücken und eine in meinem Nacken, und hält mich völlig in Geiselhaft. Ich bin jetzt diejenige, die ertrinkt, die hilflos von einer starken Flut von Sehnsucht und Lust mitgerissen wird. Camden ist wie ein Fels in der Brandung, und ich klammere mich verzweifelt an ihn, während sein Mund den meinen plündert.

Ich bin mir vage bewusst, dass mein Körper an seinen gepresst ist, dass ich mit ihm verschmolzen bin, weil das viel einfacher ist, als mich allein aufrecht zu halten. Und da merke ich, dass ein bestimmter Teil von ihm sehr hart ist und an meinen Bauch drückt, was Hitze zwischen meinen Beinen auslöst, die sich dann wieder zurückzieht und ein tiefes Verlangen hinterlässt. Meine Hand zittert, als ich sie zwischen unsere Körper schiebe und schamlos über seine Länge streiche. Camden zischt in meinen Mund, bevor er zurückzuckt und mich mit wildem Blick ansieht.

„Danica", sagt er warnend. Die Drohung in seinem Ton erschreckt mich nicht, sondern macht mich noch mehr an. Ich drücke ihn fest an mich. „Fuck", flucht er hilflos, und in seinen Augen blitzt Wut auf, gefolgt von einem Versprechen auf Vergeltung. „Wir müssen das Tempo drosseln."

„Warum?", frage ich und kuschele mich an seinen Hals, bevor ich den Kopf neige und ihn ansehe. „Wo sind die Regeln dagegen? Und warum dürfen wir das nicht tun?"

Camden scheint keine Worte zu finden, und in diesem Moment bemerke ich, dass er mich nicht mehr im Arm hält. Es ist wie ein Eimer kaltes Wasser direkt ins Gesicht, als mich eine schreckliche Erkenntnis trifft. Ich stolpere zurück, lege eine Hand auf meinen Mund und starre ihn an.

Er zieht die Augenbrauen zusammen. „Was ist los?“, fragt er.

„Ich benehme mich wie ein Flittchen, und das törnt dich ab“, sage ich und bin mir meiner Einschätzung sicher.

„Was?“, fragt er und sieht ein wenig verwirrt aus. „Das denke ich ganz und gar nicht.“

„Aber du willst es langsamer angehen lassen, und ich kenne keinen Mann, der es langsamer angehen lässt, wenn er die Hand einer Frau auf seinem Schritt hat.“ Hitze steigt mir in die Wangen und ich lasse mein Gesicht in meine Handflächen sinken. „O Gott, das ist so peinlich.“

„Verdammt noch mal, Danica.“ Camden zieht meine Hände weg, indem er meine Handgelenke packt, und zerrt mich mit einem Ruck zu sich heran. „Ich halte dich nicht für ein Flittchen. Was wir getan haben, ist nicht abtörnend. Und ich habe nur vorgeschlagen, es langsamer angehen zu lassen, weil ich in dem Moment, als du deine Hand auf meinen Schwanz gelegt hast, wusste, dass ich dich ficken werde, wenn du sie dort lässt.“

„Oh“, sage ich, als mir klar wird, was er gerade wirklich gesagt hat. „Oh. Oh, okay. Wow. Ich verstehe.“

„Wirklich? Weil ich im Moment kaum in der Lage bin, meine Hände bei mir zu behalten. Wenn du also nicht willst, dass ich heute in dich dringe, musst du mir jetzt einen Gutenachtkuss auf die Wange geben.“

Ein Schauer durchfährt mich bei dem Gedanken an Camden in mir. Innere Bilder von unseren nackten Körpern, die sich gegeneinander winden, erscheinen vor meinem geistigen Auge. Es gibt keine andere Antwort für mich. „Auf keinen Fall werde ich dir jetzt einen Gutenachtkuss geben. Also komm jetzt lieber mit rein und gib dein Schlimmstes", scherze ich.

Zum ersten Mal, seit wir die Veranda betreten haben, erscheint ein Grinsen auf Camdens Gesicht. „Nicht mein Schlimmstes. Mein Bestes."

Ich lächele erleichtert und lege meine Arme wieder um seinen Hals. „Dann eben dein Bestes."

Alles geht so schnell, dass ich später wahrscheinlich zugeben werde, dass wir etwas wie Verzweiflung empfunden haben. Trotz der gegenseitigen Beteuerungen spricht die fiebrige Raserei, mit der wir in einem Gewirr von Armen und Beinen küssend durch meine Haustür stürmen, wahrscheinlich eher von der Angst, dass wir jeden Moment zur Besinnung kommen könnten. Wie wir die Treppe hinaufeilen, Hand in Hand, wobei ich nur leicht in Führung liege, ist ein klares Zeichen dafür, dass wir beide keine Geduld mehr haben. Aber oh, wie er mir die Kleider vom Leib reißt, um mich dann auf mein Bett zu drücken und mit seinem Mund über jeden Zentimeter von mir zu streicheln, zeigt einen Mann, der mir ein tolles Erlebnis bescheren möchte, egal wie außer Kontrolle er sich fühlen mag.

Ich ziehe kräftig an Camdens Haaren – ein Vorteil der unordentlichen Frisur, die er immer trägt –, und er lässt meine Brustwarze aus seinem Mund ploppen, um zu mir aufzusehen. „Ich sterbe gleich. Würdest du bitte schnell deine Sachen ausziehen?"

Die Welt bleibt stehen, wenn er mich anlächelt. Ich habe in den letzten Wochen gesehen, wie sich Camdens Mund zu allen möglichen positiven Mienen verzogen hat, aber noch nie so blendend glücklich wie in diesem Moment. Er krabbelt über mich, um mir einen schnellen Kuss auf die Lippen zu drücken, und klettert dann vom Bett, um sich auszuziehen. Er sieht mich an, als er ein Kondom aus seiner Brieftasche zieht und es auf den Nachttisch legt, aber ich schenke dem keine Beachtung. Ich bin in den Anblick vertieft, der sich mir bietet, als er sich den Pullover über den Kopf zieht. Wunderschön ausgeprägte Muskeln lassen die David-Statue im Vergleich dazu wie eine Karikatur aussehen. Sein dunkles V unterhalb des Bauchnabels kommt Zentimeter für Zentimeter zum Vorschein, als er sich seiner Jeans entledigt. Und o mein Gott … mir läuft das Wasser im Mund zusammen, als ich zum ersten Mal sehe, wie er seinen Schaft umfasst und mich lustvoll ansieht. Ich lecke mir über die Lippen und will mich aufrichten, um über das Bett zu krabbeln und ihn zu verschlingen, aber er knurrt.

„Leg dich verdammt noch mal hin, Dani. Noch darfst du ihn nicht haben."

Es fühlt sich an, als würden Flammen meinen ganzen Körper durchfluten, seine dominanten Worte machen mich genauso an wie seine Berührungen. Er sagt mir, was ich tun soll, und macht mir klar, dass das, was er mir geben will, verdammt noch mal mehr als großartig sein wird.

Ich schreie auf, als seine Hände zu meinen Beinen wandern, mich zu ihm über das Bett ziehen und mich weit spreizen. Ich habe keine Zeit, mich zu schämen, denn Camden lehnt sich über mich, legt eine Handfläche neben meinen Kopf und schiebt die andere zwischen meine Beine. Mein Atem stockt, als sich ein langer Finger sanft in mich schiebt. Camden kneift für einen Moment die Augen zu, als ob er Schmerzen hätte, aber als er sie öffnet, sieht er zufrieden mit sich aus.

„Verdammt nass, Dani.“

Er hat nichts weiter getan, als mich zu küssen, mich nackt auszuziehen und meinen Nippel zu reizen, und schon bin ich tropfnass. Heiße Verlegenheit brennt auf meinen Wangen, aber der größte Teil meiner Hitze kommt von seinem Finger, der jetzt meine Klit umkreist. „Camden“, keuche ich und fühle mich unglaublich hilflos. Ich war noch nie so erregt vom Vorspiel und so bereit, ausgefüllt zu werden. Ich stehe bereits kurz davor und … „O Scheiße … ich werde kommen.“

Ich schwöre, dass ich einen Siegesschrei höre, der sich in einem Lachen löst, als Camdens Finger wieder in mich eindringt.

Das reicht aus, um den Orgasmus auszulösen, und ich schreie auf, als die Lust meinen Körper ergreift. Ich spüre, wie meine inneren Muskeln seinen Finger umklammern, während sich mein Rücken vom Bett hebt.

Ich lasse mich zurückfallen und keuche, als winzige elektrische Ströme durch mich pulsieren. Ich keuche schwer, während Camden mit purer Befriedigung lächelt und sein Finger träge meine Klit umkreist.

„O Gott!“, rufe ich. Ich schlage auf sein Handgelenk, um seine Bewegungen zu stoppen. „Ich weiß nicht, ob ich jemals so schnell gekommen bin.“ Mir ist schwindelig, weil es so schnell passiert ist. Ich fühle mich auch ein wenig peinlich berührt. Ich meine, es ist lange her, dass ich Sex hatte, aber es ist nicht so, dass ich keine Orgasmen hatte. Ich bin ein großer Anhänger der Masturbation.

„Das will ich noch einmal sehen“, sagt Camden und schiebt nun zwei Finger in mich.

„Nein!“, rufe ich und ziehe kräftig an seiner Hand. „Wenn du mich nicht sofort fickst, schmeiße ich dich aus dem Haus.“

Camdens Lachen ist voller Zuneigung. Er beschwichtigt mich, indem er seinen Mund auf meinen drückt und flüstert: „Keine Sorge, meine Schöne. Vertrau mir.“

Kapitel 15

Ich sollte das verdammt noch mal nicht tun.

Ich vertiefe den Kuss mit Danica, der süße Geschmack ihrer Zunge und wie sie stöhnt machen meinen Schwanz so hart, dass ich Angst habe, er könnte brechen. Ich ignoriere den guten Engel, der auf meiner Schulter sitzt und mir moralische Warnungen zuflüstert, dass ich mich nicht mit diesem wunderschönen Wesen einlassen soll, das sich mir bereitwillig hingibt. Zu viele Teile meiner Seele sagen mir, dass ich das Angebot von Danica annehmen soll. Mein Schwanz scheint das Sagen zu haben, aber auch mein Herz treibt mich an. Sie ist mir sehr wichtig, und obwohl ich es auf einen Orgasmus abgesehen habe und sie auf einen zweiten mitnehmen werde, ist es das Gefühl der Nähe, das mich am meisten antreibt.

Um etwas Bedeutendes mit ihr zu teilen.

Ich strecke blindlings die Hand aus und greife nach dem Kondom, ohne den Kuss zu unterbrechen. Ich schiebe einen Arm unter sie und ziehe uns beide in eine bessere Position. Danica spreizt ihre Beine und ich lasse mich dazwischen nieder, meine Erektion schmiegt sich an ihre warme, feuchte, einladende Mitte. Ich könnte sie noch feuchter machen. Mein Mund auf ihrer Pussy würde reichen und sie zu einem weiteren Orgasmus treiben, bevor ich sie ficke.

Ja, genau das will ich.

Ich lasse das Kondom auf die Matratze fallen und nehme meinen Mund von ihrem. Ich kratze mit den Zähnen an ihrem Hals entlang, während ich eine

Brust streichele. Ich werde mit einem lustvollen Stöhnen belohnt, und sie zuckt zusammen, als ich ihre Brustwarze zwicke. Ich puste, während ich über ihre Brust küsse, darauf bedacht, diese kecke Knospe wieder in meinen Mund und schließlich zwischen meine Zähne zu bekommen.

„Nein!", ruft Danica und hält mich mit ihren Händen auf.

Ich hebe den Kopf und schenke ihr ein träges Grinsen. „Was ist los?"

Sie schüttelt den Kopf, mit einem wilden Blick in ihren Augen. „Das will ich nicht."

Ich ziehe eine Augenbraue hoch, mein Ton ist trocken. „Du willst nicht, dass ich dich mit meinem Mund zum Kommen bringe?"

Dani rollt mit den Augen, und das ist so bezaubernd, dass ich am liebsten aufspringen und ihr einen keuschen Kuss auf die Nasenspitze drücken würde. „Natürlich will ich das. Aber das nächste Mal. Jetzt will ich dich endlich in mir haben, Camden."

„Diese Ungeduld", sinniere ich, aber ich muss einen weiteren aufdringlichen Gedanken verjagen. Sie hat seit fast einem Jahr keinen Sex mehr gehabt. Sie ist supergeil und ich bin zufällig in der Nähe.
Nein.
Das ist nicht Danis Art, jemanden so zu benutzen. Wir haben eine Verbindung, und die ist solide genug, um uns vom ersten Kuss nach unserem ersten Date direkt zum Sex zu bringen.
Ihre Handfläche streichelt meine stoppelige Wange und bei der Sanftheit ihrer Berührung sehe ich ihr in die Augen.

„Was ist los?", fragt sie. „Ich spüre, dass sich etwas verändert hat."

„Nein", versichere ich ihr und komme ihrer Berührung wie eine Katze, die gestreichelt werden will, entgegen. „Es hat sich nichts geändert. Aber vielleicht meldet sich mein Gewissen ein wenig zu Wort. Bist du sicher, dass das nicht zu schnell für dich ist?"

„Ich bin sicher", sagt sie, und ihre Lider flackern vor Sorge. „Aber ich frage mich langsam, ob es dir zu schnell geht. Übertreibe ich es ein wenig?"

„Hör auf", schimpfe ich, strecke mich und drücke ihr einen harten Kuss auf den Mund. „Ich liebe es, wie sehr du darauf stehst. Ich liebe es, wie reaktionsfreudig du bist. Ich liebe es, wie du innerhalb von Sekunden gekommen bist, als ich dich berührt habe. Und ich weiß, dass ich es verdammt noch mal lieben werde, dich zu ficken."

Danica stößt so etwas wie einen Seufzer der Erleichterung aus. Ich packe ihr Kinn mit einer Hand und zwinge sie, ihren Blick auf mich zu richten. „Sag mir noch mal, dass du es willst."

„Mehr, als du es dir vorstellen kannst."

Das genügt mir. Ein weiterer schneller Kuss und ich greife nach dem Kondom, nur damit sie es mir aus den Händen reißt. Sie öffnet es mit Anmut, und ich lehne mich zur Seite, damit sie es über meinen Schaft rollen kann. Das Gefühl ihrer Hände jagt mir einen Schauer über den Rücken, und ein winziger Kern der Befürchtung, dass ich das vielleicht nicht überlebe, ist da. Ich kann mich nicht erinnern, dass mein Körper jemals so schnell auf eine Frau reagiert hat. Trotz meiner Unsicherheit ist mein Schwanz steinhart, seit wir uns geküsst haben, und das hat überhaupt nicht nachgelassen.

Mit einer Handfläche auf der Rückseite ihres Oberschenkels hebe ich ihr Bein an und positioniere mich an ihrem Eingang. Die Hitze ihrer Pussy brennt durch das Kondom, und das, zusammen mit dem Blick der puren Lust auf ihrem Gesicht – die Augen glasig, die Lippe zwischen den Zähnen, lässt mich die Kontrolle verlieren. Ich schiebe das Becken vor und gleite in einer einzigen Bewegung in ihren engen Kanal, sodass ich vor lauter Lust fast ohnmächtig werde. Danica knurrt und beißt mir in die Schulter.

„Alles in Ordnung?“, frage ich, als ich mich zurückziehe, um ihr Gesicht zu sehen.

„O ja.“ Sie stöhnt und rotiert ihre Hüften. „Mehr.“

Ich dachte, ich wäre schon ganz tief drin, aber sie hat nach mehr verlangt. Ich merke, dass ich ihr nicht nahe genug bin. Ich fordere sie auf, ihre Beine um meine Taille zu legen, schiebe einen Arm unter ihren Rücken und den anderen unter ihren Nacken und umarme sie, während ich in sie eindringe. Meine Wange an ihre gepresst, pumpe ich langsam rein und raus und frage mich, wie es möglich ist, dass ich sie überall spüre. Um mich herum.

Vor ein paar Minuten waren wir noch so heiß aufeinander, dass ich dachte, es würde hart, schnell und wild werden. Trotz all der zärtlichen Gefühle, die ich für sie entwickelt habe, hat die Lust uns beide übermannt. Aber jetzt … Ich will es langsam, dieses sanfte Schaukeln, das sich nicht so gut anfühlen sollte wie ein harter, leidenschaftlicher Fick. Aber es fühlt sich sogar noch besser an.

„Camden.“

Danicas Flüstern dringt zu mir durch, und ich merke, dass ich die Augen geschlossen habe, meine Schläfe an ihre gepresst, und mich in ihr verloren habe. Ich hebe den Kopf und starre sie durch den sinnlichen Schleier, der meinen Kopf vernebelt, an.

„Ja?“

„Das fühlt sich so gut an.“ Ihre Worte sind langsam, ohne Eile.

„Ja“, stimme ich leise zu.

Ich streichele mit einem fast keuschen Kuss über ihren Mund und hebe den Kopf, um sie anzuschauen. Ich lockere den Arm unter ihrem Nacken und drücke meine Handfläche als Hebelwirkung auf die Matratze. Meinen anderen Arm lasse ich unter ihrem Rücken, um unsere Körper so eng wie möglich aneinanderzupressen.

Ich habe den Begriff *Liebe machen* nie gemocht. Er wirkt klischeehaft und überstrapaziert. Außerdem ist das, was zwischen uns ist, keine Liebe.

Noch nicht.

Vielleicht niemals.

Aber es übersteigt alles, was ich je für eine Frau empfunden habe. Ich weiß nicht, ob es daran liegt, dass unsere Geschichte so sehr mit Tragödie und Überleben verwoben ist, oder ob es so ist, dass wir uns gegenseitig erkennen. Ich weiß nur, dass mit dieser langsamen Lust, die zwischen uns durch das gemächliche Pumpen meiner Hüften anschwillt, keiner von uns in der typischen Eile ist, dorthin zu kommen, wohin Sex normalerweise führt. Das sagt mir, dass ich verdammt gut aufpassen muss, was das ist und wohin es führt.

Die Zeit steht nicht ganz still, sondern scheint mit einer akzeptablen Langsamkeit zu vergehen. Immer wieder stoße ich in sie.

Niemals in Eile.

Erst als Danica ein kehliges Geräusch von sich gibt – irgendwo zwischen Stöhnen und Flehen –, weiß ich, dass sie kurz davor ist. Es ist derselbe Laut, den sie beim ersten Mal von sich gegeben hat, als ich sie zum Kommen gebracht habe, und jetzt drängt es mich noch mehr. Ich erinnere mich, wie schön es war, als sie kam, und ich bin begierig darauf, es wieder zu erleben. Erst an diesem Punkt – meinem Wunsch, Danica die ultimative Lust zu bereiten – spüre ich, wie sich mein Orgasmus zusammenbraut, wie er vibriert und sich zu lösen droht. Es scheint gegen meinen Willen zu geschehen, denn obwohl ich das langsame Ficken liebe, steigere ich das Tempo. Aber ich habe das Ziel, dass Danica zuerst kommt. Ich neige den Kopf, bis mein Mund an ihrem Ohr ist. „Komm mit mir, Süße."

„Ja", keucht sie.

Sie ist immer noch sicher in meinem Griff, mein Arm unter ihrem Rücken. Ich ergreife ihre Hand, halte sie eng an mir. Ich erobere wieder ihren Mund. Kaum habe ich meine Zunge an ihre gepresst, explodiert mein Orgasmus. Mein Stöhnen ergießt sich in ihren Mund, während ich tief eindringe, und ich bin mir vage bewusst, dass Danica sich unter mir aufbäumt. Ich spüre, wie sich ihre Nägel in mich graben.

Undeutlich höre ich sie rufen: „Ja, ja, ja!"

„O fuck." Ich fluche in ihren Mund, während der Orgasmus mich zerreißt. „Ja, verdammt."

Ich atme heftig aus und blinzele gegen die Dunkelheit an, die mich am Rand einer Ohnmacht durch die heftige Lust des Höhepunkts einnehmen will.

Danica wimmert, und ich richte mich auf und schaue besorgt auf sie hinab. Sie hat die Unterlippe zwischen die Zähne geklemmt, ihr Blick ist glasig, aber sie schafft es, zu lächeln.

„Guter Gott, Camden. Du hast einen magischen Schwanz."

Ich breche in Gelächter aus und freue mich, dass sie den Moment auflockert, denn gerade eben war alles noch so tiefgründig und schwer. Auf eine gute Art natürlich. Wir haben beide die Welt des anderen erschüttert, aber wir können immer noch gemeinsam lachen, wenn alles gesagt und getan ist.

Einige Minuten liege ich mit ihr auf dem Bett, bis sich unser Herzklopfen wieder normalisiert hat. Widerwillig verlasse ich ihre Wärme, um das Kondom zu entsorgen, und zögere nicht lange, mich zu ihr unter die Decke zu legen, als ich zurückkomme.

Danica bewegt sich leicht in meinen Armen und legt ihren Kopf auf meine Brust. Ihre Fingerspitzen streichen über meine Herzgegend und ihr warmer Atem weht über meine Haut. Ich nutze den ungehinderten Zugang und lasse meine Hand über ihren Hintern gleiten und streichele dann ihren Rücken. Nachdem das Feuer zwischen uns gelöscht ist, versuche ich herauszufinden, was das alles bedeutet.

„Hast du jemandem erzählt, dass wir ein Date haben?" Habe ich mich in meiner Neugierde beiläufig genug angehört?

„Nein", sagt Danica leise. „Daran habe ich nicht gedacht, um ehrlich zu sein. Und du?"

„Nein. Ich weiß nicht einmal, wem ich es sagen würde."

Sie hebt den Kopf und sieht mich mit einem neugierigen Gesichtsausdruck an. „Mit wem aus dem Team bist du befreundet?"

Ich muss nicht lange darüber nachdenken. „Ich hänge wahrscheinlich am meisten mit Hendrix und Bain ab. Coen sicher auch, aber er war monatelang ein Arschloch und jetzt hat er Tillie, also unternehmen wir nicht viel zusammen."

Nach einigem Zögern fragt Danica: „Willst du es lieber geheim halten?“

„Ich weiß nicht.“ Das ist die Wahrheit. Ich weiß nichts, denn das hier ist anders als alles, was ich je erlebt habe. „Es fühlt sich ein wenig prekär an.“

„Weil ich eine Teamwitwe bin“, murmelt sie.

„Ich will kein Arsch sein, der sich an eine Frau ranmacht, mit der er höchstens befreundet sein sollte.“

„Das verstehe ich“, antwortet sie mit einem Seufzer.

„Außerdem …“ Ich halte inne und überlege, wie ich es am besten sagen soll. Ich habe keine Angst, meine Gefühle auszudrücken, ich möchte nur sichergehen, dass ich mich klar ausdrücke. Ich lege mich neben Danica und wir sehen uns ins Gesicht. „Ich weiß nicht, wie ich mit Mitch konkurrieren soll. Ich weiß nicht, ob es eine gute Idee ist, das überhaupt zu versuchen.“

„Ich würde euch nie miteinander vergleichen.“

Ich lege zwei Finger auf ihre Lippen, um sie zum Schweigen zu bringen. „Ich weiß, dass du das nicht tun würdest. Nicht absichtlich. Aber es wird immer Unterschiede geben, und vielleicht bin auch nur ich derjenige, der sich darüber Gedanken macht.“

Ihre Hand ruht auf meiner Brust, ihr Gesichtsausdruck ist mitfühlend. „Ich kann ehrlich sagen, dass ich dich noch nie mit Mitch verglichen habe. Nicht bei unserem Date, nicht bei unserem ersten Kuss und ganz sicher nicht bei dem, was wir gerade getan haben. Er ist mir nicht einmal in den Sinn gekommen, bis du ihn erwähnt hast. Aber ich kann natürlich nicht aufhören, an ihn zu denken. Ich kann das nicht kontrollieren und es könnte passieren.“

„Ich weiß.“ Ich streichele ihre Wange und streiche mit dem Daumen über ihre Unterlippe. „Ich würde dich nie bitten, nicht an ihn zu denken. Ich habe ihn auch geliebt, weißt du.“

„Nach seinem Tod hatte ich eine Menge Premieren.“ Danica lässt sich wieder in meinen Armen nieder und ich ziehe sie fest an mich. „Mein erster Geburtstag ohne ihn. Travis’ erster Geburtstag ohne ihn. Der erste vierte Juli, das erste Halloween, Thanksgiving, Weihnachten. Es ist fast ein Jahr seit dem Unfall vergangen und ich habe fast alle ersten Male hinter mir.“

„Und ich bin der erste Typ, mit dem du ausgegangen bist. Der erste Kuss seit Mitchs Tod. Das erste Mal, dass du wieder Sex hattest.“

„Es war verdammt fantastischer Sex“, sagt Danica, und ich kann nicht anders, als zu lachen, und drücke sie an mich. Ihre Stimme klingt schläfrig. „Bleibst du über Nacht?“

„Wenn du willst.“

„Ja, das will ich.“ Danica gähnt und kuschelt sich an mich.

Ich beuge mich vor, ohne unsere Position zu stören, und schalte das Licht auf dem Nachttisch aus. „Dann bleibe ich.“ Als wir uns niedergelassen haben, füge ich hinzu: „Und vielleicht bleibt das vorerst wirklich besser unter uns.“

„Natürlich“, antwortet sie.

Ich bin nicht sicher, ob sie das wirklich will oder ob sie nur zustimmt. Trotzdem fühle ich mich nicht wohl dabei, unsere Beziehung öffentlich zu machen.

Kapitel 16

Danica hat mir versichert, dass man als Abholer der Kids einfach nur vor der Schule herumstehen und warten muss. Ich habe mein Radio aufgedreht, während ich in der Schlange stehe und darauf warte, dass Travis herauskommt und wir trainieren gehen.

Als wir unsere ersten Pläne schmiedeten, sollte ich Travis bei Danica abholen, nachdem sie ihn von der Schule abgeholt hat. Aber anscheinend hat Travis seiner Mutter die Idee unterbreitet, dass ich ihn abhole und wir direkt zur Eishalle fahren.

Ich war bei dem Gespräch heute Morgen nicht dabei, als Danica Travis und Jordan zur Schule fuhr. Ihre Antwort war ein klares Nein, denn ich würde bereits meine Zeit opfern, indem ich mit ihm zur Eishalle fahre und mit ihm trainiere. Ich erfuhr erst von Travis' Idee, als ich Danica am Vormittag anrief. Ich wurde verrückt, als ich an sie dachte. Die letzte Nacht geschah völlig unerwartet. Die einzige Gewissheit war unser erstes Date. Ich hatte nicht erwartet, dass es so viel Spaß machen würde, ich hatte ganz sicher nicht damit gerechnet, dass wir uns küssen und im Bett landen würden.

Die ganze Nacht über schlief Danica in meinen Armen, aber ich bekam kaum ein Auge zu. Das lag nicht daran, dass die Position unbequem war oder dass ich in einem fremden Bett lag, sondern dass die Erfahrung, mit einer Frau zu schlafen, die mir wirklich etwas bedeutet, eher aufregend als beruhigend war.

Danica ist nicht die erste Frau, mit der ich die ganze Nacht in einem Bett verbracht habe. Ich hatte auch schon Affären, bei denen man erschöpft einschlief und später fröhlich weiterzog. Sie ist jedoch die erste Frau, zu der ich eine echte emotionale Bindung habe, was den Sex viel besser gemacht hat als alles, was ich je erlebt habe.

Heute Morgen gab es keine peinlichen Momente, und ich weckte sie sogar mit meiner Hand zwischen ihren Beinen und indem ich ihr versaute Sachen ins Ohr flüsterte. In den frühen Morgenstunden war es anders als bei der langsamen Vereinigung letzte Nacht. Heute Morgen war es wild, drängend, schmutzig und erstaunlich. Danica musste die Jungs abholen, um sie zur Schule zu bringen, und wir lachten, als wir aufeinander losgingen und ihr Kopfteil so hart gegen die Wand stieß, dass es eine Schramme hinterließ.

Ja, die Erinnerungen liefen in meinem Kopf wie ein Film in Endlosschleife, und so gab ich nach und rief sie gegen halb elf an. Sie war am Arbeiten, also haben wir uns kurz gehalten. Ich glaube, ich habe in den ersten dreißig Sekunden bekommen, wonach ich gesucht habe – echte Freude, von mir zu hören. Das reichte aus, um jegliches Bedauern oder die Sorge zu verdrängen, dass ich mit ihr einen Fehler gemacht habe, und sie versicherte mir, dass sie nichts bedauert. Sie lachte, als sie mir erzählte, dass Travis wollte, dass ich ihn von der Schule abhole, aber sie hatte diese Idee verworfen.

„Warum?“, fragte ich neugierig.

„Glaub mir, die Schlange vor der Schule macht keinen Spaß. Es ist eine Menge Warten und du hast Besseres zu tun.“

„Es macht mir nichts aus." Und das tat es wirklich nicht. Ich hatte frei, keine anderen Pläne und ich bin leicht zu unterhalten.

Danica hat nicht sofort eingewilligt, aber ich habe sie schließlich überredet, mich Travis abholen zu lassen. Sie musste die Schule anrufen, um mich auf die Erlaubnisliste zu setzen, und sie musste Travis mitteilen, dass ich ihn abholen werde.

Das Warten war gar nicht so schlimm. Ich bin früh genug gekommen, um nur etwa zwanzig Autos weit hinten zu stehen, und habe mich mit meinem Handy beschäftigt, während ich Musik hörte. Es ging in der Schlange flott vorwärts, und als ich an der Stelle ankam, an der Travis wartete, waren kaum dreißig Minuten vergangen. Travis war urkomisch. Vor allem sah er in seiner zerknitterten Schuluniform einfach hinreißend aus. Genau so stelle ich mir einen kleinen Jungen am Ende des Schultages vor. Sein Haar war total zerzaust, seine Krawatte hing schief und locker, und auf den Knien seiner kakifarbenen Hose waren anscheinend Schlammflecken. Ich wette, Danica gibt ein Vermögen aus, um seine Kleidung sauber zu halten. Das Beste daran war, dass Travis offenbar allen erzählt hat, dass ich ihn abholen werde, und dass all seine Freunde zusahen. Eine Gruppe von etwa fünf oder sechs Jungs stand ein paar Meter entfernt und starrte auf meinen Wagen, als ich mein Fenster herunterließ.

„Abholservice für Travis Brandt!", rief ich und Travis strahlte.

Alle Jungs winkten mir zu, andere Schüler reckten ihre Hälse, um zu sehen, was so wichtig ist, und Travis stolzierte zu meinem Wagen. Ein Lehrer öffnete ihm die Autotür, und als er auf dem Trittbrett stand, drehte er sich um und winkte seinen Freunden zu. „Ich fahre mit Camden Poe zur Eishalle!“, rief er. „Wir werden zusammen Eishockey trainieren.“

Ich grinste hinter meiner Pilotenbrille, als Travis sich auf den Sitz fallen ließ und wir uns mit einem Fistbump begrüßten.

Jetzt sind wir im Stadion, und der aufgeregte kleine Junge, der allen zeigen wollte, dass er mit einem professionellen Eishockeyspieler befreundet ist, ist ihm nicht mehr anzumerken. Ich weiß nicht, warum das für ihn oder sein soziales Ansehen so wichtig ist, denn sein Vater war ja auch bei den Titans. Ich hoffe, es liegt daran, dass er mich für einen Freund der Familie hält und es cool ist, jemanden Berühmtes zu kennen.

Jetzt ist er ein Junge und entschlossen, in der gleichen Sportart, die sein Vater gespielt hat, zu brillieren. Er hört aufmerksam zu, wendet das Wissen an, das ich ihm vermittele, und gibt sich Mühe, sein Bestes zu geben. Er versucht dieselbe Bewegung immer und immer wieder, bis er sie fast perfekt beherrscht.

Nach einer Stunde ist er schweißgebadet, und da er nicht aufgeben will, muss ich es beenden. „Ich muss dich jetzt nach Hause bringen. Ich habe deiner Mutter versprochen, dass du um halb fünf da bist, weil du vor dem Abendessen noch deine Hausaufgaben machen musst.“

Travis verzieht das Gesicht. „Ich hasse Hausaufgaben. Die sind blöd.“

„Aber nötig“, sage ich, als wir vom Eis und in die Umkleide gehen.

„Nein, ist es nicht“, entgegnet er, während er seinen Helm abnimmt. „Mein Vater ist mit achtzehn Jahren direkt in die Liga gegangen und ich werde das Gleiche tun.“

Lachend zerzause ich sein verschwitztes Haar. „Das mag ja sein, aber du musst trotzdem noch die Highschool abschließen, also musst du auch noch Hausaufgaben machen.“

„Das heißt nicht, dass es mir gefallen muss“, brummt er.

„Deine Mutter sagt, du bist sehr gut auf der Harrington. Ich nehme an, das bedeutet, dass du ein kluges Kind bist, also sollten Hausaufgaben keine große Sache sein, oder?“

Travis zuckt mit den Schultern. „Ich denke nicht.“ Dann grinst er. „Aber ich würde lieber Videospiele spielen.“

„Wer würde das nicht?“

Nachdem Travis sich umgezogen hat, fahren wir los. Es ist die beste Zeit, um über Eishockey zu reden. Bevor ich den Wagen aufschließe, bleibe ich kurz stehen. „Wie war das Training gestern?“

„Wirklich gut. Coach Kantor hat mich benutzt, um einen bestimmten Move zu demonstrieren, weil er findet, dass ich der Beste bin.“

Das ist nicht unbedingt etwas Schlechtes, und solange Travis bescheiden bleibt, sollte er stolz darauf sein, dass seine Fähigkeiten hervorgehoben werden.

Er lässt die Mundwinkel hängen. „Er ist aber irgendwie gemein zu anderen Kindern.“

„Wie das?“

„Er ist ziemlich schwierig zufriedenzustellen, und einige Kinder, die nicht so gut sind, machen ihn wütend. Gestern hat er viel geschrien und einer der Jungs hat geweint. Er hat versucht, es zu verbergen, aber ich habe es gesehen, und ich weiß, dass die anderen es auch gesehen haben. Ich weiß nicht, ob er weiterspielen wird.“

Ich beiße die Zähne zusammen und zwinge mich, keine persönliche Meinung über Kantor zu äußern. Aber ich spreche darüber, was das für Travis bedeutet. „Nicht jeder Trainer – nicht mal die, die am meisten wissen – ist zum Trainer geboren.“

Travis legt den Kopf schief. „Warum nicht?“

Ich lehne mich am Auto an. „Beim Coaching geht es nicht darum, wer am meisten weiß, sondern wer am meisten lehren kann.“

„Das verstehe ich nicht“, sagt Travis mit zusammengezogenen Augenbrauen, aber sein Ton ist nicht abweisend. Eher neugierig, was mir gefällt.

Das beste Beispiel, das ich ihm geben kann, wird ihm sehr nahegehen, deshalb zögere ich. Aber ich erinnere mich an etwas, das Danica neulich zu mir sagte. Dass es keine bösen Geister bei ihnen gibt. Es gibt zwar Momente, in denen sie traurig ist, dass Mitch gestorben ist, aber es gibt viel mehr glückliche Erinnerungen. Ich habe beobachtet, dass Danica nicht davor zurückschreckt, vor oder mit Travis über Mitch oder den Unfall zu sprechen, also werde ich meinem Bauchgefühl folgen und dasselbe tun.

„Das beste Beispiel, das mir einfällt, ist das Team der Titans. Kennst du unseren derzeitigen Trainer?“

Travis’ Augen leuchten bei der Quizfrage. „Cannon West.“

„Und davor?“

Sein Gesicht verzieht sich, als würde er versuchen, sich zu erinnern. „Ähm, ich kann mich nicht an seinen Namen erinnern, aber er wurde gefeuert.“

„Das stimmt. Sein Name war Matt Keller und er wurde nach dem Flugzeugunglück als Trainer der Titans eingestellt.“ Ich halte inne und betrachte Travis. In seinen Augen flackert etwas auf, und ich kann nicht anders, als mich zu fragen, ob er in diesem Moment an seinen Vater denkt. Wahrscheinlich.

„Matt Keller war ein sehr sachkundiger Trainer“, fahre ich fort und bin erleichtert, als ich sehe, dass in Travis’ Miene wieder Interesse aufblitzt. „Er hatte eine Menge Erfahrung und kannte das Spiel so gut wie jeder andere Trainer in der Liga.“

„Warum wurde er dann gefeuert?“

„Weil er es nicht geschafft hat, mit seinen Spielern in Kontakt zu treten. Und wenn ein Trainer einen Spieler nicht erreichen kann – sei es, dass er ihm Fertigkeiten oder Strategien beibringt oder ihn einfach nur zu harter Arbeit anspornt –, macht er seinen Job nicht richtig. Coach Keller war nicht in der Lage, sein Wissen auf motivierende Weise zu vermitteln. Er war nicht in der Lage, die Mannschaft dazu zu bewegen, ihr Bestes zu geben.“

„Und Coach West kann das?“

„Er ist herausragend. Er ist das, was alle Trainer anstreben sollten. Er hat es geschafft, in dieser Saison ein erfolgreiches Team aufzubauen, und das liegt daran, dass er seine Spieler dazu bringt, die Besten sein zu wollen.“

Travis überlegt einen Moment und nickt schließlich. „Ich wette, es war schwer für dich nach dem Unfall. Du musstest in einem neuen Team lernen, in ihm zu spielen.“

Ich bin sprachlos und mir bricht es fast das Herz. Travis sieht mich mit ernster Miene an und wartet darauf, dass ich bestätige, was er bereits weiß. Auch ich habe unter dem Unglück gelitten. Ich lege meine Hand auf seine Schulter. „Ja, es war schwer. Genau wie ich weiß, dass es für dich schwer war.“

Der Junge schluckt und ein Muskel an seinem Kinn bebt, als er nickt.

„Dein Vater war stolz auf dich. Er hat die ganze Zeit von dir gesprochen. Wenn wir beim Training, in der Umkleidekabine oder im Mannschaftsflugzeug waren, ging es immer um dich und deine Mutter. Er hat euch beide sehr geliebt."

„Ich vermisse ihn", sagt Travis, und während ich all die Trauer höre, die ein kleiner Junge, der seinen Vater vor einem Jahr verloren hat, auch empfinden sollte, höre ich ebenfalls Entschlossenheit. Eine Akzeptanz der Situation. „Mom vermisst ihn auch."

Scheiße, das sollte mich nicht stören. Aber ob es mir gefällt oder nicht, ich muss den Platz mit Mitch teilen. Ob ich nun Travis beim Eishockey helfe oder mit Danica ausgehe.

„Ich weiß." Ich hoffe, das Eingeständnis bestärkt Travis darin, dass ich auch der Freund seiner Mutter bin, und dass ich auch für ihre Trauer empfänglich bin. „Dein Dad war ein großartiger Mann, also gibt es viel zu vermissen. Mir geht es genauso."

Ich bitte Travis auf den Rücksitz meines Wagens und lenke das Gespräch auf etwas Leichteres, um das schwere Thema hinter uns zu lassen. Wir reden über Videospiele, was einfach ist, da ich sie auch spiele.

Als wir ankommen, habe ich Glück, dass ich einen Parkplatz direkt vor dem Haus bekomme. Ich lasse den Wagen laufen, steige aber aus und begleite Travis bis zur Tür. Noch bevor wir die Eingangstreppe erreichen, tritt Danica über die Schwelle. Es ist eiskalt und sie hat keinen Mantel an. Ich unterlasse es, sie darauf hinzuweisen, denn das käme aus einer besitzergreifenden Sorge heraus, und ich möchte nicht, dass Travis eine Andeutung davon von mir bekommt.

Danicas Blick richtet sich auf mich, nachdem sie einen Arm über Travis' Schultern gelegt hat. Wir tauschen uns aus, schweigend, aber ausdrucksstark, und ich glaube, wir sagen beide das Gleiche.

Es ist schön, dich zu sehen. Du siehst umwerfend aus. Ich kann nicht aufhören, an letzte Nacht zu denken. Wann können wir uns wieder treffen?

Danica räuspert sich und sieht zu Travis hinunter. „Habt ihr euch gut amüsiert? Viel gelernt?"

„Ja!", ruft Travis aus. „Es hat so viel Spaß gemacht und Camden hat mir einen tollen Move beigebracht."

Er erwähnt unser Gespräch über Trainer Kantor nicht, aber ich bin mir auch gar nicht sicher, ob der Unterschied zwischen den Trainern für ihn so wichtig ist. Zumindest habe ich den Grundstein dafür gelegt, dass er ihn versteht.

Ich strecke meine Faust aus und er stößt sie an. „Ich bin froh, dass du Spaß hattest. Wir werden das irgendwann wiederholen, okay?"

„Das wäre super."

Ich lächele ihn an, schenke Danica mit einem Nicken ein etwas weniger strahlendes Lächeln und drehe mich um, um die Treppe hinunterzugehen.

„Möchtest du nicht zum Abendessen bleiben?", fragt Danica plötzlich. Ich drehe mich wieder zu ihr um und versuche, das Hochgefühl, das in mir aufsteigt, zu dämpfen. „Das ist das Mindeste, was ich dir für deine Hilfe für Travis anbieten kann."

„Ich will mich nicht aufdrängen", sage ich zögernd und traue mich nicht, Travis anzuschauen. Es ist eine Sache, mit ihm zur Eishalle zu gehen, aber eine andere, auf Einladung seiner Mutter an seinem Esstisch zu sitzen.

„Ich habe genügend gekocht, also kein Ding“, versichert Danica. „Es dauert nur noch etwa eine halbe Stunde, bis es fertig ist.“

„Toll“, sagt Travis fröhlich. „Camden kann mit mir Videospiele spielen.“

Danica lächelt und dreht ihren Sohn in Richtung Tür. „Camden kann sich bei einem Bier entspannen und mit mir reden, während du schnell duschst und mit deinen Hausaufgaben beginnst.“

„Manno“, murrt Travis, als er das Haus betritt. „Das ist nicht fair.“

Ich deute hinter mich. „Ich muss den Motor noch ausmachen.“

Danica folgt ihrem Sohn nicht ins Haus, sondern wartet auf der Veranda auf mich. Als ich wieder hochkomme, werfe ich einen Blick auf die Treppe hinter ihr. „Ist er oben?“

Sie legt den Kopf schief. „Ähm … ja.“

„Gut. Das wollte ich schon immer mal machen.“ Ich umfasse Danis Gesicht und ziehe sie zu einem schnellen, aber innigen Kuss heran. Ihre Hände greifen um meinen Gürtel und sie führt uns näher zusammen. Ihre Zunge berührt meine und mein Körper reagiert. Sofort. Mit einem sehnsüchtigen Stöhnen ziehe ich mich von ihr zurück und sie lächelt teuflisch.

„Komm rein. Du kannst mir Gesellschaft leisten, während ich koche.“

„Ich kann dir helfen“, sage ich, als wir das Haus betreten.

Sie wirft einen Blick über ihre Schulter und zwinkert, als wir in die Küche gehen. „Wir können wahrscheinlich noch ein oder zwei Küsse einschmuggeln, bevor Travis wieder runterkommt.“

Verdammt, ja. Das klingt besser als alles, was sie zum Abendessen kochen könnte. Mir ist klar, dass das alles ist, was ich heute noch bekommen werde. Und als ob es nicht schon kompliziert genug wäre, dass ich mit der Frau meines toten Teamkollegen zusammen bin, muss ich auch noch mit der Tatsache klarkommen, dass sie ein Kind hat. Seltsamerweise bin ich dennoch zufrieden.

Kapitel 17

Ich richte die Fernbedienung auf das Smartboard und drücke die Taste, woraufhin eine neue Folie auf der PowerPoint-Präsentation erscheint, die ich Brienne vorlege. Unsere Eröffnungsgala für die neue Stiftung, die zu Ehren ihres Bruders nach dessen Namen benannt wurde, findet übermorgen statt, und es ist meine Aufgabe, die gesamte Veranstaltung zu planen. Ich habe über einen Monat daran gearbeitet und präsentiere alles Brienne für einen letzten Blick, um sicherzustellen, dass nichts geändert werden muss.

Ich habe ihr den Grundriss des Ballsaals für diese Veranstaltung, zu der nur geladene Gäste Zutritt haben, zusammen mit einem Vorschlag für das Programm der Feierlichkeiten vorgelegt, das künftige Sponsoren, wiederkehrende Spenden und Freiwillige anregen soll.

Zweihundertfünfzig Einladungen wurden verschickt und zweihundertzweiunddreißig haben ihre Teilnahme zugesagt. Ich habe mit dem Veranstaltungsleiter der Location zusammengearbeitet, und wir haben fünfundzwanzig runde Tische in einem gut durchdachten Muster angeordnet, das eine perfekte Sicht bietet auf die Bühne, die große Leinwand, auf der Marketingvideos und Referenzen laufen werden, und ein Podium, an dem Reden gehalten werden. Ich bin einer der Redner und habe Lampenfieber, aber ich bin nicht nur die neue Leiterin, sondern auch eine der Inspirationen, die Brienne dazu gebracht haben, diese Stiftung zu gründen. Meine persönliche Geschichte sollten alle hören.

„Das ist mein aktueller Entwurf der Tagesordnung.“ Ich sitze neben Brienne an einem Tisch in ihrem Büro und benutze einen Laserpointer, um einen Bereich der Folie zu markieren. „Checke bitte die Reihenfolge der Redner. Und wenn du es dir anders überlegst und mich streichen willst, habe ich nichts dagegen.“

Brienne schnaubt. Sie möchte, dass ich das Gesicht der Stiftung bin, da ich ein Paradebeispiel dafür bin, warum es sie überhaupt gibt, aber Bienne weiß auch, dass ich Angst habe, vor all diesen reichen Leuten zu sprechen. Ich bin beileibe nicht introvertiert und könnte vor einer Gruppe Gleichgesinnter frei reden. Aber die meisten dieser Leute sind nicht wie ich, und das ist überwältigend. Doch ich möchte Brienne nicht im Stich lassen.

Sie ignoriert meinen letzten Versuch, von der Bühne wegzubleiben, und blickt auf die Folie. „Ich denke, wir servieren den ersten Gang gleich nach meiner Rede, damit die Leute essen können, während wir die Redner und Videos durchgehen.“

„Kein Problem“, sage ich und mache mir Notizen in meinem Notizbuch. Brienne schimpft mit mir, weil ich das iPad, das sie mir gegeben hat, nicht für solche Dinge benutze, aber ich liebe das Gefühl von Stift und Papier. „Alle Videos haben die Nachbearbeitung durchlaufen und sind fantastisch. Willst du sie vorab sehen?“

„Ja“, sagt sie und schenkt mir ein schiefes Lächeln. „Ich möchte das Weinen auf ein Minimum beschränken, also ist es am besten, wenn ich sie vorher sehe.“

„Ich habe Taschentücher parat, obwohl ich fürchte, dass ich diejenige bin, die flennen wird. Ich werde dir die Videos weiterleiten."

Die Videos stammen von anderen Witwen, Witwern und Familienmitgliedern, die beim Unfall der Titans geliebte Menschen verloren haben. Stone wird auch einer unserer Redner sein, und natürlich werde ich dort oben darüber sprechen, was es Travis und mich gekostet hat, Mitch zu verlieren, nicht nur finanziell, sondern auch emotional. Es wird ein harter Abend werden.

Brienne legt ihre Hand auf meine. „Ich bin stolz auf dich, Danica. Du hast mich sehr beeindruckt und diese Gala wird ein großer Erfolg werden."

Ich werde rot, aber ich versuche nicht, es zu verbergen. Brienne hat sich weit aus dem Fenster gelehnt, indem sie mir eine so wichtige Aufgabe übertragen hat, und jedes Kompliment ist, als würde sie den Mond für mich am Himmel aufhängen. „Ich danke dir. Ich möchte die bestmögliche Arbeit leisten."

„Du machst es sogar noch besser", sagt sie und sieht mich mit einem Blick an, der mir sagt, dass ich ihr glauben kann.

Ich nicke mit einem dankbaren Lächeln. „Ich schicke dir die endgültige Sitzordnung und die Videos. Lass mich wissen, wenn du Änderungen haben willst."

Ich habe gestern die Gästeliste erhalten und mich darum bemüht, alle Spieler auf die Tische zu verteilen. Das ist der Grund, warum die großen Spender kommen. Um mit den Titans auf Tuchfühlung zu gehen. Ich habe Camden und mich absichtlich an Tische auf gegenüberliegenden Seiten des Raums gesetzt. Ich hatte Angst, dass ich zu viele Blicke auf ihn werfe und mich lächerlich mache.

Noch während ich das denke, überkommt mich ein

warmes, taumeliges Gefühl. Die vergangenen Tage mit ihm haben mir wirklich Freude gemacht. Gestern Abend haben mich die gestohlenen Küsse, als Travis nicht da war, und das Geplänkel zwischen uns dreien beim Abendessen ganz schön mitgenommen. Es fühlte sich gut und natürlich an, ihn an unserem Esstisch zu haben, und es hat mich zum Schmelzen gebracht, das lockere Hin und Her zwischen ihm und Travis zu sehen.

Und natürlich kann ich nicht aufhören, an die Zeit zu denken, die wir im Bett verbracht haben. Ich spüre, wie sich mein Gesicht bei den Erinnerungen erhitzt, aber Brienne wird wahrscheinlich denken, dass es ein Überbleibsel ihrer Komplimente ist.

Es klopft eindringlich, und ohne auf ein Herein zu warten, schwingt die Tür auf und Jenna Holland fliegt hindurch. Jenna ist die Kontaktperson für die PR bei den Titans, eine Aufgabe, für die Brienne sie letztes Jahr persönlich eingestellt hat, als sie das neue Team aufbaute. Sie und Brienne sind befreundet, und da wir alle zusammenarbeiten, bin ich ihr auch nähergekommen.

„Schau mal", schreit sie förmlich, als sie herbeiläuft und ihre Hand zwischen uns schiebt.

Ich muss nicht erst genau hinsehen. Das Glitzern eines großen Diamanten an Jennas linkem Ringfinger erregt sofort meine Aufmerksamkeit. „Oh!", rufe ich erstaunt aus und nehme ihre Hand, um den Ring genauer zu betrachten.

Brienne entreißt mir Jennas Hand und hält sie zur Begutachtung hoch, bevor sie Jenna ansieht. Sie sieht, was ich sehe. Eine schwer verliebte Frau, die vor lauter Aufregung implodieren könnte. Brienne und ich springen von unseren Stühlen auf und umarmen

Jenna, die offensichtlich frisch verlobt ist.

Als wir sie loslassen, verlangt Brienne: „Details. Sofort.“

„Es tut mir so leid, dass ich in eure Besprechung platze“, sagt Jenna mit zittriger Stimme, während sie auf ihren Ring blickt.

„Egal“, sagt Brienne und winkt ab. „Erzähl schon.“

„Es war perfekt. Genau so, wie ich mir einen Heiratsantrag immer gewünscht habe. Es war heute Morgen bei Pfannkuchen. Gage ist früh aufgestanden und hat sie gemacht. Meine Lieblingssorte mit Blaubeeren. Er hatte den Küchentisch mit schönen Tellern und Tischtuch gedeckt und Kaffee und frischen Saft hingestellt. Ich war noch im Halbschlaf, als er mich aus dem Bett geholt hat, um zu frühstücken, und da war sie … eine schwarze Schachtel direkt neben meinem Teller.“

„Und?“, antworte ich gespannt, denn das ist total romantisch.

Jenna legt eine Hand auf ihren Brustkorb und seufzt. „Er ist auf die Knie gegangen und hat die schönsten Worte gesagt. Er hat sie nicht einmal alle ausgesprochen, bevor ich ihn umgeworfen habe. Ich habe ihn umarmt und auf den Boden gedrückt, während ich Ja geschrien habe.“

„Und was dann?“, fragt Brienne, ungewöhnlich fasziniert von der Romantik des Ganzen.

Ich weiß genug über Brienne, um zu wissen, dass sie so unromantisch ist, wie man es nur sein kann, oder zumindest war sie das, bis sie sich in Drake verliebte.

Jennas Wangen färben sich rosa, was den Unterschied in ihrer Hautfarbe aufgrund der Narben von ihrem Kiefer bis zu ihrem Hals nur noch verstärkt.

„Ähm … ich habe ihn geküsst und er hat den Kuss

erwidert und es war ein wirklich guter Kuss, wisst ihr? Einer, bei dem man vom Boden gar nicht mehr hochkommt und …“

Brienne und ich kichern.

Jenna zuckt verlegen mit den Schultern. „Ich habe den Ring erst etwas später genauer betrachten können.“

Brienne umarmt Jenna noch einmal. „Du hast dir einen der Besten da draußen geangelt.“

„Deiner ist auch nicht so schlecht.“ Jenna lacht, als sie sich voneinander lösen.

Nach allem, was man hört, sind sowohl Gage als auch Drake tolle Kerle. Mitch war auch ein guter Mann. Einer der besten. Ein überwältigend starker Stich trifft mich mitten auf der Brust und raubt mir die Luft. Ich drücke meine Hand kurz auf den Schmerz, wende mich von den Frauen ab und konzentriere mich auf meinen Laptop, um die Präsentation zu schließen. Es ist schon eine Weile her, dass ich das gefühlt habe. Dieses starke Gefühl von Verlust.

„Wie auch immer“, sagt Jenna kichernd, „ich lasse euch beide allein, damit ihr zu Ende bringen könnt, was ihr gerade gemacht habt. Ich gehe in mein Büro, wo ich mich in den Computer einlogge und dann den ganzen Tag auf meinen Ring starren werde.“ Jenna zwinkert Brienne zu. „Du musst mir vielleicht einen Urlaubstag abziehen.“

„Bis später“, sagt Brienne, und dann höre ich, wie sich die Tür hinter Jenna schließt.

Ich drehe mich zu meiner Chefin um und frage: „Müssen wir noch irgendetwas besprechen?“

„Was ist los?“, fragt sie, die Hände in die Hüften gestemmt und mit dem unnachgiebigen Blick, den sie so gut beherrscht.

Ich setze eine unschuldige Miene auf. „Nichts. Warum?“

Brienne sieht mich nur an, weigert sich, auf meine Lüge einzugehen, und wartet ab. Ich weiß, wie stur sie sein kann, also gebe ich ihr mit einem Seufzer die einfache Version.

„Ich freue mich so für Jenna. Ganz ehrlich. Aber dadurch habe ich Mitch wieder sehr vermisst.“

„O Schatz“, sagt Brienne, als sie sich zu mir bewegt. Sie legt eine Hand auf meine Schulter. „Es tut mir leid. Ich weiß, dass das schwer für dich sein muss.“

„Ja. Es ist schön, dich und Jenna glücklich und verliebt zu sehen. Ich erinnere mich so gut an dieses Gefühl. All die Schmetterlinge im Bauch, die Aufregung, in der Nähe deines Mannes zu sein. Jemanden zu haben, der auf dich achtet.“ Ich werfe ihr einen wissenden Blick zu. „Jemanden, mit dem man auf dem Küchenboden wilden Sex haben kann.“ Briennes Augenbrauen schießen in die Höhe und ich lache. „Du weißt, wovon ich rede.“

„Ja“, antwortet sie mit einem sanften Lächeln. „Und du glaubst es vielleicht nicht, aber das wirst du eines Tages auch wieder haben.“

Eine Flut von Erinnerungen überfällt mich, und sie sind nicht von Mitch, sondern von Camden. Unser Date. Unser erster Kuss. Das Lachen mit ihm beim Abendessen gestern Abend, die gestohlenen Küsse, während er mir beim Aufräumen half und Travis seine Hausaufgaben erledigte. Ein sehr heißer Kuss auf der Veranda, als er ging. Die Orgasmen, die er mir bescherte.

Heute Morgen war es sein Anruf, als ich seine Stimme hörte und mir plötzlich klar wurde, dass

Camden all das ist, was ich eben auch Brienne beschrieben habe. Seit unserer ersten Verabredung bestehe ich praktisch nur noch aus Schmetterlingen und Aufregung, und ein bisschen davon gab es wahrscheinlich schon, bevor er mich um ein Date bat.

„Ich glaube, ich habe das schon wieder gefunden“, gebe ich zu.

Brienne bleibt der Mund offen stehen und sie starrt mich erstaunt an. Sie findet ihre Stimme und fragt: „Mit wem denn?“

Ich kneife mir den Nasenrücken und spreche mir selbst Mut zu. Sobald ich die Katze aus dem Sack gelassen habe, wird die Sache sehr real sein. Ausatmend lasse ich meine Hände fallen und schaue Brienne direkt in die Augen. „Mit Camden.“

„Poe?“, ruft sie aus. „Camden Poe?“

„Ja.“ Dieses eine Wort kommt schuldbeladen heraus. „Es ist falsch, oder? Es ist ekelhaft und ein Verrat an Mitch und alle werden mich hassen …“

„Hör auf“, sagt Brienne empört und mir klappt der Mund zu. „Fühlt es sich denn falsch an?“

„Nein.“

„Ekelhaft?“

„Nein.“

„Interessiert es dich, was die Leute über dich denken?“

„Nicht wirklich, aber es ist mir nicht egal, was sie über Camden denken.“

Das ist das eigentliche Problem. Camden ist derjenige mit den ganzen Zweifeln wegen seiner Beziehung zu Mitch.

Brienne legt ihre Hand auf meine Schulter und drückt mich auf meinen Stuhl. Sie setzt sich wieder hin und lehnt sich zu mir. „Fangen wir von vorn an und erzähl mir alles."

Also tue ich es. Ich erzähle ihr alles, bis auf die Details der Nacht, die wir zusammen verbracht haben, aber sie ist sich darüber im Klaren, dass wir intim waren. Sie nickt, macht ein paar Bemerkungen wie „Das ergibt Sinn" und „Ich verstehe das".

Als ich endlich fertig bin, stellt sie die wichtigste Frage von allen. „Was fühlst du für Camden?"

Wieder denke ich an die vergangenen Wochen, als wir unsere Freundschaft festigten und dann ein Liebespaar wurden. Daran, wie er Travis beim Eishockey half und aus heiterem Himmel auftauchte, um für mich Schnee zu schippen. Ich könnte mich darauf konzentrieren, wie toll er im Bett ist und wie er mir Gefühle vermittelt hat, von denen ich dachte, dass sie schon lange tot sind, aber wenn es darauf ankommt, ist es seine Freundlichkeit, die mich in den Bann zieht. „Ich mag ihn sehr, Brienne. Ich weiß, es ist neu und wir lernen uns gerade erst kennen, aber ich habe nicht das Gefühl, dass mich etwas zurückhält. Ich habe Mitch geliebt. Das tue ich immer noch. Aber ich bin bereit, wieder ein erfülltes Leben zu führen. Du hast mir geholfen zu erkennen, dass ich das tun muss. Ich schätze, du hast mir die Möglichkeiten aufgezeigt, als du mir diesen Job angeboten hast."

„Gut", sagt sie mit einem nachdrücklichen Nicken. „Das ist alles, was zählt. Und Travis?"

Mein Magen krampft sich zusammen, weil ich vielleicht bereit bin, weiterzuziehen, aber ist er bereit, dasselbe zu tun? „Ich weiß es nicht. Ich muss mit ihm reden. Camden hat ihm beim Eishockey geholfen und Travis sieht zu ihm als Freund auf."

Travis war enttäuscht, dass Camden gestern Abend

nicht bei ihm bleiben und mit ihm Eishockey spielen konnte. Er verabschiedete sich wehmütig, wurde aber durch Camdens Versprechen ermutigt, dass sie bald Zeit zum Spielen finden würden. Travis war oben in seinem Zimmer und nutzte die dreißig Minuten, die ich ihm jeden Abend zugestehe, als Camden anrief. Er war gerade zu seiner Wohnung zurückgekommen.

„Hey, supercoole Mom", murmelte er, als ich ans Telefon ging. „Lässt du Travis online mit mir Eishockey spielen?"

„Das kann man machen? Ist das ein Ding?" Ich hatte keine Ahnung.

Camden lachte. „Ja, das ist ein Ding."

Und tatsächlich, das war es. Mein Sohn flippte aus, als ich nach oben ging, um es ihm zu sagen, und war so überglücklich, dass ich ihn eine halbe Stunde länger mit Camden spielen ließ. Ich habe nicht verstanden, wie das ablief, aber sie waren im selben Team und kommunizierten über Kopfhörer. Ich habe nur ein paar Minuten zugesehen und sie dann in Ruhe gelassen, obwohl ich vor Neugierde fast gestorben wäre.

Später, als Travis schon schlief, rief mich Camden an. „Du hast ein tolles Kind", sagte er.

Ich stimmte ihm zu und wir unterhielten uns fast eine Stunde.

„Ich weiß nicht, wo du gerade warst", scherzt Brienne, „aber dein Lächeln sagt viel."

Ich erröte heiß und schüttele lachend den Kopf. „Tut mir leid. Ich habe an Camden gedacht."

„Ich freue mich für dich, Danica." Brienne nimmt meine Hand in ihre. „Wage es nicht, etwas zu bereuen."

„Nein", versichere ich ihr eilig. „Ich bereue überhaupt nichts. Ich mag Camden wirklich, und ich glaube, dass ich hoffe, dass mehr daraus wird. Aber ich bin noch nicht bereit, es öffentlich zu machen. Camden ist sich in einigen Dingen auch noch unsicher."

„Wegen des Teams?"

„Ja. Und das muss er sich selbst erarbeiten. Ich werde seinem Tempo folgen."

„Daran ist nichts auszusetzen." Brienne drückt sanft meine Hand. „Ich stehe hinter dir."

„Ich bin so froh, dich als Freundin zu haben." Ich erhebe mich und packe meinen Laptop und meinen Terminkalender in die Aktentasche. „Sag mir Bescheid, wenn sich noch etwas ändert, dann aktualisiere ich die Präsentation."

Brienne steht ebenfalls auf. „Wollen wir später etwas essen gehen? Ich schaue mal, ob Jenna auch mitkommen will. Vielleicht kann Kiera auch kommen."

Ich bedaure sehr, dass ich ablehnen muss. Ich habe unsere Mittagessen und das Kennenlernen anderer Frauen aus dem Team sehr genossen. „Ähm, ich kann heute leider nicht."

„Schon Pläne?", fragt sie mit so viel Anspielung, dass sie genau weiß, warum ich sie nicht begleiten kann.

„So ähnlich." Ich zwinkere ihr zu und verlasse ihr Büro.

Kapitel 18

Danica

Ich kann nicht glauben, dass ich so nervös bin, aber meine Hände zittern, als ich an der Tür von Camdens Wohnung klingele.

Wir haben eine Verabredung zum Mittagessen geplant, aber ich bin mir nicht sicher, ob seine Einladung ein Code für Sex war oder ob wir tatsächlich essen gehen werden.

Mein Gespräch mit Brienne vor ein paar Stunden hat mich bestärkt. Sie hat meinen Wunsch bestätigt, es mit Camden zu versuchen. Sie hat mir das Gefühl gegeben, dass ich Mitch immer noch nah sein kann, sogar um ihn trauern kann, aber trotzdem mit einem anderen glücklich sein kann. Ich habe es geahnt, aber es fühlt sich besser an, es von einem Außenstehenden zu hören.

Die Tür schwingt auf und Camden steht da und sieht anders aus, als ich ihn je zuvor gesehen habe. Normalerweise trägt er Kleidung für warmes Wetter. Jeans, Pullover, Stiefel und so weiter. Aber ich vermute, dass er heute nicht draußen war, denn er trägt kurze Trainingshosen, und sein graues T-Shirt spannt leicht über der Brust, ist aber im Bauchbereich locker. Auf den ersten Blick fallen mir viele Dinge auf. Seine Arme sind umwerfend – in meinen Augen geradezu pornös – mit durchtrainierten Muskeln. Seine Haut ist gebräunt, aber nicht so, als wäre er im Solarium gewesen. Lediglich ein normaler, gesunder Schimmer, der von seiner Abstammung herrührt. Seine zarten goldenen Härchen auf den Armen setzen sich an den Beinen fort, die ebenso muskulös sind.

Es ist nicht so, dass ich seine Körperteile nicht schon gesehen hätte, denn wir hatten ja Sex und ich sah ihn am nächsten Morgen aus dem Bett steigen. Doch aus irgendeinem Grund ist er genauso sexy, wenn Teile von ihm bedeckt sind, die das Geheimnis dessen andeuten, was darunter ist. Obwohl es ja kein Geheimnis mehr ist.

Das Beste von allem ist sein hellbraunes bis dunkelgoldenes Haar, das er wild und ungezähmt trägt. Sein Bartschatten ist dichter als normal, fast lang genug für einen Play-off-Bart. Ich vermute, dass er in den vergangenen paar freien Tagen keine Lust hatte, sich zu rasieren, aber erst jetzt fällt mir auf, wie sehr der Bart gewachsen ist.

Camden reibt sich mit der Hand übers Kinn, während er seinen Blick an meinem Körper hinunter und dann wieder hinauf gleiten lässt. Ich trage einen braunen Tweed-Wollrock und eine espressofarbene Strumpfhose. Unter meinem Wintermantel verbirgt sich ein senffarbener Rollkragenpullover. An meinem Outfit ist nichts sexy, aber die Art, wie sein Blick mich verschlingt, macht mich heiß und verlegen.

Er streckt den Arm aus, um mich zu begrüßen. „Komm rein, Süße", knurrt er leise wie ein Wolf, der sich anschickt, das Lamm zu fressen.

Ich schreite an ihm vorbei und schlüpfe aus meinem Mantel. Er nimmt ihn mir ab und hängt ihn auf einen Ständer in der Ecke. „Ich dachte, du hast mich zum Mittagessen eingeladen. Ich habe aber den Eindruck, dass ich selbst auf der Speisekarte stehe."

Camden tritt schnell von hinten an mich heran, eine Hand an meiner Hüfte und seine Lippen in der Nähe meines Ohrs. „Das wäre absolut möglich."

Ich muss einen Schauer der Begierde unterdrücken und hoffe, dass aus der Möglichkeit Wirklichkeit wird. Ich habe nicht den Mut, den ersten Schritt zu tun.

Ich nehme Camdens Wohnung in Augenschein und stelle mit Erstaunen fest, wie ordentlich sie ist. Sie ist geräumig, das Wohnzimmer ist mit bequemen Möbeln ausgestattet, die dazu einladen, es sich gemütlich zu machen und einen Film anzusehen. Der Wohnbereich ist nicht durch Wände vom Essbereich und der Küche getrennt, sondern alles geht ineinander über. Ich liebe die Küche mit ihren weißen Schränken und Marmor-Arbeitsplatten, die mit schwarzen schmiedeeisernen Pendelleuchten akzentuiert sind.

Camden wandert mit den Lippen von meinem Ohr zu einem sanften Kuss auf meine Wange. „Ich bin froh, dass du kommen konntest und mit mir zu Mittag isst."

Ich bin ein wenig enttäuscht, als er an mir vorbei in die Küche geht, wo ich sehe, dass er das Essen vorbereitet hat. Er grinst mich schief an, während ich alles verinnerliche. „Ich bin nicht der beste Koch, also habe ich etwas bestellt. Ich hoffe, das ist in Ordnung."

Ich lege meine Tasche auf den Rand des Tresens und betrachte die Sandwiches, die ordentlich auf den Tellern neben Schalen mit Nudelsalat und Obstsalat liegen. „Du müsstest inzwischen wissen, dass ich alle Arten von Essen genieße. Vielleicht manchmal sogar ein bisschen zu viel."

Camden reicht mir eins der belegten Sub-Sandwiches und deutet auf die Salate, damit ich mich selbst bediene. Ich nehme mir einen Löffel Obstsalat.

„Was meinst du mit zu viel?", fragt Camden nach.

Ich zucke mit den Schultern und schaufele Nudelsalat auf meinen Teller. „Frauen müssen auf ihre Figur achten und so. Ich achte aber nicht sehr gut auf meine." Camden sagt nichts, und das Schweigen lenkt meinen Blick auf ihn.

Er starrt mich an. „Ich finde, du bist perfekt. Was immer du also isst, ich würde dir raten, es weiterhin so zu machen."

Ich werde rot, betrachte den Nudelsalat und nehme mir noch einen Löffel voll. „Es ist süß, dass du das sagst."

„Es ist vielleicht süß, aber trotzdem ehrlich."

Mein Herz klopft. Nicht nur, weil er etwas Süßes gesagt hat, sondern weil ich die Wahrheit in seinem Tonfall höre. Das ist erfrischend und liebenswert, und es vertieft meine Gefühle für ihn.

Beim Essen sitzen wir nebeneinander auf den Hockern an seiner Theke.

„Wie war dein Tag bisher?", fragt Camden.

„Ich hatte ein gutes Treffen mit Brienne und wir haben die letzten Details für die Gala am Freitagabend besprochen."

Camden schlägt sich mit der Hand vor die Stirn. „Das hatte ich ganz vergessen. Ich muss ausprobieren, ob mein Smoking noch passt."

„Warum sollte dein Smoking nicht passen?", frage ich.

„Ich habe in diesem Jahr mit einem neuen Trainingsplan an Muskeln zugelegt. Er sollte noch passen, aber ich muss sichergehen."

„Du kannst ihn jetzt anprobieren, wenn du willst, und ich gebe dir meine Expertenmeinung."

Camden mustert mich und grinst. „Das sagst du doch nicht nur, um mich aus den Klamotten zu kriegen, oder?“

Ich beschließe, alle Vorsicht in den Wind zu schlagen. „Vielleicht.“

Verlangen blitzt in Camdens Augen auf, und die Gabel, die er in der Hand hielt, fällt klappernd auf seinen Teller. Er dreht sich auf seinem Hocker und legt die Hände auf meine Knie.

„Ich hatte die besten Absichten. Es war die Bitte eines Gentleman, dich heute zum Mittagessen einzuladen, und ich nahm an, ich würde dir etwas zu essen geben und dich auf den Weg zurück zur Arbeit schicken. Ich denke, ich werde dich stattdessen ficken und dir ein Tütchen zum Mitnehmen packen.“

Ich verschlucke mich fast und meine Augen fallen mir aus dem Kopf. „Ist das dein Ernst?“

Sein entschlossener Gesichtsausdruck entfacht ein Pochen zwischen meinen Beinen. Sein Ton ist schroff. „Ich mache nie Witze über das Ficken.“

Bevor ich weiß, wie mir geschieht, befinde ich mich auf Camdens Schulter und sehe seine Wohnung auf dem Kopf, während er mich ins Schlafzimmer trägt. Meine Welt dreht sich erneut um, als er mich auf das Bett wirft. Ich erhasche einen flüchtigen Blick auf elegante, helle Holzmöbel mit klaren Linien, die von taupefarbenen Wänden akzentuiert werden. Die schneeweiße Bettdecke fühlt sich unglaublich weich an.

Camden zieht mir die Schuhe aus. Braune Mary Janes aus Leder mit goldenen Schnallen. Er schenkt ihnen keinen zweiten Blick, sondern wirft sie einfach hinter sich. Seine Hände gleiten unter meinen Rock, um an meiner Strumpfhose zu ziehen, und dann sind meine Beine nackt.

„Wie ziehe ich den Rock am besten aus?“, fragt er.

„Wie wäre es, wenn ich mich um den Rest meiner Kleidung kümmere und du deine ausziehst?“

Camden grinst, und seine Augen leuchten, bereit, sich mit mir zu messen. Bevor ich auch nur den Reißverschluss hinten an meinem Rock erreichen kann, hat er seine Shorts und sein T-Shirt ausgezogen und steht splitterfasernackt und bereits erigiert da.

„Verdammt, das ging aber schnell“, murmele ich, während meine Hand am Reißverschluss verharrt und ich mich auf die Seite drehe. Ich denke, ich befinde mich wahrscheinlich in einer ausgesprochen unerotischen Pose. Und kann mich nicht bewegen. Ich bin fasziniert davon, wie schön Camden ist. All die goldene Haut und die Muskeln. Mein Blick bleibt an seinem großen Schwanz hängen, und ich finde es toll, dass er sich dort immer rasiert.

Offenbar brauche ich zu lange, denn Camdens Hände sind an meinen Hüften und er dreht mich auf den Bauch. Er findet den Reißverschluss und zieht ihn herunter, anschließend reißt er mir Rock und Höschen von den Beinen. Dann zieht er mich auf die Knie, damit er mir den Rollkragenpullover ausziehen kann. Er verschwendet keine Zeit damit, mir den BH auszuziehen, sondern zieht nur die Körbchen nach unten, um meine Brüste freizulegen. Meine Nippel werden von seinen Daumen und Zeigefingern gekniffen, während er mit den Lippen meinen Hals erkundet. Ich strecke ihm meinen Hintern entgegen, während ich die ganze Länge seines Schafts auf meinem unteren Rücken spüre.

Es geht alles so schnell. Wieder einmal werde ich umgedreht, sodass ich an die Decke schaue. Camden zieht meine Beine ungeduldig auseinander und sinkt auf mich, sein Mund ist sofort an meiner Pussy. Das ist hinterhältig, und ich bin nicht darauf vorbereitet, wie gut es sich anfühlt. Ich stöhne auf, schiebe meine Finger in seine Haare und zerre daran. Ich kreise mit den Hüften gegen den Angriff, doch seine Zunge und seine Lippen spielen perfekt mit meinem Körper.

Camden ist nicht leise in seinem Bemühen. Er klingt wie ein ausgehungerter Mann, der seine erste Mahlzeit seit Langem verschlingt. Er saugt an meiner Klit und pumpt seine Finger in mich hinein und wieder heraus. Es ist fast peinlich, wie er mir einen wahnsinnig schnellen Orgasmus entlockt, und mein heiserer Schrei zerreißt die Luft zwischen uns. Meine Hüften zucken so heftig, dass mein Schambein ihn am Kinn erwischt.

Camden lacht in sich hinein und kriecht über mich, presst seinen Mund für einen welterschütternden Kuss auf meinen. Er hebt den Kopf und blickt triumphierend auf mich herab.

„Du bist wie eine Bombe, die nur darauf wartet, gezündet zu werden. Mal sehen, wie schnell ich dich wieder zum Kommen bringen kann.“

Er beginnt, meinen Körper hinunterzugleiten, aber ich schließe meine Hände um seinen Nacken. „Auf keinen Fall. Du hast gesagt, du würdest mich ficken, und genau das will ich jetzt auch.“

Camden betrachtet mich grinsend. „Sieh mal einer an, Danica. Du benutzt versaute Wörter.“

Und wieder geht alles so schnell, dass mir schwindelig wird. Er dreht mich auf den Bauch, und ohne mir Zeit zu lassen, Luft zu holen, zieht er mich an den Hüften hoch, sodass ich auf allen vieren bin. Es ist eine dominierende Bewegung, und in dieser Position weiß ich, was er will.

Camdens Hand streichelt meinen unteren Rücken und sein Ton ist sanft. „Du hast so einen schönen, knackigen Hintern. Ich werde es genießen, dich von hinten zu ficken, damit ich dabei zusehen kann."

Ich kann nicht sagen, ob er versucht, mit mir zu wetteifern, wenn wir beide schmutzig daherreden. Und ich erwidere das sofort. „Solange du es mir richtig hart besorgst, ist das okay."

Camden knurrt herausfordernd und zieht sich von mir zurück, um in der Schublade seines Nachttisches zu kramen. Er holt ein Kondom heraus und braucht nicht lange, es sich über seinen Schwanz zu ziehen, der jetzt vollständig hart und groß ist.

Camden begibt sich hinter mich und fragt in einem Tonfall, den man als bedrohlich bezeichnen könnte: „Bist du sicher, dass du es hart haben willst?"

Ich kann vor lauter Spannung kaum noch atmen. „Ganz sicher." Ich mache mich darauf gefasst, dass Camden abrupt in mich eindringt, aber stattdessen arbeitet er sich sanft vor. Ich bin klatschnass vom Orgasmus, und mit leicht kreisenden Bewegungen nehme ich seinen Umfang in mich auf. Er hat es nicht eilig, aber ich weiß, dass es ihm gut gefällt, weil er schwer atmet. Er liegt locker über mir, legt eine Hand auf die Mitte meiner Brust und die andere zwischen meine Beine. Er stößt vollständig in mich, und ich schreie, weil es sich so gut anfühlt. Camden stöhnt, seine Hand reizt meine Klit, während er beginnt, mich von hinten zu ficken.

Ich bin überwältigt von den Empfindungen, dem Spiel seiner Finger zwischen meinen Beinen und der Länge seines Schwanzes in mir, sodass ich die Augen verdrehe. Es löst heftige Gefühle in mir aus, und ich spüre, wie ein weiterer Orgasmus entsteht.

Wie zum Teufel kann das so schnell wieder gehen?

Camden stößt in mich hinein und trifft mich jedes Mal an der tiefsten Stelle. Er tut es immer wieder, unerbittlich und wunderschön. Er hat kaum eine Handvoll Stöße hinter sich, als sich meine Finger reflexartig in die weiche Bettdecke klammern. „Himmel … ich bin kurz davor, wieder zu kommen."

„Gut so, Baby", stöhnt er mit jedem Stoß seiner Hüften.

Ich keuche seinen Namen zusammen mit Kauderwelsch, der aus meinem Mund kommt. Ich hoffe, er kann sich das übersetzen in: Das fühlt sich verdammt gut an.

Bevor mein Orgasmus auch nur halbwegs emporsteigen kann, richtet sich Camden auf und legt beide Hände auf meine Hüften. Wenn ich vorher dachte, er würde mich hart ficken, habe ich mich geirrt. Er stößt erbarmungslos in mich, was entweder einen weiteren Mini-Orgasmus auslöst oder den ursprünglichen verlängert. Meine Arme zittern von der Anstrengung, mich aufrecht zu halten, während Camden meinen Körper auf eine Weise benutzt, wie es noch nie zuvor jemand getan hat.

Nicht auf die billige Art. Nicht ohne Sorgfalt. Sondern mit einer intensiven Konzentration und fester Entschlossenheit, was mich total erregt.

„Du fühlst dich so verdammt gut an, Dani. So verdammt gut."

Camden stößt weiter in mich. Die Lust ist so intensiv, dass ich das Gefühl habe, kurz vor einer Ohnmacht zu stehen, und dann geben meine Arme nach. Ich lasse mich auf die Matratze fallen und bin wie knochenlos, unfähig, mich zu bewegen. Camden lässt sich davon nicht abschrecken und fickt mich immer noch so hart, wie ich es verlangt habe, indem er meine Hüften nur so weit anhebt, dass er einen guten Winkel hat. Das Geräusch von aufeinanderklatschender Haut und seine gestöhnten Flüche sind Musik in meinen Ohren, ein Beweis für sein Verlangen nach mir.

„Ich komme“, warnt er mich zwischen abgehackten Atemzügen.

Aber ich will nicht, dass er kommt. Ich will, dass er immer weiter macht, weil ich mich so herrlich dominiert und gleichzeitig begehrt fühle.

Camden stößt zu, aber er zieht sich nicht wieder zurück. Er kreist mit den Hüften und reibt sich an mir, sein Körper sinkt schwer auf mich, während er seine Erlösung mit einem Schaudern erlebt. „Verdammt, ist das gut.“

Seine schweißnasse Haut klebt an meiner, und seine Hüften kreisen weiter, pumpen jedes bisschen Lust aus mir heraus.

Camden stützt sich auf die Ellbogen, um mich nicht zu erdrücken, und küsst meinen Hinterkopf. Es dauert eine Weile, bis sich seine Atmung reguliert hat, und dann drückt er einen Kuss zwischen meine Schulterblätter und erhebt sich langsam von mir.

Ich betrauere den Verlust der Fülle in mir, aber dann zucke ich zusammen, als Camden einen erstickten Fluch ausstößt. „Scheiße.“

Ich sehe ihn über meine Schulter an. Er starrt auf seinen Schwanz hinunter, sein Gesichtsausdruck ist das pure Entsetzen. Ich drehe mich um und sehe, was er sieht. Das Kondom hat einen langen Riss, der über die gesamte Länge seines Schwanzes verläuft. Das Ende ist noch intakt, gefüllt mit seinem Sperma, aber wir beide sehen die milchig-weiße Substanz auf seiner Haut, wo es gerissen ist.

„Verdammt", murmelt Camden und hebt seinen Blick zu mir. „Sag mir, dass du die Pille nimmst."

„Yep. Meine Periode ist unregelmäßig, deshalb nehme ich sie schon, seit ich Travis habe."

Camden lässt sich mit einem dramatischen Seufzer auf das Bett zurückfallen. „Fuck sei Dank."

Ich lege mich neben ihn. Über ihm schwebend, necke ich ihn. „Du hast einen kleinen Herzinfarkt bekommen, nicht wahr?"

Camden lacht nicht und lächelt nicht. Er fährt sich mit der Hand über das Gesicht und starrt an die Zimmerdecke.

„Bist du sauer?", frage ich ihn zaghaft.

Sein Blick fällt auf meinen, und er stützt sich auf einen Ellbogen, sodass wir uns gegenüberliegen. „Ich bin wütend auf mich selbst. Ich habe noch nie so die Kontrolle verloren. Das war wirklich hart, Danica. Ich habe das verdammte Kondom kaputt gemacht. Habe ich dir wehgetan?"

Ich schüttele heftig den Kopf und lege meine Hand an seine Wange. „Nein. Ganz und gar nicht. Ich habe es sehr genossen, und ich möchte, dass du das noch einmal mit mir machst. Es war unglaublich."

Camden stößt einen Seufzer der Erleichterung aus und lässt seine Stirn an meine sinken. „Wirklich?"

„So unglaublich", wiederhole ich. „Du darfst mich jederzeit besinnungslos ficken."

Er lächelt zärtlich und streicht mir die Haare aus dem Gesicht. „Wenn du das sagst."

„Ja, wirklich." Ich gebe ihm einen Stoß gegen die Brust. „Und jetzt gib mir etwas zu essen, damit ich wieder arbeiten kann."

Camden rührt sich nicht, sein Blick wird wieder

ernst. „Ich bin sauber.“

Ich runzele verwirrt die Stirn. „Sauber?“

„Ich habe immer ein Kondom benutzt, wenn ich mit einer Frau zusammen war. Ich habe mich bei jeder jährlichen Untersuchung auf Geschlechtskrankheiten testen lassen. Das Kondom ist gerissen, also will ich nicht, dass du dir darüber Sorgen machst.“

Seltsam, das war mir gar nicht in den Sinn gekommen. „Ich weiß es zu schätzen, dass du das sagst. Du weißt, dass ich auch sauber bin, oder? Ich meine … da war immer nur Mitch.“

„Dachte ich mir“, sagt er und beugt sich herunter, um mit seinem Mund über meinen zu streichen, bevor er mich vom Bett zieht. „Komm, essen wir etwas.“

Kapitel 19

Camden

Es gibt unzählige Studien über die Psychologie von Profisportlern. Was ist das besondere Etwas, das sie an die Spitze katapultiert?

Sicher, man muss Talent haben, das entwickelt werden muss, und man muss Kraft haben, die durch harte Arbeit entsteht. Aber diese beiden Dinge allein, selbst wenn man sie beherrscht, werden niemals den Erfolg sichern.

Für mich gibt es etwas, das tief in meinem Inneren sitzt und das ich anzapfen muss. Es ist ein vielschichtiger Brunnen aus Selbstvertrauen, Ego, Wunsch und purer Entschlossenheit, mir selbst zu beweisen, dass ich der Beste bin, der ich sein kann. Ich bringe diese Mentalität in jeden Aspekt meines Lebens ein, denn ein professioneller Eishockeyspieler zu sein, bedeutet nicht nur, vor den Fans aufzutreten, die meinen Namen schreien. Es geht um jede Minute, jede Stunde, jeden Tag. Es ist die Art und Weise, wie ich esse, schlafe und trainiere. Es ist die Art und Weise, wie ich meditiere und wie ich meinen Körper pflege. Es ist die Loyalität gegenüber meinen Mannschaftskameraden, für die ich mein Bestes gebe, und es sind die Fans, die man nie enttäuschen möchte.

Irgendwo in diesem letzten Jahr habe ich etwas verloren. Diese Saison war nicht meine beste, und Coach West hat versucht, aus mir schlau zu werden. Es gibt keinen physischen Grund, warum ich bei einem Pass eine Sekunde hinterherhinken oder jemandem erlauben sollte, mich zu überholen.

Das bedeutet, dass es sich um ein mentales Problem

handelt, und es besteht kein Zweifel daran, dass meine Psyche seit dem Unfall gelitten hat. Mein Fehler war, dass ich meiner mentalen Gesundheit nicht die gleiche Sorgfalt und harte Arbeit gewidmet habe wie dem Rest von mir als Spitzensportler.

Der Fehler wurde nicht auf Anhieb gemacht. Als wir das neue Team zusammenstellten, lief es ganz gut, und mein Spiel war ausgezeichnet. Im Nachhinein betrachtet war es eine Kombination aus Adrenalin und dem Bedürfnis, mich abzulenken, die dazu führte, dass mein Spiel auf einem hohen Niveau blieb. Wenn ich nicht an den Unfall und an das, was ich verloren habe, denken konnte, konnte ich wie in einer Blase agieren. Indem ich mich auf das neue Team und meine Karriere konzentrierte, verdrängte ich die Tragödie tief in mir.

Es hat funktioniert, bis es nicht mehr funktionierte.

Der Sommer kam, und ohne die Hektik einer aktiven Saison hatte ich Zeit zum Nachdenken, und das war nicht so gut. Ich begann, all die Dinge aufzuzählen, die ich wirklich verloren hatte. Als die Saison wieder losging, hatte ich mir zu viel zugemutet, und das schlug sich in meiner Spielleistung nieder. Das Ganze gipfelte darin, dass ich ein Training verpasste, was mir sehr peinlich ist. Das brachte mich auch an einen Scheideweg. Ich konnte so weitermachen wie bisher und damit möglicherweise meine Karriere ruinieren, oder ich konnte mich meinen Dämonen stellen. Ich bin zwar nicht abgeneigt, eine Therapie zu machen, aber ich würde sie lieber nicht machen. Das ist wahrscheinlich nur das männliche Arschloch in mir, das denkt, ich wäre stark genug, um das allein herauszufinden.

Als ich heute Abend das Eis für unser Spiel gegen

die Carolina Cold Fury betrete, merke ich, dass ich meinen Schwung wiedergefunden habe. Körperlich fühle ich mich stärker und schneller. Aber ehrlich gesagt glaube ich, das liegt daran, dass sich meine Gedanken beruhigt haben. Alles scheint auf den Punkt zu sein, jeder Pass, den ich spiele, ist knackig und trifft ins Schwarze. Mein Geist scheint mit dem Spiel verbunden zu sein, und ich genieße das Gefühl der Aufregung, die mir Schmetterlinge im Bauch erzeugt. Ich bin heiß darauf, den Sieg zu holen. Das Spiel wirkt nicht mehr bedrückend, sondern eher euphorisch.

Und das alles nur wegen Danica.

Es gibt absolut keine andere Erklärung.

Und damit meine ich nicht den tollen Sex, obwohl ich mich dabei wirklich gut fühle. Aber zum ersten Mal seit dem Unfall habe ich jemandem gegenüber meine Gefühle geäußert. Sie hat mir das Gefühl gegeben, dass ich durch den Verlust verletzt sein darf. Dass ich nicht so stark sein muss und dass es ganz natürlich ist, Schuldgefühle zu haben. Ich glaube, was mir am meisten geholfen hat, ist, zu sehen, wie Danica trotz ihrer Verluste aufgeblüht ist. Und Travis übrigens auch. Das soll nicht heißen, dass sie Mitch nicht vermissen, denn ich weiß, dass dem so ist. Aber zu sehen, wie Danica ihr Leben neu erfindet, hat mir die Augen geöffnet. Sie musste lernen, finanziell für sich und Travis zu sorgen. Sie musste wichtige Entscheidungen treffen und einen Lebensstil aufgeben, an den sie sich gewöhnt hatte. Sie gab all ihren Luxus auf, damit ihr Kind auf eine gute Schule gehen kann. Sie nahm einen Job an, ohne wirklich zu wissen, was sie da tat oder ob sie Erfolg haben würde. Danica hat all das getan, während sie um ihren Mann trauerte.

Wenn sie so stark sein kann, kann ich das auch.

Ich bewundere sie so verdammt sehr und ich bin kein Idiot. Ich weiß, dass sie die Dinge, die sie getan hat, zum Teil deshalb tun konnte, weil sie offen mit ihrem Schmerz umgegangen ist, andere in der gleichen Situation willkommen hieß und Hilfe, Unterstützung und Liebe von Gleichgesinnten annahm. Sie hat ein Supportsystem, das ich nicht in Anspruch genommen habe, und ich denke, das hat den Unterschied ausgemacht.

Weil ich sie so sehr mag und weil sie so eine aufrichtige, bodenständige Frau ist, war es nicht schwierig, mit ihr über den Unfall zu sprechen. Zugegeben, ich musste es langsam angehen, aber wenn ich einen beschissenen Tag habe, weil ich mich schuldig fühle, kann ich es Danica sagen, ohne verurteilt zu werden. Sie hält mich nicht für schwach, sondern für selbstbewusst, was eine Stärke ist. Zumindest hat sie mir das gesagt.

Als ich zum Aufwärmen Runden auf dem Eis laufe, weiß ich, dass ich eigentlich in vollem Spielmodus sein sollte, aber ich kann nichts dafür, dass meine Gedanken zu Danica abschweifen. Sie ist nicht hier beim Spiel, weil es mitten in der Woche ist und Travis morgen Schule hat. Aber sie hat mir etwas gesagt, was mich zu einem stolzierenden Pfau macht.

„Mein ganzer Jubel heute Abend gilt dir.“

Das waren ihre letzten Worte, bevor sie mir gestern einen Abschiedskuss gab und meine Wohnung verließ. Ich weiß, wenn in fünfzehn Minuten der Puck fällt, wird sie zusammen mit Travis vor dem Fernseher kleben. Zu wissen, dass ich eine persönliche Cheerleaderin habe, jemanden, der auf meine Erfolge stolz ist und mich bei meinen Misserfolgen auffängt, macht hier draußen auf dem Eis einen riesigen Unterschied aus. Ich weiß ohne Zweifel, dass ich heute Abend ein tolles Spiel machen werde.

***

Die Menge im Mario's ist dicht gedrängt. Wir haben die Cold Fury mit 4:2 besiegt und ich habe ein Tor und einen Assist beigesteuert. Nach dem Spiel klopfte mir Coach West auf die Schulter.

„Ich weiß nicht, was sich in deinem Leben geändert hat, aber was auch immer es ist, es funktioniert."

Danica ist passiert. Das ist es, was sich geändert hat. Aber das kann ich ihm nicht sagen. Ich kann es keinem der Leute sagen, die heute Abend hier mit mir feiern. Ich gehe davon aus, dass wir uns auch anderen gegenüber outen müssen, wenn die Sache mit Danica so weitergeht. So weit sind wir aber noch nicht, und das liegt nur daran, dass alles so neu ist. Danica, da bin ich mir sicher, wird keine Probleme damit haben, aber ich fühle immer noch ein gewisses Maß an Schuld, weil Danica ist, wer sie nun mal ist.

Ein Mitglied der Titans-Familie vor dem Unfall.

Ehefrau eines Spielers.

Frau meines Mannschaftskameraden, Line-Kameraden und Freundes.

Ich bin sicher, dass Leute das verurteilen werden. Ich weiß nicht, wie viel geredet oder von wem es kommen wird. Und ich möchte in dieser Mannschaft keine Wellen schlagen. Wir gehen in die zweite Hälfte der Saison wie eine Dampflok, die ihre Gegner niederwalzt. Wir haben ein Momentum und einen Kampfgeist, der uns in diesem Jahr zu Anwärtern auf den Pokal machen kann. Und wenn mein Team denkt, es wäre falsch von mir, mit Danica zusammen zu sein, und es schadet der Teamstimmung, weil ich die Moral verletzt habe, werde ich mir nie verzeihen, dass ich den Traum aller anderen zerstört habe.

Jemand gibt mir einen leichten Klaps auf den Arm, und ich drehe mich von der Bar weg, wo ich gerade ein Bier bestellt habe. Es ist Bain, der seine Hand ausstreckt.

„Wie geht's dir, Star des Spiels?" Ich umarme ihn kurz mit einem Arm. „Du warst heute ein Feuerwerk."

„Es hat sich verdammt gut angefühlt." Ich nehme mein Bier und folge Bain durch die Menge. Es war schon immer ein Riesenspaß, nach einem Sieg mit meinem Team und den Fans zu feiern. Am liebsten gehen wir ins Mario's, aber manchmal gehen wir auch in Stevies Bar.

Wir erreichen einen abgetrennten Bereich, den die Besitzer für uns eingerichtet haben und der mit Hochtischen gefüllt ist, an denen wir Bier trinken können, ohne von Fans umschwärmt zu werden. Es hat sich irgendwie eingespielt, dass wir in diesem Gruppenraum meistens unter uns sind, aber wir wechseln uns ab, um uns in das Gedränge zu stürzen und auch mit den Fans abzuhängen. Nachdem ich dieses Bier getrunken habe, werde ich ein paar Fotos machen und Autogramme geben, was mir eigentlich Spaß macht.

Der größte Teil des Teams ist hier, aber die Trainer sind nicht anwesend. Normalerweise hängen sie nicht mit uns ab, obwohl Gage das manchmal tut, und das auch nur, weil er in der letzten Saison ein Mannschaftskamerad und Kapitän unseres Teams war. Ich nehme an, er ist hauptsächlich deshalb nicht hier, weil er Jenna gestern einen Ring an den Finger gesteckt hat und sie allein sein wollen. Auch Drake ist nicht da, und das ist bei einem Heimspiel nicht ungewöhnlich. Er ist alleinerziehender Vater von drei Jungs und zieht es vor, nach Hause zu ihnen und Brienne zu gehen.

Wir gesellen uns zu Hendrix, Stevie, Stone und Coen, die an einem Stehtisch versammelt sind. Es gibt noch mehr Glückwünsche und Schulterklopfer, und ich spreche Coen, der heute Abend zwei Tore geschossen hat, ein Lob aus.

„Wo sind Harlow und Tillie?", frage ich dann.

„Harlow steckt mitten in einem Prozess und arbeitet", sagt Stone mit mürrischem Blick.

„Tillie ist wieder in Coudersport und packt für den Umzug", fügt Coen hinzu und sieht mich dann eindringlich an. „Du hast doch die Einladung zu unserer Einweihungsfeier bekommen, oder?"

„Ja, Mann." Ich glaube, das habe ich. Ich erinnere mich vage an eine E-Mail dazu.

„Nun, du hast noch nicht zugesagt, Alter. Wir müssen wissen, wie viele kommen werden, damit wir uns vorbereiten können."

„Alles klar, Mann. Beruhige dich. Hier kommt meine Bestätigung: Ich werde kommen. Wann ist das?"

„Nächsten Samstag." Coen wendet seinen grimmigen Blick auf Bain. „Und du kommst auch?"

„Ich würde es um nichts in der Welt verpassen", sagt Bain, aber an seinem Gesichtsausdruck erkenne ich, dass er sich nicht ganz sicher ist, ob er die E-Mail auch gesehen hat.

Doch keiner von uns würde das verpassen wollen, denn es ist ein großer Schritt für Coen. Er und Tillie haben zusammen ein Haus gekauft, und das ist ein

Zeichen dafür, wie verbunden sie sind.

Ich frage mich, ob Danica eingeladen ist. Coen hat in diesem Jahr an den Treffen der Selbsthilfegruppe teilgenommen und seine Freundschaft mit ihr hat sich gefestigt. Dani würde mir zwar nie etwas erzählen, was Coen oder ein anderes Mitglied der Gruppe ihr vertraulich mitteilt, aber sie hat mir mehr als einmal gesagt, wie gern sie mit Coen spricht und ihn besser kennenlernt.

Ja, er hat sie bestimmt eingeladen. Also werde ich sie sehen können. Denn ich kann sie ja nicht als mein Date mitbringen. Das ist die Büchse der Pandora, die ich im Moment nicht öffnen möchte.

Oder sollen wir sie öffnen?

Ich hole mein Handy heraus und schicke ihr eine Nachricht.

Ich: *Bist du wach?*

Danica: *Ja.*

„Ich bin gleich wieder da", sage ich, nicht wirklich zu jemand Bestimmtem an unserem Tisch, aber ich nehme an, alle haben mich gehört.

Ich schlängele mich durch die Menge zum Ausgang und rufe Danica an, sobald ich draußen bin. Es ist eiskalt hier draußen, also kauere ich mich dicht an das Gebäude.

„Hi, du", sagt sie leise, als die Verbindung hergestellt ist. „Du hast heute Abend toll gespielt. Ich bin so stolz auf dich."

Ich versuche zu ignorieren, wie gut sich ihre Worte anfühlen. Als wäre ich ein kleines Hündchen, das vor Freude hochspringen möchte. „Danke. Hat Travis das ganze Spiel überstanden?"

„Er ist im dritten Drittel eingeschlafen", sagt sie mit einem leisen Lachen. „Aber als ich ihn ins Bett gebracht habe, habe ich ihm gesagt, dass du gewonnen hast."

Ich kann mir seine Reaktion vorstellen. In dieser Woche habe ich erfahren, wie sehr Travis auf Eishockey abfährt. Wir haben schon ein paarmal online zusammen gespielt, zuletzt gestern Abend. Travis musste zu einer Schulveranstaltung, weshalb ich Danica nicht sehen konnte, aber als sie nach Hause kamen, haben er und ich zusammen gespielt. Ich hätte nie gedacht, dass so etwas so viel Spaß machen würde. Wir spielen auf einem Server mit Kindern in Travis' Alter und die meisten von ihnen sind Dummschwätzer durch und durch. Keiner von ihnen weiß, wer ich bin, da Travis und ich uns darauf geeinigt haben, es geheim zu halten, damit die Leute nicht abgelenkt werden.

Es ist schon komisch, wenn ich derjenige bin, der versucht, wie ein Kind zu klingen, das sich über ein anderes hermacht, während ich nicht einmal die Hälfte von dem verstehe, was sie sagen. Gestern Abend hat ein Junge Travis Schimpfwörter an den Kopf geworfen und ich habe ihm gesagt, dass ich ihm in den Arsch trete, wenn er nicht aufhört. Anscheinend hat Travis es Danica erzählt, und sie hat mir später ein Emoji mit rollenden Augen geschickt, in dem stand: „Versuch, der Erwachsene zu sein, okay?"

„Ich dachte, du gehst heute Abend ins Mario's", sagt Danica und unterbricht damit meine Gedanken über ihr Kind.

„Da bin ich auch. Ich bin rausgegangen, um dich anzurufen."

„Das ist schön“, murmelt sie. „Ich wollte gerade schlafen gehen.“

Ich reibe mir den Nacken. Danica unter der Decke, ganz warm und kuschelig, das würde ich jetzt sehr gern sehen. Ich habe sie gestern so hart gefickt, dass wir beide es noch tagelang spüren werden, aber es war nicht genug, um die Sehnsucht nach ihr zu verringern. Wenn sie mich jetzt zu sich einladen würde, würde ich alle anderen stehen lassen und hineilen. Aber sie wird das nicht tun, weil sie es nicht kann. Wir können so etwas nicht tun, wenn Travis im Haus ist, und wir beide wissen das.

Ich versuche, lässig zu klingen, als ich nach dem frage, was ich wirklich wissen will. „Gehst du nächsten Samstag zur Einweihungsparty von Tillie und Coen?“

„Ich denke schon“, sagt sie und ich kann das Lächeln hören. „Ich versuche, einen Babysitter zu organisieren. Ich nehme an, du gehst hin.“

„Ja.“ Und ich fühle mich ganz schön komisch dabei. Wie werde ich mich ihr gegenüber verhalten, wenn ich von meinen Teamkollegen umgeben bin? Ignorieren wir uns gegenseitig?

Ich schätze, wir werden morgen Abend bei der Gala einen Probelauf haben. Das wird ein so großes Ereignis sein, dass ich Danica wahrscheinlich nur im Vorbeigehen sehen werde. Aber ein privates Team-Treffen bei Coen? Nun, das wird schwierig werden.

„Also hör mal …“, sagt Danica, aber der zögerliche Tonfall macht mich nervös. „Ich werde morgen Abend nach der Gala im Hotel übernachten, weil ich vorhabe, etwas zu trinken. Travis übernachtet bei einem Freund.“

Meine Schultern entspannen sich, auch wenn mein Schwanz das Gegenteil tut. „Was willst du damit andeuten?“

„Na ja“, sagt sie kokett, und ich kann mir fast vorstellen, wie sie eine Haarsträhne um den Finger wickelt. „Vielleicht kannst du dann bei mir schlafen.“

„Dann werden wir aber kaum zum Schlafen kommen.“

„Dessen bin ich mir sicher. Aber ich weiß, dass wir eine Menge andere Sachen finden können, um uns zu beschäftigen.“ Gott, sie hat keine Ahnung, was ich alles mit ihr anstellen will, und morgen haben wir die ganze Nacht Zeit, um es herauszufinden. „Ich muss morgen früh los, um Travis zum Eishockeytraining zu bringen.“

„Darf ich mitkommen?“, frage ich. Wir sind in einer seltsamen Phase, in der ich nicht weiß, ob es cool ist, solche Dinge zu fragen. „Ich könnte sehen, wie er spielt und ihm ein paar Ratschläge geben, wenn …“

„Ich möchte, dass du mitkommst“, wirft sie ein. „Nicht, um Travis zu helfen, sondern weil ich Zeit mit dir verbringen möchte.“

„Dann bin ich dabei.“ Wir haben an diesem Abend ein Spiel und ich muss um zwei im Stadion sein, was die Frage aufwirft: „Wollt ihr zwei am Samstag zum Spiel kommen? Ich kann euch Karten besorgen. Da es ein Nachmittagsspiel ist, können wir danach vielleicht noch essen gehen oder so.“

„Das wäre großartig. Ich weiß, dass Travis ausflippen wird, wenn ich es ihm sage.“

„Es ist also ein Date.“ Ein unkonventionelles Date mit einer Frau und ihrem Kind, aber trotzdem ein Date, und ich kann es kaum erwarten. „Ich gehe besser wieder rein, bevor sich alle fragen, was mit mir passiert ist. Wir sehen uns morgen Abend auf der Gala."

„Okay, bis dann."

Kapitel 20

Als Brienne beschloss, diese Gala zu veranstalten, um die Adam Norcross Charitable Foundation ins Leben zu rufen, sagte sie ganz locker, dass wir etwa zweihundertfünfzig Gäste haben würden. Diese Zahl kam mir ungeheuerlich vor, und jetzt, wo ich im Ballsaal bin und sehe, wie viele Leute das tatsächlich sind, liegen meine Nerven blank. Seit ich heute Abend angekommen bin, musste ich nicht viel tun. Ich habe diese Veranstaltung zwar organisiert, aber eine von Briennes Assistentinnen, Molly, läuft mit einem iPad und einem Mikrofon herum und kümmert sich um die letzten Details und hilft den Leuten, ihre Tische zu finden.

Der Veranstaltungsort ist mehr als reizvoll, und ich weiß, dass Brienne fast hunderttausend Dollar für die Feierlichkeiten des Abends ausgeben wird. Der extravagante Ballsaal hat auf der einen Seite eine Bühne und auf der anderen eine Tanzfläche mit einem DJ, die später am Abend rege genutzt werden wird. Von der Decke hängen Kristallkronleuchter, die gedimmt sind und nur einen schwachen goldenen Schein verbreiten. Die Tische sind mit weißen Tischdecken gedeckt und mit wunderschönen Blumengestecken geschmückt, die so niedrig sind, dass sie nicht die Sicht auf die Tischnachbarn versperren. In der Mitte flackern Kerzen, die ein wenig zusätzliches Licht spenden, bei dem man sich unterhalten kann.

Das von Brienne georderte Essen wird von einem Koch geliefert, der hier in Pittsburgh ein Michelin-Stern-Restaurant besitzt. Alle werden ein üppiges

Fünf-Gänge-Menü genießen, während die Redner auf der Bühne über unsere Stiftung sprechen. Wir beginnen mit einer Vorspeise aus gebratenen Jakobsmuscheln mit Trüffelsauce, gefolgt von einem leichten und erfrischenden Salat aus gemischtem Grün, Tomaten und zerbröckeltem Fetakäse. Beim Hauptgang haben wir die Wahl zwischen einem saftigen gegrillten Filet Mignon mit Rotweinsauce oder einem pochierten Hummerschwanz mit Butter, dazu gibt es gebratenen Spargel und getrüffeltes Kartoffelpüree. Außerdem gibt es ein vegetarisches Gericht mit Penne und gebratenem Gemüse. Das Dessert ist ein dekadenter Schokoladenmousse-Kuchen mit Himbeeren. Mir knurrt der Magen bei dem Gedanken an ein solches Essen, zumal ich heute so beschäftigt war, dass ich es nicht geschafft habe, mehr als ein Stück Toast heute Morgen und einen Proteinriegel zu Mittag zu essen.

Die Bar ist geöffnet, und die vorherrschende Theorie lautet, dass Alkohol den Geldbeutel lockert. Brienne hat alle denkbaren Spirituosen und Cocktails im Angebot. Es gibt eine große Auswahl an Getränkespezialitäten, darunter klassische Martinis, Margaritas und Cosmopolitans. Ich war schwer beeindruckt, dass Brienne mit jemandem zusammengearbeitet hat, um ein originelles Getränk für den heutigen Abend zu kreieren, einen Signature-Cocktail aus Champagner, Holunderblütenlikör und frischen Erdbeeren. Er wird von Kellnern mit weißen Handschuhen auf Tabletts an die Gäste verteilt.

Brienne hat mich gnädigerweise seit unserer Ankunft an ihrer Seite behalten. Eine Erleichterung, denn ich habe keine Ahnung, wie man sich unter solchen Umständen unter die Leute mischt. Der

Großteil meiner Arbeit für die Stiftung findet hinter den Kulissen statt, aber heute Abend werde ich das Gesicht der Stiftung sein. Obwohl ich extrovertiert bin, wenn ich mich in einer angenehmen Umgebung befinde, habe ich nicht das Gefühl, dass ich in diese Welt passe, und vielleicht werde ich das auch nie. Brienne hat mich allen vorgestellt, und auch wenn ich mich an keinen einzigen Namen erinnern kann, hat mir das geholfen, mich in den Abend einzufinden.

Es ist interessant, dass Brienne mich nur als Danica Brandt, Leiterin der Stiftung, vorstellt, und nicht als die Frau von Mitch Brandt. Ich glaube, sie macht das, damit ich in erster Linie als Geschäftsfrau gesehen werde und nicht als Witwe, die man bemitleiden muss. Alle werden es früh genug erfahren, denn ich werde die Eröffnungsrede halten und Brienne auf die Bühne bitten, damit sie die Leute auffordern kann, ihre Scheckbücher zu öffnen.

Trotz meiner Nervosität versuche ich immer noch, einen Blick auf Camden zu erhaschen, als er hereinkommt. Er hat tatsächlich seinen Smoking anprobiert und festgestellt, dass er immer noch passt, selbst mit den zusätzlichen Muskeln, die er in dieser Saison zugelegt hat. Ich war zu Hause, als er mir eine Nachricht schrieb.

Camden: *Er ist ein bisschen eng, also werde ich nicht viel essen.*

Ich: *Ich mag es eng.*

Er schickte mir ein lachendes Emoji und versprach mir, dass ich ihn später aus dem Anzug schälen darf.

Trotz aller Nervosität freue ich mich auf meine erste

Veranstaltung als Leiterin der Stiftung, aber vielleicht freue ich mich noch ein bisschen mehr auf den Abend mit Camden. Sein Terminkalender füllt sich wieder mit Spielen und unsere gemeinsamen Momente werden seltener.

Eine Hand umschließt mein Handgelenk, und ich erkenne an der weichen Haut und den zarten Fingern, dass es kein Mann ist. Ich drehe mich um und sehe Kiera, die mich anlächelt. Wir umarmen uns kurz, dann hält sie mich auf Armeslänge, um mein Kleid zu begutachten.

Während meiner Zeit hier in Pittsburgh habe ich schon viele elegante Veranstaltungen besucht, und obwohl ich es liebe, mich für eine Party herauszuputzen, war ich noch nie der auffällige Typ. Brienne zum Beispiel trägt ein silbernes Lamé-Kleid mit tiefem Ausschnitt, dessen figurbetontes Oberteil und der Rock mit Kristallen besetzt sind. Sie leuchtet wie ein Diamant.

Ich weiß, dass ich so etwas tragen kann, aber ich mag es nicht. Ich ziehe es vor, mich in formeller Kleidung wohlzufühlen, und habe deshalb ein einfaches, ärmelloses schwarzes Seidenkleid gewählt, das in der Taille gerafft ist. Der Kragen verläuft am Hals entlang, und das Material fühlt sich auf meiner Haut göttlich an. Es ist so leicht, dass es schwebt, wenn ich gehe. Ein bescheidener Schlitz endet oberhalb meines Knies und zeigt nur einen Hauch von Bein.

„Du siehst fabelhaft aus", sagt Kiera.

Ich ziehe eine Augenbraue hoch und werfe ihr einen kritischen Blick zu. „Das musst du gerade sagen." Sie ist eine Sexbombe, die heute Abend fast jeden Mann in ihren Bann zieht. Sie wählte ein kirschrotes Kleid mit einem gewagten Ausschnitt, ähnlich dem von

Brienne. Ihr Kleid sitzt wie eine zweite Haut und hat einen Seitenschlitz, der bis über die Mitte des Oberschenkels reicht. Ich grinse sie an. „Ich kann mir vorstellen, was Drake sagen wird, wenn er dich in diesem Outfit sieht." Ich finde es mehr als witzig, dass ihr Bruder so überfürsorglich ist, denn Kiera hat eine solche Aufsicht sicher nicht nötig. Sie ist eine starke, selbstbewusste und sexuell offene Frau. Wenn sie entscheidet, dass sie einen dieser Spieler will, ist es egal, was Drake sagt. Sie wird ihn bekommen. Mehr als einmal hat sie mit leiser Stimme zu mir gesagt: „Mmm, von dem hätte ich gern ein Stück ab."

Und sie ist der Typ, der das Stück bekommt, wenn sie es will.

Kiera rollt mit den Augen, als ich Drake erwähne. „Eines Tages wird mein Bruder lernen, dass er nicht mein Chef ist." Sie unterstreicht diese Aussage mit einem abschätzigen Winken. „Bist du bereit für die große Rede?"

Ich rümpfe die Nase. „In einer Million Jahren werde ich niemals dazu bereit sein."

Kieras Hand gleitet in die meine und sie drückt sie beruhigend. „Sprich einfach aus deinem Herzen. Das kannst du am besten und es wird gut gehen."

Als ob Briennes Assistentin darauf gewartet hätte, dass Kiera genau diese Worte sagt, sehe ich sie oben am Podium auf das Mikro tippen. „Darf ich um die Aufmerksamkeit aller bitten? Wir werden in etwa fünf Minuten beginnen, wenn Sie sich bitte zu Ihren zugewiesenen Tischen begeben würden."

Brienne wendet sich von ihrem aktuellen Gespräch ab und blickt Kiera an, die sie heute Abend offenbar zum ersten Mal sieht. Sie umarmen sich und Brienne ruft aus: „Das Kleid ist umwerfend. Bitte sag mir, dass ich es mir irgendwann mal ausleihen kann.“

Kiera lacht. „Ich liebe die Ironie. Drake wird es hassen, wenn er es an mir sieht, aber er wird es lieben, wenn du es trägst.“

„Das liegt daran, dass er weiß, dass es niemand wagen würde, mich anzustarren, wenn er an meiner Seite ist, aber dich kann er nicht rund um die Uhr im Auge behalten“, scherzt Brienne.

Kiera schnaubt. „Was mein Bruder nicht weiß, macht ihn nicht heiß.“

Brienne zwinkert. „Das bleibt unser Geheimnis.“

Kiera umarmt mich ein letztes Mal, verschwindet in der Menge und Brienne führt mich zur Hauptbühne. Dahinter befindet sich ein Banner, auf dem die Fotos der beim Unfall ums Leben gekommenen Titans zu sehen sind. Ab und zu erhasche ich einen Blick auf Mitch, wenn er vorbeirauscht. Das macht mich heute Abend nicht traurig, sondern gibt mir ein Gefühl der Sicherheit. Als würde er über mich wachen. Ich weiß, er wäre so stolz auf das, was ich gerade tue.

„Geht es dir gut?“ Brienne sieht mich mit echter Sorge an. Sie weiß, wie nervös ich gewesen bin.

Ein ängstliches Lachen entkommt mir. „Nein. Aber ich werde es tun und ich werde dich stolz machen.“

Briennes Gesichtsausdruck wird triumphierend. „Gut so. Ich wusste, dass ich die Richtige für diesen Job ausgewählt habe.“

Aus meiner Handtasche mit der langen goldenen Schulterkette ziehe ich die Karteikarten heraus, auf die ich meine Notizen geschrieben habe. Ich arbeite schon eine ganze Weile daran, und es ist mir gelungen, sie auf ein paar Schlüsselsätze zu verdichten. Ich weiß, dass es natürlicher sein wird, als eine getippte Rede zu lesen. Ich lege meine Handtasche an den

Rand der Bühne, um sie später wieder zu holen. Briennes Assistentin winkt mich auf das Podium und ich atme tief ein. Ich atme langsam aus und versichere mir, dass ich nichts Schreckliches von mir geben werde.

„Viel Glück“, sagt Brienne.

Oben auf der Bühne stelle ich sofort einen Vorteil der Beleuchtung fest. Ein Scheinwerfer ist direkt auf mich gerichtet, sodass die Menge in dunkle Schatten gehüllt ist. Das gibt mir Vertrauen, weil ich so tun kann, als wäre da draußen niemand.

Ich richte ein Stoßgebet gen Himmel. *Bitte lass mich nicht ohnmächtig werden!*

Ich lege meine Notizen auf das Rednerpult, zeichne den Rand der ersten Karte nach, während ich die dort geschriebenen Worte betrachte.

Du schaffst das, Dani.

Ich neige mich ein wenig dem Mikrofon zu. „Guten Abend. Und willkommen zur Eröffnungsgala der Adam Norcross Charitable Foundation, veranstaltet von Brienne Norcross und unserem eigenen Eishockeyteam Pittsburgh Titans!“ Beim letzten Teil des Satzes habe ich begeistert die Stimme erhoben.

Die Gäste applaudieren tosend, und ich warte einige Sekunden, bis es wieder still wird. Ich lächele in das schattige Publikum und fahre fort. „Ich weiß, dass sich alle freuen, hier zu sein, aber einige von Ihnen fragen sich vielleicht, wer ich bin. Mein Name ist Danica Brandt und mein Mann Mitch war ein Spieler der Titans. Ich habe ihn verloren, als er am 20. Februar letzten Jahres mit dem Flugzeug verunglückte.“

Im Ballsaal ist es so still, dass es fast surreal wirkt. Da das Publikum im Schatten sitzt und keinerlei Geräusche von sich gibt, ist es leicht, zu glauben, dass ich ganz allein bin. Aber das bin ich natürlich nicht.

„Ich bin die Leiterin der Adam Norcross Charitable Foundation, denn irgendwie dachte Brienne, dass ich für den Job gut geeignet wäre." Ich schaue zur Seite Richtung Brienne und sie grinst. Ich wende mich wieder an das Publikum. „Es war ein großer Vertrauensvorschuss. Ich hatte keine entsprechende Ausbildung und keine beruflichen Erfahrungen. Ich war in erster Linie Mutter und Mitch war der Ernährer." Ich atme tief durch, und anstatt auf die Karteikarten zu schauen, schiebe ich sie zur Seite. „Nachdem Mitch gestorben war, war ich völlig verloren. Ich trauerte nicht nur, sondern hatte auch einen trauernden Sohn, den ich emotional und finanziell unterstützen musste. Sicher, wir erhielten die Summe der Lebensversicherung und die Titans erfüllten großzügig Mitchs Vertrag bis zum Ende des Jahres. Wir hatten ein Rentenkonto, aber das war tabu. Mitch und ich hatten getan, was viele Profisportler tun, die gutes Geld verdienen. Wir führten einen großzügigen Lebensstil. Aber hier war ich nun mit begrenzten finanziellen Mitteln, die schnell schwinden würden, also musste ich schwere Entscheidungen treffen. Das Problem war nur, dass ich keine Ahnung hatte, wohin ich mich wenden sollte. Ich konnte mir nicht einmal vorstellen, was ich tun sollte. Jetzt bin ich eine glückliche Frau, denn Brienne – die ich in einer Selbsthilfegruppe für diejenigen von uns kennengelernt habe, die bei dem Unfall einen geliebten Menschen verloren haben – hat mich auf meinem Weg begleitet. Sie hat mir nicht nur einen Job gegeben, sondern mir auch geholfen, herauszufinden, wie ich mit meinem kleinen Sohn allein überleben kann. Auf die gleiche Weise half sie vielen Witwen. In den Monaten nach dem Unfall erkannte

Brienne, dass es einen großen Bedarf für eine Wohltätigkeitsorganisation gab, die Witwen und Witwern hilft, die den Hauptverdiener in ihrer Familie verloren haben. In diesen Gesprächen und beim Treffen mit anderen Überlebenden entwickelte Brienne eine Vision, und hier sind wir nun."

Ich schaue mich wieder um und weiß, dass ich mit niemandem Augenkontakt aufnehmen kann, weil es zu dunkel ist. Aber ich hoffe, dass sie alle spüren, wie wichtig Brienne für mich ist. „Ich würde heute Abend nicht vor Ihnen stehen, wenn es Brienne Norcross nicht gäbe. Sie hat dieses Team im Alleingang vor dem Verschwinden gerettet. Sie hat es wieder zum Leben erweckt und diese Stadt mit einem neuen Kader von Spielern versorgt, die die Nation belebt und gestärkt haben. Aber sie ist so viel mehr als das. Ich habe das Glück, sie meine Freundin, meine Arbeitgeberin und einen der besten Menschen, die ich kenne, zu nennen. Ich bitte alle, mit mir gemeinsam Brienne Norcross auf der Bühne zu begrüßen."

Ich spüre die Welle der Menschen, die aufstehen und ihren fast ohrenbetäubenden Beifall spenden. Brienne kommt auf die Bühne und winkt der Menge, während sie auf mich zugeht. Sie nimmt mich an den Schultern, küsst meine Wange und flüstert: „Das war verdammt gut."

Erleichterung und Schwindelgefühle durchfluten mich, als ich merke, dass mein Teil erledigt ist und ich den Abend genießen kann. „Hau sie alle um", sage ich zu ihr.

Briennes Ausführungen sind inspirierend, und ich warte mit Drake, der irgendwann auftauchte, als ich auf der Bühne gestanden habe, auf sie. Als sie die Bühne verlässt, geht das Licht an und die Kellner kommen mit dem ersten Gang heraus.

Während des Essens werden im Laufe des Abends mehr Redner auftreten, mit dem Ziel, dass unsere Gäste ihr Portemonnaie öffnen und spenden. Wir verwenden eine Spenden-App, die die Spender an den Tischen herunterladen können, um ihre Zusagen zu machen. Nach dem Essen wird es Musik und Tanz geben.

Drake legt seine Hand in Briennes Nacken und zieht sie zu einem sanften Kuss heran. „Du warst unglaublich, Ms. Norcross."

„Vielen Dank, Mr. McGinn", sagt sie und stößt ihn mit der Hüfte an.

Drake legt seinen Arm um Briennes Rücken. „Du warst auch toll, Danica. Sehr bewegend."

„Danke", antworte ich, wie immer mit ein wenig Ehrfurcht vor dem großen Torwart, der aussieht, als ob er Nägel zum Frühstück isst, aber bei Brienne ein totaler Teddybär ist.

„Nun, wollen wir essen?", fragt Brienne.

Wir verabschieden uns und gehen in verschiedene Richtungen, um unsere Tische zu finden. Während ich mich durch den Raum schlängele, schaue ich absichtlich dorthin, wo Camden sitzt, aber er ist nicht da. Stirnrunzelnd schaue ich nach links und rechts und frage mich, ob bei der Sitzordnung ein Fehler gemacht wurde oder, noch schlimmer, ob er vielleicht gar nicht gekommen ist. Als ich meinen Tisch erreiche, schnaube ich leicht enttäuscht, doch dann sehe ich jemanden dort stehen.

Camden.

Und mein Gott, er sieht unglaublich aus. Das liegt nicht nur am Smoking, sondern auch daran, dass er sich rasiert hat und sein Haar gebändigt ist, und obwohl ich das nicht so sehr mag wie den ungepflegten Camden, ist die ordentliche Version auch sehr attraktiv.

„Was machst du denn hier?", frage ich, denn dies ist ganz sicher nicht sein Tisch.

Er zuckt mit den Schultern und zieht sich den Stuhl neben mir heran. „Ich gehe dorthin, wo man mich hinschickt, und Briennes Assistentin sagte, das sei mein Platz."

„Oh", murmele ich verwirrt und lasse mich auf meinem Stuhl nieder. Camden hilft mir, ihn hineinzuschieben, und nimmt dann wieder Platz. „Okay." Ich sehe mich am Tisch um und stelle fest, dass keine anderen Spieler hier sind. Ich kenne keinen einzigen Menschen, obwohl ich den älteren Herrn mit schneeweißem Haar, der mir gegenüber sitzt, vorhin mit Brienne gesehen habe.

Wir stellen uns vor und alle beglückwünschen mich zu meiner Position und meiner Eröffnungsrede. Aber der Tisch ist groß und der Raum ist laut, sodass Einzelgespräche nur mit den Leuten direkt neben einem möglich sind.

Während des Salatgangs unterhalte ich mich mit einer netten Dame zu meiner Linken. Sie ist eine pensionierte Herzchirurgin, und ihr verstorbener Ehemann war mit Briennes Vater gut befreundet. Während ich mich mit ihr unterhalte, stelle ich erfreut fest, dass auch der Rest des Tisches miteinander spricht. Dazu gehört auch Camden, der sich mit einer sehr schönen Frau unterhält, die auf seiner anderen Seite sitzt. Zugegeben, sie ist Mitte bis Ende vierzig, aber sie ist elegant, und der Altersunterschied bedeutet nichts. Ich verdränge den Anflug von Eifersucht, denn ich weiß, dass Camden nur höflich ist.

Glaube ich zumindest.

Als die Kellner unsere Schalen abräumen, bedeckt Camden seinen Mund, als ob er ihn mit seiner Serviette abwischen würde, und beugt sich zu mir. Er sagt mit leiser Stimme, die nur ich hören kann: „Du siehst heute Abend umwerfend aus.“

Mein Gesicht wird heiß bei dem Kompliment, und ich hasse es, dass es mich auch beruhigt, was bedeutet, dass ich einen Moment des Zweifels hatte. Vielleicht ist es natürlich, dass ich mich unsicher fühle. Es ist lange her, dass ich mich mit jemandem verabredet habe, und ich kann mich vage daran erinnern, dass ich am Anfang mit Mitch auch unsicher war. Natürlich waren wir Teenager und ziemlich dumm, aber ich kann mir vorstellen, dass einiges davon auch hier zutrifft.

Der Rest des Abendessens verläuft wie im Eiltempo. Das Essen ist köstlich und die Gespräche am Tisch nehmen zu und ab, während wir den verschiedenen Rednern zuhören. Zwei andere Titans-Witwen erzählen ihre Geschichten, und Brienne hat die Witwe eines US-Footballspielers eingeladen, ebenfalls zu sprechen. Ihre Geschichte ist faszinierend, denn sie hat eine Behinderung, wegen der sie nicht arbeiten kann, sodass eine Organisation wie diese wirklich helfen kann.

Es fällt mir schwer, nicht in Tränen auszubrechen, als Coen das Podium betritt. Er spricht im Namen der drei überlebenden Spieler. Von ihm selbst, Hendrix und Camden. Es ist sehr bewegend, wie er von ihren persönlichen Verlusten erzählt und davon, wie hart sie daran gearbeitet haben, das Team wieder aufzubauen, während sie sich gleichzeitig schuldig fühlten, weiterzumachen. Ich habe Mühe, nicht nach

Camdens Hand zu greifen, aber ich sehe im Schein des Kerzenlichts, dass er auf Coen fixiert ist. Es ist mehr eine Bestätigung für ihn, dass die Schuldgefühle des Überlebenden eine sehr reale Sache sind, die einen lähmen können, wenn man nicht aufpasst.

Auch Gage spricht, wobei er sich vor allem auf die erstaunlichen Dinge konzentriert, die Brienne beim Wiederaufbau der Organisation geleistet hat. Er war als Spieler und ist jetzt als Trainer ein wesentlicher Bestandteil davon. Seine Worte endeten mit stehenden Ovationen für unsere schöne und entschlossene Leiterin.

Abschließend spricht Stone auf dem Podium über den Verlust seines Bruders und seinen Platz im Team. „Es war verwirrend", gestand er dem Publikum, „und selbst heute noch fällt es mir schwer, einfach nur dankbar zu sein für das, was ich habe."

All diese Zeugnisse wurden sorgfältig inszeniert, um die Herzen der Spender zu erreichen und sie dazu zu bringen, ihre Großzügigkeit zu zeigen. Das ist der ganze Zweck dieser Veranstaltung und jeder weiß das. Vor Beginn des Abends erhielten alle Gäste auf einem Flyer an ihrem Platz einen QR-Code, mit dem sie die Spenden-App herunterladen konnten. Im Laufe des Abends wird auf dem Bildschirm auf der Bühne eine fortlaufende Liste der gespendeten Beträge angezeigt.

Während wir essen und den Rednern zuhören, bin ich immer noch hyperfokussiert auf Camden neben mir. Er trägt ein Parfüm, das verwirrende Dinge mit meinen Empfindungen anstellt, und jedes Mal, wenn wir uns einen Moment unterhalten, spüre ich sein intensives Interesses an dem, was ich sage.

Nach dem Essen beginnt die Party. Ein DJ legt die

neuesten Songs auf und das Tanzparkett füllt sich. Eine Bar sorgt dafür, dass alle Spaß haben und sich die Geldbörsen weiter öffnen.

Leider muss ich mich von Camden entfernen und meine Runde durch den Ballsaal machen, um mit den Leuten zu sprechen, Glückwünsche für die Ernennung zur Leiterin entgegenzunehmen und über die Bedeutung der Organisation zu sprechen. Aber ich sehe Camden hier und da, wie er sich mit verschiedenen Gästen unterhält. Unsere Blicke treffen sich, und wir haben ein oder zwei Sekunden, in denen wir telepathische Nachrichten austauschen. Zum Beispiel: *Ich kann es kaum erwarten, mit dir allein zu sein.*

Ich stoße an der Bar auf Brienne, als ich ein Glas Wein bekomme und sie einen Martini bestellt. Ich kann mir die Frage nicht verkneifen. „Hattest du etwas mit der Änderung der Sitzordnung zu tun?“

„Was meinst du?“, fragt sie und sieht mich kühl an.

„Camden hat an meinem Tisch Platz genommen.“ Mein Ton ist komisch, und sie weiß, dass ich weiß, dass sie es war.

Der Barkeeper reicht ihr den Martini und sie wirft einen Zwanzig-Dollar-Schein in sein Trinkgeldglas. Sie zwinkert mir nur zu und geht wieder.

Ich drehe mich um, um sie zu beobachten, aber mein Blickfeld wird von Camden eingenommen, der dort steht. Mein Herz macht bei seinem Anblick einen Sprung.

Er neigt den Kopf und streckt mir seinen Ellbogen entgegen. „Darf ich um diesen Tanz bitten?“

Kapitel 21

Camden

Danica schaut sich um. Sie sieht aus wie ein Kind, das mit der Hand in der Keksdose erwischt wurde, und ich kann mir ein Lachen nicht verkneifen.

„Entspann dich, Dani", sage ich, schaue mich ebenfalls um und stelle fest, dass uns niemand Beachtung schenkt. „Keiner würde zweimal darüber nachdenken, wenn ein Spieler dich zum Tanzen auffordert. Das ist nur eine nette Geste. Wir sind doch alle Freunde."

Es ist komisch, dass ich derjenige bin, der sie beruhigt, denn ich bin derjenige, der sich ständig Gedanken darüber macht, wie wir auf andere wirken. Aber ich beschließe, mir darüber keine Gedanken zu machen, denn im Moment fordere ich einfach nur eine Freundin zum Tanzen auf.

Sie lächelt und schiebt ihre Hand in meine Ellenbeuge. Ich führe sie auf die Tanzfläche, die bereits voller Paare ist, die sich zu einem Lied, das ich nicht kenne, wiegen. Ich weiß nur, dass die Melodie langsam ist und dies die beste Gelegenheit, Dani für mich zu gewinnen. Ich nehme ihre Hand in meine und lege meine andere leicht auf ihre Hüfte. Alles sehr anständig. Zwischen uns ist genug Platz. Es ist ein rein platonisches Treffen zweier Freunde auf der Tanzfläche. Ich hasse es, weil ich möchte, dass sie sich an mich schmiegt, ihren Kopf an meine Schulter legt und mich ihren zarten Zitrusduft einatmen lässt. Das dürfen wir nicht, doch zumindest sind wir in unserer eigenen kleinen Blase und können miteinander reden.

Meine Stimme ist belegt, während ich mich beiläufig im Ballsaal umsehe. „Ich möchte, dass du weißt, dass mich dieses Kleid verrückt macht.“

Erschrocken blickt sie zwischen uns hinunter, als hätte sie irgendwie Stofffetzen verloren oder so. „Wirklich? Es bedeckt doch eine Menge von mir.“

„Es bedeckt dich auf die richtige Weise“, erwidere ich. „Der Stoff bringt deine Kurven perfekt zur Geltung.“

„Aha“, stichelt sie, wobei ein subtiles Lächeln auf ihren Lippen liegt. „Es geht doch nur um das Geheimnis, das darunter ist.“

„Das ist kein Geheimnis, Dani.“ Ich beuge mich leicht zu ihrem Ohr. „Ich habe jeden Zentimeter deines schönen Körpers gesehen. Verdammt, ich habe das meiste davon abgeleckt.“ Sie erschaudert in meinen Armen und ich kann mir nicht helfen. „Ich muss dich küssen.“

Danica zuckt zurück und sieht sich um. „Aber das geht doch nicht.“

„Nicht hier“, stimme ich zu, als ich sie loslasse, aber genauso schnell schiebe ich ihre Hand zurück in meine Armbeuge. „Komm mit.“ Jetzt schlage ich alle Vorsicht in den Wind. Ich gehe lässig aus dem Ballsaal, ohne eine Szene zu machen. Am liebsten würde ich sie mir über die Schulter werfen und sie für einen schnellen Fick auf ihr Zimmer bringen, aber dazu bin ich nicht Macho genug. Ich sehe die Toiletten auf der linken Seite und gehe in diese Richtung. Wir laufen an den beiden Türen vorbei und biegen dann links ab. Danica sagt kein Wort, und ich merke, dass ich schneller gehe und sie auf ihren himmelhohen Absätzen leicht joggen muss.

In diesem Flur ist nichts zu sehen, also gehe ich in

die andere Richtung zurück. Wieder vorbei an den Toiletten, vorbei an dem Flur, der zum Ballsaal führt, und wir biegen wieder links ab.

Links und rechts befinden sich verschiedene Türen und ich probiere jede Klinke aus. Alle sind abgeschlossen. Ich knurre frustriert, sehe aber einen weiteren Gang vor mir. Scheiß drauf. Wir sind weit genug vom Ballsaal entfernt, sodass uns hier niemand mehr sehen wird.

„Komm schon", murmele ich und beschleunige mein Tempo.

Danica lacht, hebt ihr Kleid und läuft mit mir mit. Ich werfe einen Blick über meine Schulter zurück und sehe, dass uns niemand folgt. Sobald ich nach rechts in den Flur einbiege, werde ich sie gegen die Wand pressen und ihr einen Kuss geben. Am liebsten würde ich das Kleid hochschieben, aber ich tue es nicht. Noch nicht. Dafür ist das Risiko zu groß, aber ein Kuss wird mich über Wasser halten.

Wir fliegen in einem weiten Bogen um die Ecke, nur um dann schleudernd zum Stehen zu kommen.

Heilige Scheiße.

Bain und Kiera sind da und er drückt sie gegen die Wand. Er hat eins ihrer Beine um seine Hüfte geschlungen, und mit einer Hand hat er sie im Nacken gepackt, um sie leidenschaftlich zu küssen.

Danica keucht auf und hält sich mit der freien Hand den Mund zu, während sich ihre Augen vor Schreck weiten. Bain und Kiera springen nicht hektisch auseinander, sie beenden den Kuss und drehen ihre Köpfe fast träge in unsere Richtung. Kiera sieht verrucht aus, während sie grinst, und Bain schaut verblüfft drein.

Doch dann blicken beide auf unsere Hände, die ineinander verschränkt sind. Ich bin geneigt, sie loszulassen oder mich damit herauszureden, dass sie sich den Knöchel verletzt hat und ich ihr auf die Toilette geholfen habe und wir uns verlaufen hätten. Doch stattdessen zieht sich Danica von mir zurück, aber nicht, um zu verbergen, dass wir eindeutig eine Ecke zum Herummachen gesucht haben. Sie marschiert direkt auf Kiera zu, packt sie an der Hand und zieht sie von Bain weg.

„Komm schon", sagt sie und zieht Drakes Schwester mit sich, weg von der Katastrophe, sich mit Bain einzulassen.

Kiera schaut über ihre Schulter zu Bain und wirft ihm einen Kuss zu. Danica marschiert zielstrebig an mir vorbei, ohne mich eines Blickes zu würdigen, aber ich sehe, dass ihre Wangen rot sind. Die beiden Frauen verschwinden um die Ecke und ich kann mir ihr Gespräch nur vorstellen.

Ich schaue Bain an, der lässig in meine Richtung geht.

„Alter", sage ich kopfschüttelnd. „Was zum Teufel war das?"

Seine Augen blitzen schelmisch auf, sein Lächeln ist reuelos. „Das könnte ich dich auch fragen."

Ich lasse mich nicht von ihm ablenken. „Drake wird dich umbringen, wenn er herausfindet, dass du versuchst, dich an seine Schwester ranzumachen."

„Ich versuche es nicht nur", sagt er, als er an mir vorbeischlendert.

Ich gehe mit ihm zurück in den Ballsaal und weder Danica noch Kiera sind in Sicht.

„Ihr habt schon …?"

Er antwortet nicht und überlässt es mir, zu erraten, ob er mich auf den Arm nimmt oder nicht. „Warum hast du dich mit Danica davongeschlichen?“

„Wir schleichen nicht“, protestiere ich mit einem leisen Knurren. „Wir sind Freunde.“

„Du redest Scheiße“, sagt er, bleibt dann aber stehen. „Ich habe dir schon einmal gesagt, dass es keinen Bruderkodex gibt. Es steht dir frei, Danica zu treffen, wenn du willst.“

Ohne etwas zuzugeben, murre ich: „Nicht jeder wird so denken wie du.“

„Das stimmt“, sagt er, und das ist etwas, was ich nicht unbedingt bestätigt haben wollte. „Es mag einige geben, die das anders sehen, entweder im Team oder in der Fangemeinde. Aber was spielt das schon für eine Rolle?“

„Das ist eine echt unbekümmerte Einstellung“, sinniere ich und ziehe es vor, mich wieder auf seine Taten zu konzentrieren. „So, wie du dich gegenüber Kiera verhältst.“

Bain zuckt mit den Schultern. „Der Unterschied zwischen dir und mir ist, dass es mir egal ist, was andere Leute denken. Ich tue Dinge, um mich selbst glücklich zu machen. Das solltest du auch tun.“

Sein Blick bohrt sich in mich, während er schweigend mein Geständnis über meine Beziehung zu Mitchs Witwe erwartet. Aber es steht mir nicht zu, ohne mit Danica zu sprechen. Und das Einzige, was Bain oder Kiera wissen, ist, dass wir Händchen gehalten haben.

„Wir sehen uns später“, sage ich und drehe mich von meinem Teamkollegen weg. Ich warte darauf, dass er mir folgt oder mich zum Reden drängt, aber er lässt mich gehen.

Ich verlasse den Aufzug im achtzehnten Stock und folge den Schildern zu Zimmer 1827. Danica hat mir vor paar Minuten eine Nachricht geschickt, dass sie dort ist und wartet. Nachdem ich Bain und Kiera in einer kompromittierenden Position erwischt habe, was den heiß ersehnten Kuss verhindert hat, habe ich mich in den Ballsaal zurückgezogen. Kiera und Danica unterhielten sich dort noch einige Minuten, bevor sie getrennte Wege gingen. Ich marschierte direkt zur Bar und bestellte einen Bourbon, um meine Nerven zu beruhigen.

Ich war beunruhigt, dass Bain mit Drakes Schwester zusammen ist, denn das könnte zu Unstimmigkeiten im Team führen. Drake hat keinen Hehl daraus gemacht, dass er will, dass sich alle von Kiera fernhalten. Aber ich muss auch damit klarkommen, dass Bain jetzt zu Recht annimmt, dass zwischen Danica und mir etwas läuft. Dafür werde ich geradestehen müssen.

Eine Stunde lang wartete ich auf das Ende der Veranstaltung und hielt mich von Danica fern, um mich stattdessen mit ein paar der alleinstehenden Jungs – Boone, Foster und Kirill – zu unterhalten.

Danica konnte die Veranstaltung nicht verlassen, bevor nicht auch der letzte Gast nach Hause gegangen war. Ich konnte auch nicht herumlungern und auf sie warten, weil das zu auffällig gewesen wäre. So ließ ich mich schließlich in einer dunklen Ecke im hinteren Teil der Hotelbar nieder. Während ich auf Danica wartete, surfte ich auf meinem Handy und nippte an einem Club Soda.

Ich bin aufgeregt, als ich an die Tür klopfe. Ich will Danica sehen, sie küssen, in ihren Körper dringen, die ganze Nacht mit ihr schlafen. Ich bin auch ein wenig angespannt wegen meines Zusammenstoßes mit Bain. Er hat mir die Berge vor Augen geführt, die Danica und ich noch vor uns haben, wenn wir zusammen sein wollen. Es wird langsam kompliziert.

Danica öffnet die Tür, immer noch in dem schwarzen Seidenkleid, das meiner Meinung nach das Perfekteste ist, was sie je tragen könnte. Sie hat die Schuhe ausgezogen, sodass der Saum des Kleides ihre nackten Füße umspielt. Ihr Haar war in einer Art lockerem Wirbel auf ihrem Kopf aufgesteckt, und jetzt fließt es um ihre Schultern und mich juckt es in den Fingern, durch die weichen Locken zu gleiten.

„Hallo“, sagt sie mit einem schüchternen Lächeln.

Ich erwidere ihr Lächeln. „Hallo.“

Sie bittet mich herein. Ich gehe an ihr vorbei und sehe, dass sie einen kleinen Rollkoffer auf einem Gepäckgestell liegen hat. Er ist offen und über dem Rand hängt ein Stück saphirblaue Unterwäsche. Ich frage mich, ob sie das für mich anziehen wird. Ich höre, wie die Tür zufällt, und drehe mich zu ihr um.

„Was für ein Abend, was?“, beginne ich.

„In der Tat“, antwortet sie mit einem reumütigen Lächeln, als sie sich vor mich stellt.

„Was hat es mit Bain und Kiera auf sich?“, frage ich.

Ihr Gesicht verzieht sich, und sie neigt den Kopf erst nach links, dann nach rechts, als ob sie darüber nachdenken würde, wie sie antworten soll. Sie geht zum Bett hinüber, setzt sich und tätschelt die Fläche neben sich. Ich lasse mich nieder, unsere Oberschenkel berühren sich und ich nehme ihre Hand. Ihre Finger drücken leicht auf meine.

„Sie gehen miteinander ins Bett.“

„Das habe ich mir schon gedacht, als sie sich geküsst haben", sage ich mit einem freudlosen Lachen. „Wie lange geht das schon?"

Danica zuckt mit den Schultern. „Sie war ein bisschen wortkarg. Sie hat nur gesagt, dass es eine Affäre ist und sie Spaß haben. Sie war viel mehr daran interessiert, zu erfahren, warum wir beide Händchen gehalten haben."

„Was hast du gesagt?"

„Die Wahrheit", sagt sie, als könnte sie nicht glauben, dass ich eine solche Frage überhaupt stelle. „Was hast du denn Bain erzählt?"

Ich reibe mir den Nacken und sehe sie verlegen an. „Ich habe ihn irgendwie abgewimmelt. Es geht ihn ja nichts an."

„Das stimmt wohl", sagt sie leise.

„Ich schätze, es ist nicht so schlimm, dass Kiera es weiß." Ich stoße sie leicht mit der Schulter an. „Ich meine, ihr seid gute Freundinnen, und es ist nicht so, dass sie es jemandem erzählen würde, also ist es ziemlich harmlos."

Etwas flackert in Danicas Augen auf, und das macht mich nervös. „Sie ist nicht die Einzige, die es weiß, Camden. Ich habe es Brienne erzählt."

Ich steige vom Bett und lasse ihre Hand los, während ich mich zu ihr drehe. Panik macht sich in mir breit. „Du hast es Brienne erzählt? Sie wird es Drake erzählen. Er wird es dem Rest des Teams sagen."

Danica erhebt sich langsam vom Bett und verschränkt ihre Hände in einer abwehrenden Haltung vor der Brust. Ihre Augen verengen sich. „Brienne würde nie etwas ohne meine Erlaubnis weitersagen. Aber ich frage mich, warum du dich so darüber aufregst. Schämst du dich, mit mir zusammen zu sein?"

„Verdammt, nein", platze ich heraus, stürze mich

auf Danica und zwinge ihre Arme von ihrer Brust weg, indem ich ihre Hände ergreife. „Ich könnte mich niemals für dich schämen. Aber ich frage mich, ob ich mich für mich selbst schämen sollte. Ich trampele verdammt noch mal auf Mitchs Grab herum, wenn ich seine Frau date. Ich bin ein Arschloch.“

Eine Vielzahl von Emotionen durchläuft Danicas Gesicht, aber am Ende ist es Mitgefühl. Sie macht ihre Hände frei, drückt sie an meine Brust und legt ihren Kopf zurück, um mir in die Augen zu sehen. „Du bist kein Arschloch. Und du trampelst auch nicht auf seinem Grab herum. Denkst du das schon die ganze Zeit?“

„Nun, ja. Du nicht? Hast du dir keine Gedanken darüber gemacht, ob wir das Richtige tun?“

Danica tritt zurück, während ihr Blick zum Fenster hinübergeht. Sie sieht mir nicht in die Augen, als sie flüstert: „Nichts an dir fühlt sich falsch an. Bis auf die Tatsache, dass du denkst, dass es sich falsch anfühlt.“

Ich knurre frustriert, weil ich das nicht richtig erkläre. Ich lege meine Hände auf ihre Wangen und zwinge ihren Blick zurück zu mir. „Ich glaube nicht, dass es falsch ist. Im Gegenteil, nichts hat sich in meinem ganzen Leben jemals richtiger angefühlt. Aber ich glaube nicht, dass andere Leute das verstehen werden, Dani. Es ist so verdammt kompliziert.“

„Es tut mir leid“, murmelt sie bedauernd. „Es tut mir leid, dass du in dieser Sache so zwiespältig bist. Und ich verstehe es. Ich verstehe vollkommen, wie dich das in eine schwierige Lage bringen kann. Das Einzige, was ich dir sagen kann, ist, dass du dir über deine Gefühle klar werden musst. Ich habe kein schlechtes Gefühl dabei. Vielleicht war ich anfangs unsicher, aber ich komme immer wieder darauf zurück, dass Mitch wollte, dass ich glücklich bin. Wir haben uns darüber unterhalten, wie das Leben ohne den anderen aussehen könnte. Wir waren uns beide einig, dass wir wollen, dass der andere weiterlebt und glücklich wird. Ob mit einem anderen Partner oder nicht. Wir liebten einander so sehr, dass wir diese Verpflichtung niemals mit dem Tod aufgeben würden. Einander zu lieben bedeutet, dem anderen keine Schuldgefühle zu machen, wenn er zu einem anderen geht. Ich weiß, dass Mitch enttäuscht wäre, wenn ich nicht nach etwas für mich selbst suchen würde."

Ich streiche mit meinen Daumen über ihre Wangen, ein schwaches Lächeln dringt durch die Sorge. „Du vergisst, dass ich Mitch auch gut kannte. Ich weiß ohne Zweifel, dass er wollen würde, dass du glücklich bist."

„Machen wir uns also keine Gedanken darüber, was andere Leute denken."

Ich beuge mich herunter und streiche mit meinen Lippen über ihre. „Es ist nicht so einfach, Dani. Wenn nur du und ich in einer anderen Realität leben würden, würde ich nicht zweimal darüber nachdenken. Aber ich bin bei den Titans, und ein Teil dessen, was dieses Team erfolgreich macht, sind der grundlegende Respekt und die Loyalität, die wir füreinander haben. Sieh dir Bain und Kiera an. Sie sind zwei mündige Erwachsene und sollten in der Lage sein, zu tun, was zum Teufel sie wollen, aber es wird einen großen Aufruhr verursachen, wenn sie erwischt werden. Drake wird wütend sein und es wird die Dynamik des Teams verändern. Ich weiß nicht, ob ich das meinen Teamkameraden antun kann. Es braucht nur ein oder zwei von ihnen, die mich und dich ansehen und sagen, dass wir uns irren und dass ich Mitch in den Rücken gefallen bin. Und wenn das passiert, könnte alles, wofür wir so hart gearbeitet haben, in Gefahr sein. Ich weiß, dass das dramatisch klingt, aber du bist lange genug dabei, um zu wissen, dass ich die Wahrheit sage.“

Danica schließt die Augen, als würde sie versuchen, den Ansturm an Sorgen zu verarbeiten, den ich auf sie abgeladen habe. Als sie sie wieder öffnet, sind sie mit Verständnis gefüllt. „So habe ich das noch nie gesehen. Aber ich verstehe, was du sagst. Also, was machen wir jetzt?“

Ich lasse meine Hände fallen, drehe den Kopf und nicke in Richtung Tür. „Du kannst mir sagen, dass ich gehen soll. Du kannst mir sagen, dass es vorbei ist.“

Danica schüttelt den Kopf. „Kommt nicht infrage.“

Die Erleichterung lässt mir fast die Knie schlottern. „Dann sage ich, wir halten den Kurs, sehen, wohin die Sache führt, und überlegen uns, was wir tun, wenn wir weiter gehen. Aber das behalten wir für uns.“

An ihrem Gesichtsausdruck erkenne ich, dass sie nicht wirklich damit einverstanden ist. Damit bitte ich sie auf keine nette Art, meine geheime Geliebte zu werden. Ich verweigere ihr die Möglichkeit, ein vollwertiger Teil meines Lebens zu sein, und ich hasse mich dafür. Aber nicht genug, um sie zu verlassen.

Kapitel 22

Ein weiteres tolles Spiel für mich. Ich habe zwar kein Tor geschossen, aber einen Assist beigesteuert und außerdem im Alleingang einen Breakaway verhindert – sauber und ohne Strafe – und so dafür gesorgt, dass wir das Spiel gewinnen konnten. Ich hatte das Gefühl, alles unter Kontrolle zu haben, mit dem Kopf beim Spiel zu sein und ein Feuer im Bauch zu haben, das ich schon länger nicht mehr hatte, als ich zugeben möchte.

Das Wissen, dass Danica und Travis auf meine Einladung hin unter den Zuschauern waren, löste einige Gefühle aus. Mein Adrenalinspiegel stieg, weil ich wusste, dass sie mich anfeuerten, aber ich machte mir auch Sorgen, dass es zu viel Druck für sie sein könnte. Sie waren bei fast allen Heimspielen von Mitch dabei, und ich weiß zwar, dass sie in dieser Saison ein paar Spiele besucht haben, aber das ist kein großer Teil ihres Lebens. Ich bin nicht sicher, ob ich es für sie kompliziert mache. Danica und ich sind ein Liebespaar. Travis und ich sind Freunde geworden und er schaut zu mir auf. Fühlen sie sich Mitch gegenüber untreu? Oder denken sie gar nicht an ihn?

Danica würde mir sagen, dass wir uns den Raum teilen – die schönen Erinnerungen an Mitch und die aktuellen Erinnerungen an mich. Es ist immer noch alles sehr verwirrend, aber ich bin stolz darauf, dass ich diese Gedanken verdrängen konnte, als ich das Eis betreten habe. Bis zum Ertönen des Schlusspfiffs habe ich mir keine Gedanken über Danica und unsere unerlaubte Beziehung gemacht oder darüber, ob ich versuche, Travis gegenüber etwas zu sein, was ich nicht sein sollte. Oder sogar über den schlimmsten Gedanken, der mich manchmal plagt: ob ich Mitch jemals das Wasser reichen kann.

Jetzt, wo das Spiel vorbei ist und ich mich mit Danica und Travis in einem beliebten Restaurant treffe, das sich auf großartige Burger und noch bessere Milchshakes spezialisiert hat, schleichen sich diese Unsicherheiten natürlich wieder ein. Aber ich lasse sie in meinem Kopf herumschwirren, weil ich mich mit ihnen auseinandersetzen muss, und eine Sache, die Danica mir beigebracht hat, ist, dass es nichts bringt, Dinge zu verdrängen und zu ignorieren. Das war mein Fehler nach dem Unfall. Zu versuchen, wie mein Vater und meine Brüder zu sein. Es zu verdrängen und stark zu sein. Es ist schon komisch, aber in den vergangenen vier Wochen, seit ich mit Danica zusammen bin, habe ich mehr über den Unfall, die Verluste, meine Emotionen und Gefühle gesprochen als im vergangenen Jahr. Ich kann über meine Schuldgefühle als Überlebender sprechen, ohne dass mich eine überwältigende Panik erdrückt. Gestern Abend nach der Gala, nachdem wir uns im Bett gegenseitig erschöpft hatten, legten wir uns auf die Seite und sprachen über die Dinge. Ich dachte darüber nach, wie beängstigend und unkontrollierbar das Schicksal ist und dass man nie weiß, wann die Zeit um ist. Sie wies mich darauf hin, dass das Schicksal auch gnädig sein kann, denn es hielt es für angebracht, mich an diesem schlimmen Tag davon abzuhalten, zu meinem Team zu stoßen. Eine frustrierende Knieverletzung, die mich sehr ärgerte, hielt mich davon ab, das Flugzeug zu besteigen.

Das Schicksal war außergewöhnlich großzügig zu

mir, und das weiß ich. Der Unterschied zwischen der Zeit vor und nach der Begegnung mit Danica ist, dass ich nie in der Lage war, dafür dankbar zu sein. Ich habe mich zu schuldig gefühlt, um mir einzugestehen, wie verdammt viel Glück ich hatte.

„Es ist okay, froh zu sein, am Leben zu sein“, sagte Danica, und dann sagte sie noch etwas, das ich nie vergessen werde. „Ich für meinen Teil bin sehr froh, dass du nicht in dem Flugzeug warst.“

Das waren eindringliche Worte, die mich in meinem Innersten erschüttert haben. Eine Bestätigung dafür, dass ich das Potenzial habe, jemand Wichtiges für sie zu sein. Vielleicht eines Tages so wichtig wie einst Mitch.

Der Burgerladen ist nur einen kurzen Spaziergang vom Stadion entfernt und ich treffe mich dort mit Danica und Travis. Ich hätte sie auch in der Familienlounge auf der gleichen Ebene wie die Umkleidekabine treffen können, aber damit hätten wir uns geoutet, und dazu sind wir noch nicht bereit.

Als ich das Restaurant betrete, schweift mein Blick über das Lokal. Es ist voll, denn es ist Essenszeit und unser Spiel findet am Nachmittag statt. Die Leute erkennen mich sofort, und ich habe einen kurzen Moment der Panik, dass dies vielleicht eine schlechte Idee war. Ich bin einer der Titans, der sich anschickt, mit einer Titans-Witwe und ihrem Kind zu essen.

Ich entdecke zuerst Travis. Er sieht mich von einer der hinteren Sitzecken aus an. Sein Lächeln ist strahlend und er winkt mit beiden Armen. Danica sitzt neben ihm, schön wie eh und je, und trotz meines Unbehagens beruhigt ihr Anblick etwas tief in mir. Es ist wie eine Decke der Gelassenheit, und ich beschließe, sie anzunehmen.

Während ich mich durch die Tische schlängele, sagen mir ein paar Leute „Gutes Spiel“, und jemand macht ein Foto von mir, als ich vorbeigehe.

Travis schlüpft von der Sitzbank und stürmt auf mich zu. „Du warst heute fantastisch, Camden.“

Ich bin schockiert, als er sich an meine Seite wirft, um mich zu umarmen, und mein Arm legt sich ganz natürlich und schützend um ihn, um ihn zu drücken und dann sein Haar zu zerzausen. „Danke, mein Junge.“

Er setzt sich wieder hin, und ich sehe, dass er Mitchs Namen und Nummer auf seinem Trikot trägt. Es ist ein älteres Trikot, abgenutzt von vielen Wäschen. Mein Herz klopft, ein Moment der Traurigkeit für Travis, gemischt mit immenser Ehrfurcht vor seiner Stärke und seiner Fähigkeit, seine Vergangenheit und Zukunft zu umarmen.

Er rutscht neben seine Mutter, und ich stelle fest, dass auch sie Mitchs Trikot trägt. Während ich das gleiche Gefühl der Trauer für sie empfinde und bewundere, wie ruhig sie mit dem umgeht, was hinter ihr und was vor ihr ist, überkommt mich ein zusätzliches Gefühl.

Eifersucht.

Oder vielleicht ist es nur der Wunsch, dass sie mein Trikot trägt.

Ich schiebe den Gedanken weg und setze mich ihnen gegenüber auf die Sitzbank.

„Du warst heute Abend unglaublich“, sagt Danica.

Ihre Worte sind nicht so überschwänglich wie die von Travis, aber ihr Lob liegt in ihren Augen. Ich kann deutlich sehen, dass sie stolz darauf ist, wie ich gespielt habe, und ich muss mich zwingen, meine Brust nicht aufzublähen.

„Es war eine Teamleistung. Wir haben eine Glückssträhne, das ist sicher."

Ich bin nicht absichtlich bescheiden. Ich habe noch nie geglaubt, dass ein einzelner Mann in diesem Sport den Unterschied ausmacht. Sicher, wir haben ein paar Superstars wie Coen, Stone und Drake, die am Ende der Saison in den Statistiken ganz oben stehen werden, aber die sind nur so großartig wie das Team um sie herum, das für Verteidigung und Torchancen sorgt. Wir laufen wie eine gut geölte Maschine.

Danica tippt mit dem Fuß gegen mein Bein, und ihr Lächeln sagt mir, dass ich für sie ein Superstar bin. Ich muss meinen Blick abwenden und mich auf Travis konzentrieren. „Was hältst du von der Strafe, die Casperson im dritten Drittel kassiert hat?"

Travis ist Feuer und Flamme und will sein Wissen und seine Analyse mit mir teilen. Er liefert mir ein beeindruckend prägnantes Argument, warum es eine dumme Strafe war, sowie einen besseren Spielzug, den man hätte machen können, um den Breakaway zu verhindern. Der Junge hat Eishockey in seiner DNA und er ist verdammt schlau. Nicht viele Kinder, die spielen, können auf diesem Niveau denken. Diejenigen, die das können, sind dazu bestimmt, erfolgreich zu sein, denn wenn man die Intelligenz mit den körperlichen Fähigkeiten verbindet, hat man einen Spitzenspieler.

Die Kellnerin kommt und nimmt unsere Getränkebestellungen auf. Danica trinkt mit mir ein Feierabendbier und dann bestellen wir Burger. Travis steht bei unserem kleinen Dreiergespann im Mittelpunkt der Aufmerksamkeit. Er ist unglaublich extrovertiert und mag es, wenn alle Augen auf ihn gerichtet sind. Er ist witzig, gesellig, und es ist eine Freude, mit ihm zusammen zu sein.

Ich nutze die Gelegenheit, als Travis den Mund voll hat, um seine Mutter zu fragen: „Was hast du diese Woche vor?“

Eine ganz unverfängliche Frage in der Hoffnung, ein Gefühl dafür zu bekommen, ob wir vielleicht etwas Zeit miteinander verbringen können. Morgen haben wir ein weiteres Heimspiel, dann einen Tag frei und anschließend sind wir für den Rest der Woche weg. Die Einweihungsparty von Tillie und Coen ist am Samstag, wenn wir zurückkommen.

„Ich habe am Dienstag Meetings“, sagt sie und taucht ein Stück der Pommes in Ketchup. „Mit potenziellen Sponsoren, die ich auf der Gala getroffen habe. Aber wahrscheinlich werde ich den Rest der Woche von zu Hause aus arbeiten.“

Eine harmlose Antwort für Travis, falls er zuhört, aber zusammen mit ihrem Gesichtsausdruck sagt sie mir, dass ich am Montag vielleicht Zeit für ein Mittagessen bei ihr zu Hause finden kann. Ich schaffe es, ihr unbemerkt zuzuzwinkern, und sie legt ihren Kopf mit einem wissenden Lächeln schief.

Als wir gut gesättigt sind, bringt die Kellnerin die Dessertkarte. Travis ist kein Fan von Milchshakes, also entscheidet er sich für einen Brownie-Eisbecher. Danica und ich haben beide verzichtet, obwohl ich ein zweites Bier bestellt habe.

Danica stupst Travis an. „Ich muss mal auf die Toilette.“ Travis rutscht von der Sitzbank und Danica nimmt ihre Handtasche mit. „Bin gleich wieder da.“

Ich rutsche auf meiner Bank bis an die Wand, um mich daran anzulehnen und den Arm auf den Tisch zu legen. Travis verschränkt seine Arme und lehnt sich ein wenig nach vorn. Weil er erst neun Jahre alt ist, sieht er in dieser Position zierlich aus, aber der Ausdruck in seinem Gesicht ist hart und unnachgiebig.

Das lässt mich kurz innehalten, aber es sind seine Worte, die mich fast in Panik versetzen. „Magst du meine Mutter, oder so?"

Meine Augenbrauen schnellen so abrupt nach oben, dass ich mich wundere, dass sie mir nicht aus dem Gesicht fliegen. „Wie bitte?"

„Magst du meine Mutter?"

Jeder Instinkt, der nach Verleugnung schreit, setzt ein. „Äh, natürlich. Wir sind Freunde, also mag ich sie."

Travis rollt mit den Augen, und wenn ich nicht so nervös wäre, würde ich vielleicht sogar lachen. „Ich bin neun Jahre alt, aber nicht dumm. Ich sehe doch, wie ihr euch gegenseitig anseht."

Ablenkung ist angesagt.

„Wie meinst du das?", frage ich zögernd und nehme mein Bier, um einen Schluck zu trinken.

Er verdreht wieder die Augen. „Du siehst sie an, als würdest du sie küssen wollen."

Ich verschlucke mich an dem Bier, meine Augen tränen.

„Und sie sieht aus, als würde sie dich küssen wollen. Ich weiß noch, wie das aussah, als mein Vater noch gelebt hat."

O Scheiße. Fuck. Fuckity fuck, fuck, fuck, fuck.

„Ähm … also … ich glaube …" Mir fällt nichts ein, und obwohl ich ihm gegenüber ehrlich sein will, möchte ich nicht unsensibel sein. Ich würde auch gern seine Mutter in das Gespräch einbeziehen, aber sie ist immer noch auf der verdammten Toilette.

„Es ist okay, wenn ihr euch mögt", sagt er und ich

atme peinlich laut und offensichtlich erleichtert aus. Travis ignoriert es. „Du bist cool und meine Mom findet dich cool. Und ich will nicht, dass sie einsam ist, also möchte ich wissen, ob du sie magst. Auf die küssende Art.“

„Auf die küssende Art?“, wiederhole ich idiotisch und mir wird heiß.

Travis grinst mich an. „Ich weiß Bescheid. Küssen bedeutet, dass du sie lieb hast. Es ist mehr als nur Freundschaft.“

Ich weiche noch etwas länger aus, aber ich habe nicht nur Angst, die Frage zu beantworten, sondern bin jetzt wahnsinnig neugierig auf etwas. „Woher weißt du denn so gut Bescheid? Gibt es jemanden in der Schule, den du auf eine küssende Art magst?“

Travis verzieht das Gesicht. „Auf keinen Fall. Ich bin zu jung für so was.“

Nein, das bist du wirklich nicht. Ich weiß noch, wie ich Amelia Slater in der dritten Klasse auf dem Spielplatz geküsst habe. Es war eine Mutprobe, aber ich mochte sie und wollte sie küssen.

„Außerdem geht es hier um dich, nicht um mich.“

Ich grinse wegen seiner Ernsthaftigkeit und weil er so geschickt wieder auf mich zurückgelenkt hat. „Okay, verstanden.“

„Also? Magst du sie? Denn es ist in Ordnung, wenn du sie magst. Ich meine, das ist okay für mich.“

Es gibt keine Leugnung, Ablenkung oder Wortklauberei mehr. Ich sage es ihm, wie es ist. „Ich mag sie sehr.“

Travis grinst, dann entdeckt er etwas über meiner Schulter. Er lächelt immer noch und sagt mit leiser Stimme: „Mom kommt gleich. Das bleibt aber unter uns Männern.“

Ich trinke schnell einen weiteren Schluck Bier, damit ich nicht darüber lachen muss, wie unglaublich süß das war.

Als seine Mutter den Tisch erreicht, sagt Travis: „Jetzt muss ich mal auf die Toilette."

„Okay", sagt Danica freundlich und setzt sich hin. Als Travis weggeht, dreht sie sich zu mir um: „Worüber habt ihr gesprochen?"

„Was meinst du?" Ich hoffe, mein Gesichtsausdruck sieht unschuldig genug aus.

Danica grinst. Eine Mutter, die weiß, wann sie verarscht wird. „Ihr habt getuschelt, als würdet ihr euch Geheimnisse erzählen."

Ich weiß es besser, als zu versuchen, etwas vor ihr zu verbergen, und Danica ist mehr als beeindruckend. „Dein Sohn hat mich gerade erwischt. Er wollte wissen, ob ich dich auf die küssende Art mag."

Danica nimmt eine Hand vor den Mund, um sich ein Lachen zu verkneifen, und ihre Augen zeigen sowohl Belustigung als auch Entsetzen. Es vergeht genauso schnell wieder. „Und was hast du gesagt?"

„Ich habe mich zuerst dumm gestellt, aber dein Kind ist genauso schlau wie du. Ich musste zugeben, dass ich dich sehr mag, und dann bist du wieder aufgetaucht, und das war das Ende des Gesprächs."

„Ist er damit einverstanden?", fragt sie neugierig.

Ich bemerke, dass sie kein bisschen Angst oder Zögern in ihrem Tonfall hat, fast so, als würde sie darauf vertrauen, dass ihr Sohn ihr den Rücken stärkt. Was er auch tut. „Er hat gesagt, er findet es cool."

Danica wirft einen Blick in Richtung Toiletten, wahrscheinlich um sicherzugehen, dass Travis noch nicht in Hörweite ist, und streicht mit ihren Fingern über meinen Handrücken. „Ich werde heute Abend mit ihm reden und ihm sagen, dass ich dich auch auf die küssende Art mag.“

Ich lehne mich näher an sie heran. „Da wir Travis’ Einverständnis haben und so, meinst du, wir können am Montag zusammen essen gehen?“ Ich senke meine Stimme. „Ich könnte zu dir nach Hause kommen. Ich könnte dir was zu essen mitbringen und wir könnten uns zehn Minuten Zeit nehmen, um zu essen, und fünfzig Minuten, um zu testen, auf wie viele Arten ich dich zum Schreien bringen kann.“

Danica errötet, und das macht sie noch hübscher. „Das würde mir sehr gefallen. Aber was ist, wenn ich dich stattdessen zum Schreien bringen will?“

Himmel, der Gedanke, wie sie das anstellen würde, schlägt sich auf meine Leistengegend nieder. „Ich schreie nie“, sage ich und betone damit meine Männlichkeit.

Sie lehnt sich über den Tisch und senkt ihre Stimme. „Nein, das tust du nicht. Du machst ein knurrendes Geräusch. Aber ich wette, ich kann dich zum Keuchen bringen.“

Meine Kehle ist trocken, aber ich nippe nicht an meinem Bier, um sie zu befeuchten. Unsere Zeit ist begrenzt, bevor Travis zurückkommt, und ich will alles hören, was ich bis Montag wissen kann. „Und wie genau würdest du das machen?“

„Mit meinem heißen, feuchten Mund.“ Ihre Augen fixieren die meinen, und wieder fährt ein Finger über meine Hand. Ihre Stimme ist wie Samt. „Ich werde dich Sterne sehen lassen, Camden.“ Ihr Blick schweift über meine Schultern, sie lehnt sich zurück und zieht ihre Hand zurück. „Travis kommt.“

„Fuck“, sage ich und verziehe mich auf meine Bank, weil meine Hose viel zu eng geworden ist. „Gott sei

Dank hat er Nachtisch bestellt, denn ich werde so schnell nicht aufstehen können."

Danica errötet wieder, aber ich sehe Stolz in ihrem Ausdruck. Sie zwinkert und wendet sich dann lächelnd Travis zu, der sich neben sie auf die Sitzbank setzt.

Kapitel 23

Danica

Meine Türklingel läutet und ich unterdrücke einen aufgeregten Schrei. Stattdessen durchströmt mich die Freude, Camden zu sehen, wie prickelnder Champagner. Ich schlurfe zur Tür, weil meine flauschigen Häschenpantoffeln einen Sprint verhindern. Ich öffne die Tür und betrachte Camden. In diesen wenigen Sekunden genieße ich seine männliche Schönheit, gefolgt von der Vorfreude auf das, was er sagen wird. Jedes Wort ist wichtig für mich. Sein Blick gleitet köstlich langsam an meinem Körper hinab und betrachtet meine locker geflochtenen Zöpfe, weil ich zu faul war, meine Haare zu stylen, mein altes Guns N' Roses-T-Shirt, meine grauen Leggings und schließlich meine Hausschuhe mit Schlappohren, Kulleraugen und langen Schnurrhaaren. Ich hatte kalte Füße.

Als Camdens Blick wieder nach oben gleitet, lächelt er lüstern. „Ich weiß nicht, ob ich dich jemals heißer gesehen habe. Nachdem wir gegessen haben, ziehe ich dir diese Hasenschuhe aus und werde dich hart rannehmen."

Ich stütze eine Hand an den Türrahmen und die andere an meine Hüfte. Meine Stimme ist rau, verführerisch. „Die sind extra für dich. Und ich dachte, wir hätten abgemacht, dass ich dich hart rannehme."

Camden bricht in Gelächter aus und tritt auf mich zu. Er legt eine Hand auf meinen Rücken und küsst mich innig, bevor er seine Lippen auf meinen verharren lässt und flüstert: „Im Ernst. Du bist wunderschön und du darfst mich jederzeit hart rannehmen."

„Du bist süß. Das mache ich gern, so oft du willst.“

Dann ergreift er meine Hand und führt mich in meine Küche, während ich hinter ihm her schlurfe, um keinen Hausschuh zu verlieren. Er stellt eine fettige weiße Papiertüte auf den Tisch, aus der der Geruch von Sandwiches mit Steakstreifen und Käse strömt. Er zieht seine Jacke aus, wirft sie auf einen Stuhl und geht zum Kühlschrank, um zwei Flaschen Wasser herauszuholen.

Ich hole Teller, Servietten und Gabeln, damit wir alles Gute auffangen können, das aus der Tüte fällt. Wir lassen uns auf den Stühlen nebeneinander nieder und unsere Schenkel berühren sich. Beim Essen erzählen wird uns gegenseitig von unserem Leben in den letzten Tagen, seit wir mit Travis Burger gegessen haben.

Die Titans hatten gestern ein weiteres Heimspiel, das Travis und ich im Fernsehen gesehen haben. Camden hat uns wieder als seine Gäste eingeladen, aber ich habe abgelehnt, weil es für Travis zu spät geworden wäre und er am Morgen Schule hatte. Ich erzähle ihm von den Spendenaktionen, die ich geplant habe, und spreche mit ihm über weitere Ideen, bevor ich sie Brianne vorlege. Wir reden über das College, und ich erkläre ihm meinen Sparplan, den ich heute eingerichtet habe, damit ich jeden Monat Geld für die Studiengebühren sparen kann. Das war etwas, was Mitch und ich noch nicht gemacht hatten. Wir wussten nicht einmal davon, weil wir dachten, dass das Geld immer reinkommen würde und wir genug hätten, um Travis überall hinzuschicken, wo er hinwollte. Das war dumm und kurzsichtig, aber jetzt, wo ich einen Job habe, kann ich es mir leisten, jeden Monat etwas zur Seite zu legen.

Wir sprechen über Travis und die Tatsache, dass er sein Gespräch mit Camden über seine Gefühle für mich nicht erwähnt hat.

Auf die küssende Art.

Ich habe beschlossen, es nicht anzusprechen, weil ich immer noch nicht weiß, was zwischen uns los ist. Das Einzige, was Travis weiß, ist, dass Camden mich mag, und anscheinend ist das auch okay für ihn. Er weiß nicht, wie kompliziert es ist, sich zum ersten Mal seit Mitchs Tod mit jemandem zu verabreden, oder welche sozialen Auswirkungen es hat, dass Camden und Mitch Teamkollegen waren. Das ist alles mehr, als sein neunjähriger Verstand im Moment verarbeiten kann, und das sollte er in seinem Alter auch nicht unter einen Hut bringen müssen. Bis Camden und ich uns geeinigt haben, werde ich abwarten, ob Travis es selbst erwähnt.

„Freust du dich auf die bevorstehende Reise?", frage ich Camden.

Er nickt, während er einen Bissen von seinem Sandwich isst. „Ja. Wir sind im Moment heiß und wir wollen diesen Schwung in den Stadien der Gegner einsetzen. Dort werden die Play-offs gewonnen oder verloren. Je nachdem, wie gut man auswärts und ohne die eigene Fanbase im Rücken spielt."

„Die Mannschaft hat sich dieses Jahr wirklich gesteigert. Das ist phänomenal, wenn man bedenkt, wie das Team zusammengewürfelt wurde."

„Ich denke, das liegt nur an Coach West." Der Respekt ist in seinem Ton deutlich zu hören. „Wir sind genauso talentiert wie letztes Jahr, aber er weiß, wie er uns motivieren kann."

„Er ist in den letzten Monaten zu einer festen Stütze für mich geworden."

„Das überrascht mich nicht“, sagt Camden und stößt sein Knie sanft gegen meins.

Da Cannon vor einigen Jahren seine Frau durch Krebs verloren hat, weiß er genau, wie Heilung auf lange Sicht abläuft. Es ist unkompliziert, mit ihm zu sprechen, und man merkt, dass er wirklich daran interessiert ist, anderen zu helfen.

Ich finde, dass Camden auch so ist.

Es klingelt an der Haustür, als ich gerade in mein Sandwich beißen will, also lege ich es ab und wische meine fettigen Finger an einer Serviette ab. Ich gehe zur Haustür, wo ich den UPS-Mann antreffe. Ich erwarte nichts und bin überrascht, als er mir ein an mich adressiertes Paket überreicht, das eine Unterschrift erfordert. Der Absender bringt mich zum Lächeln. „Danke“, sage ich und unterschreibe auf seinem elektronischen Pad. Ich trage die leichte Schachtel in die Küche, und Camden fragt, was es ist.

„Keine Ahnung. Aber es ist von Mitchs Mutter. Sie schickt Travis ständig Geschenke, aber dieses ist an mich adressiert.“

Ich lege es auf den Tresen und gehe zurück zum Tisch.

„Mach es auf“, sagt Camden neugierig und nickt zum Paket.

Er muss meine Neugierde und Aufregung spüren. Ich starre ihn einen Moment an, unsicher, ob es unhöflich ist, einen Teil unserer Mittagspause dafür zu nutzen, aber er nickt erneut. Ich schnappe mir eine Schere aus der Schublade und schneide entlang des Packbands. Zusammengeknüllte Zeitungsfetzen umgeben das, was ich sofort erkenne. Ein Album. Cora, Mitchs Mutter, liebt dieses Hobby und hat unser Leben über die Jahre in solchen Alben festgehalten. Ich fahre mit der Hand liebevoll über die Vorderseite, die aus einem blau-lila-karierten Stoff besteht und ein Foto von mir und Mitch enthält. Wir waren jung. Noch junge Freunde.

Ich spüre Camden hinter mir, und dann liegt seine Hand leicht auf meiner Taille, während er mir über die Schulter schaut. „Was ist es?"

„Ein Album." Ich will es wegschieben, aber seine andere Hand legt sich auf meine und stoppt meine Bewegung.

„Mach es schon auf. Sehen wir es uns an."

Ich zögere, weil ich weiß, dass das Innere voll von Erinnerungen ist. Ich bin mir sicher, dass Cora eine Schachtel mit Fotos gefunden und sie zu einer schönen Geschichte über einen Teil unseres Lebens zusammengestellt hat, die höchstwahrscheinlich aufzeichnet, wie wir uns lieben gelernt haben.

Ich sehe Camden an und er lächelt ermutigend und verständnisvoll. „Mach weiter. Es sei denn, du willst nicht, dass ich zusehe."

„Nein, es macht mir nichts aus. Es gibt nichts zu verbergen und nichts, was zu privat wäre."

„Dann mach weiter." Er tritt an meine Seite, lehnt sich vor und verschränkt die Unterarme auf dem Tresen.

„Okay", sage ich grinsend und schlage das Album auf.

Das erste Foto zeigt Mitch, wie er in die Kamera schaut und eine selbst gemachte Karte hochhält. Ich erkenne sie sofort und habe sie immer noch. Ich war sieben und er war neun. Es war an meinem Geburtstag. Meine Eltern veranstalteten ein Nachbarschaftsfest für mich. Seine Mutter bestand darauf, dass er die Karte bastelt. Sie wollte ihn dazu bringen, seine künstlerische Seite zu entdecken – die nicht vorhanden war – und sich nicht so sehr auf Eishockey zu konzentrieren. Auf derselben Seite ist ein weiteres Bild von mir und Mitch auf meiner Geburtstagsparty zu sehen. Er hatte mir ein Buch geschenkt, weil ich oft mit der Nase in einem Buch steckte.

„Mitch sieht aus, als wolltest du ihm Läuse verpassen“, sagt Camden, als er sieht, dass ich einen Arm über Mitchs Schultern gelegt hatte und in die Kamera grinste, während Mitch mir wie angewidert auswich. Wir waren Kumpels, aber manchmal konnte ich angesichts unseres Altersunterschieds nervig sein. Ich lache, denn genau so sieht es aus.

Das nächste Foto zeigt ein Baumhaus, das Mitchs Vater in eine riesige Eiche im Garten gebaut hat. Wir hängen beide aus dem Fenster und schauen in die Kamera. Ich glaube, seine Mutter hat das Foto gemacht. Wir waren zehn und zwölf Jahre alt. Ich zeige auf eine Trapezstange, die an einem niedrigen Ast hängt. „Ich schwang kopfüber daran und fiel runter. Mein kleiner Finger blieb an einer Wurzel hängen und ist gebrochen. Ich habe geweint, und Mitch hat gesagt, ich soll mich zusammenreißen. Er sagte, dass er sich beim Eishockey ständig verletzt. Ich war so wütend auf ihn, dass ich zwei Wochen nicht mit ihm gesprochen habe.“

Camden lacht. „Ich glaube nicht, dass Jungs viel Verständnis für solche Dinge haben.“

„Er war ziemlich dumm“, sage ich liebevoll.

Ich blättere noch ein paar Seiten weiter und finde niedliche Fotos von uns, wie wir im Baumhaus spielen, mit unseren Rollern durch die Nachbarschaft fahren und im Pool bei mir zu Hause planschen.

Ich blättere die nächste Seite um und mir stockt der

Atem. Es ist ein Foto von uns in unseren Teenager-
jahren. Ich war sechzehn und Mitch war gerade achtzehn geworden. Mitch ging mit mir zum Abschlussball und ich hatte Sternchen in den Augen wegen
dieses Mannes. Er wollte Profi-Eishockeyspieler
werden, und jeder wusste das. Seine frühere Freundin, Jenny Witten, hasste mich, weil ich seine Aufmerksamkeit hatte, und sie und eine Schar ihrer
Freundinnen umringten mich an diesem Abend, als
Mitch losging, um uns Getränke zu holen. Sie schi-
kanierten mich und warfen mir Beleidigungen an den
Kopf, die mich kaum berührten. Ich hatte Mitch, und
sie hatten ihn nicht. Er kam zurück und hörte, was
sie sagten, und ich hatte ihn noch nie so wütend gesehen. In diesem Moment verkündete er jedem, der
es hören konnte, dass er in mich verliebt war und
jeder, der ein unfreundliches Wort sagte, dafür bezahlen würde. So erfuhr ich, dass er mich liebte.
Durch eine Verkündigung für alle beim Abschlussball.

„Hübsches Kleid", kommentiert Camden.

Mitch schiebt mir ein Armband aus Gardenien über
das Handgelenk. Er wusste, dass das meine Lieb-
lingsblumen sind.

„Ja." Ich lächele innerlich voller Zuneigung, denn
Mitch hasste den Geruch. Im Laufe der Jahre ertrug
er ihn jedoch wegen meiner Liebe zu ihnen.

Camden schaut mir über die Schulter, während wir
die Fotos studieren. Auf der letzten Seite befindet
sich ein Bild, das den Beginn unserer Beziehung als
Erwachsene markiert. Mein Highschool-Abschluss.
Mitch hatte zwei Jahre in der Liga gespielt und alle
Mädchen beneideten mich. Er kam zu meiner Ab-
schlussfeier und brachte mir einen riesigen Strauß

Gardenien mit, die er wahrscheinlich aus irgendeinem Garten gestohlen hatte, denn normalerweise sind das keine Schnittblumen, die in Blumenläden verkauft werden. Er nahm mich in die Arme und schwang mich herum. Mein Studentenhut war mir vom Kopf gefallen, aber ich hielt mich mit einem Arm um seinen Hals und mit dem anderen an den Blumen fest. Unsere Zukunft begann in jenem Herbst, als ich mich an der Pitt einschrieb, und der Rest ist Geschichte.

Als ich das Album schließe, merke ich, dass mich eine Spur von Traurigkeit belastet. Jedes Foto birgt eine glückliche Erinnerung, aber wenn ich sie nacheinander anschaue, wird mir klar, was ich verloren habe.

„Geht es dir gut?", fragt Camden, als ich mich von ihm abwende und zum Waschbecken gehe.

Ich wasche mir die Hände und nehme mir einen Moment Zeit, um meine Gefühle zu verarbeiten. „Ja." Aber meine Stimme ist voller Emotionen. „Ich bin nur ein bisschen betrübt, das ist alles."

Ich trockne mir die Hände ab. Camden antwortet nicht. Als ich mich zu ihm umdrehe, sehe ich ihn an den Tresen gelehnt, die Hände in die Taschen gesteckt. Sein Ausdruck ist unruhig. „Ich weiß nicht, was ich sagen soll. Ob es mir überhaupt zusteht, etwas zu sagen. Ich mache mir Sorgen, dass du noch nicht über den Verlust von Mitch weg bist, und ich möchte nicht unsensibel sein."

Ich lasse mich an der gegenüberliegenden Theke nieder, die Arme auf dem Bauch verschränkt. Der Raum zwischen uns scheint übermäßig groß zu sein. „Du brauchst nichts zu sagen, Camden. Manchmal werde ich ein wenig traurig. Ich will das nicht, aber ich kann es nicht kontrollieren. Es kommt und geht wieder. Du musst damit zurechtkommen.“

„Ich habe kein Problem damit“, sagt er sanft. „Ich möchte nicht, dass du deine Gefühle für Mitch verleugnest. Aber ich bin ein Außenseiter und werde es wohl immer sein. Ihr beide habt so viel gemeinsam erlebt, das ist entmutigend. Jedes Mal, wenn du wegen Mitch traurig bist, fragt sich ein Teil von mir, ob es daran liegt, dass ich nie genug sein werde.“

Ich fahre mir mit den Händen über das Gesicht und seufze schwer. Ich strecke die Arme aus und schüttele den Kopf, ohne eine gute Antwort zu wissen. „Ich finde es schrecklich, dass du so denkst. Ich kann dir nur versichern, dass das nicht stimmt. Ja, ich vermisse Mitch manchmal, aber weißt du was? Ich vermisse dich auch, wenn wir nicht zusammen sind.“

Das scheint ihn zu beruhigen, denn seine Brust entspannt sich, als ob er den Atem angehalten hätte. Mein Herz schmerzt wegen seiner Ungewissheit, und der beste Weg für mich, diese zu lindern, ist zuerst eine Berührung, dann Worte. Ich gehe durch die Küche und in seine Arme. Ich bin erleichtert, dass er mich umarmt und mir erlaubt, meinen Kopf an seine Brust zu legen.

„Als Mitch starb, ertrank ich in meinem Kummer. Meine Tränen waren so normal wie das Atmen.“ Camdens Arme zucken leicht, dann straffen sie sich. Eine Maßnahme der Unterstützung. „Aber irgendwann trockneten die Tränen und das Glück kehrte in kleinen Dosen zurück. Dann kam es in großen Schüben. Travis stand in den ersten Monaten meist im Mittelpunkt der Freude, aber ich wusste, dass ich ihm ein normales Leben bieten muss. Ich hielt meine Tränen zurück, bis ich ins Bett ging, damit er meine

Last nicht mit mir teilen musste. Mit der Zeit änderten sich die Dinge. Nachts im Bett weinte ich nicht mehr um Mitch, sondern lächelte über etwas, das Travis gesagt oder getan hatte. Wenn er in der Schule einen tollen Moment hatte, dachte ich daran, wenn ich die Augen schloss. Es wurde besser und besser. Mit jedem Tag, der verging, schloss sich das Loch in meinem Herzen mit einer weiteren Naht. Und eines Tages fühlte ich mich wieder vollständig. Die Tränen waren weg und ich war glücklich." Ich presse mich an Camden und hebe den Kopf, um ihn anzusehen. „Aber das heißt nicht, dass ich nicht immer noch Momente habe, in denen die Trauer wieder hochkommt. Ich kann das nicht kontrollieren und will es auch gar nicht. Ich nehme diese Gefühle an, weil sie ein Teil von mir sind. Ich möchte, dass du das an mir akzeptierst. Dass ich eine Frau mit tiefen Gefühlen bin."

Camden sieht mich an, als würde er versuchen, ein Rätsel zu lösen, aber ich weiß nicht, wie ich mich noch deutlicher ausdrücken soll. Ich will ihm gerade eine weitere Zusicherung geben, als er spricht und ich nicht mit dem Richtungswechsel des Gesprächs rechne. Er umfasst mein Gesicht.

„Ich hatte keinen Albtraum mehr, seit wir zusammen sind. Ich weiß, dass es zum Teil daran liegt, dass du mich dazu gebracht hast, mich meinen Gefühlen zu öffnen und über den Unfall zu sprechen. Aber der größere Teil war, zu sehen, wie du die Erfahrung angenommen und daraus gelernt hast. Daran gewachsen bist. Ich versuche, mich an dir zu orientieren, und das ist das größte Geschenk, das du mir gemacht hast."

Ich lächele, denn das ist das Schönste, was je jemand zu mir gesagt hat.

Doch bei seinen nächsten Worten vergeht mir das Lächeln ein wenig. „Auf der anderen Seite scheint die Tatsache, dass ich dich mit jedem Tag besser kennenlerne und dich mehr und mehr mag, meine Sorgen zu vergrößern. Vielleicht liegt es daran, dass ich nicht weiß, ob wir füreinander geeignet sind, oder daran, dass der Zeitpunkt nicht richtig ist. Da ist die Angst vor einem Urteil, und ich versuche mein Bestes, um das zu überwinden, das verspreche ich dir. Wenn ich mich mit jemandem einlasse, der so toll ist wie du, riskiere ich, verletzt zu werden. Sosehr du mir auch geholfen hast, zu wachsen, ich könnte mich auf dich einlassen und herausfinden, dass du noch nicht bereit bist. Ich träume nur noch davon, mich in dich zu verlieben und dich dann zu verlieren."

Wieder einmal tut mein Herz für ihn weh. Camden ist durch den Unfall genauso traumatisiert wie wir alle, und ich bin ziemlich sicher, dass ich für ihn sowohl eine Komplikation als auch ein Glücksfall bin. Ich wünschte, ich könnte ihm die Gewissheit geben, die er braucht, aber ich fliege genauso im Blindflug wie er.

Der einzige Unterschied ist, dass ich bereit bin, das Risiko einzugehen.

Ich kann ihn aber nicht dazu bringen, genau das auch zu tun. Ich kann nur darauf warten, dass er diese Dinge selbst verarbeitet, und ihm meine Hand anbieten in der Hoffnung, dass er eines Tages bereit ist, sie zu ergreifen, damit wir gemeinsam einen Schritt nach vorn machen können.

Ich kuschele mich wieder an seine Brust. „Ich verstehe, wie du dich fühlst." Aber ich kann keine Lösung anbieten.

Kapitel 24

Danica

Nachdem er das Kondom im Bad entsorgt hat, schlüpft Camden wieder unter die Decke und zieht mich in der Löffelchenstellung an sich. Während der Sex zwischen uns verdammt gut ist und jedes Mal noch besser wird, muss ich zugeben, dass ich das Kuscheln danach auch sehr genieße. Camden schmiegt sich perfekt an mich und ich könnte in diesem warmen Kokon einschlafen oder stundenlang mit ihm reden.

Wir sind hier gelandet, weil ich gierig nach ihm bin und es unverhohlen zugebe. Camden war fast die ganze Woche bei zwei Auswärtsspielen in Houston und Vegas. Wir hatten noch keine festen Pläne für seine Rückkehr gemacht. Tillie und Coens Einweihungsparty ist morgen Abend, und obwohl wir beide zugesagt haben, haben wir noch nicht einmal besprochen, wie das ablaufen soll.

Heute Morgen bin ich mit dem starken Bedürfnis aufgewacht, Camden zu sehen. Mit ihm zu reden und, ehrlich gesagt, ihn in mir zu spüren. Ich sehne mich nach Sex mit ihm, und da unsere Zeit zwischen meinem Job, der Erziehung von Travis und Camdens Reisen begrenzt ist, habe ich beschlossen, mutig zu sein.

Er ist gestern Abend spät aus Vegas eingeflogen, aber ich weiß, dass er normalerweise ein Frühaufsteher ist. Ich habe zum ersten Mal in meinem Leben eine erotische Nachricht geschickt. Ich zog meinen aufreizendsten BH und das passende Höschen dazu an und weigerte mich, darüber nachzudenken, dass

Mitch die Dessous für mich gekauft hatte. Ich machte ein Foto von mir im Spiegel. Ich habe mir die Haare über die Schultern gekämmt, meinen Hintern herausgestreckt und so sexy wie möglich ausgesehen, als ich das Bild knipste. Ich habe es mit einer einfachen Nachricht an ihn geschickt.

Ich: *Wenn du vorbeikommst, nehme ich mir den Tag frei. Ich muss Travis nicht vor drei Uhr abholen. Ich warte auf dich.*

Es war gewagt, und mein Herz raste vor Angst, er würde zurückschreiben, dass er etwas anderes vorhat. Stattdessen bekam ich gar nichts. Keine Antwort. Keinen Hinweis darauf, dass er die Nachricht gelesen hat. Und schon gar keine Punkte, die anzeigen, dass er etwas antwortet.

Nach zehn Minuten kam ich mir albern vor und zog einen Bademantel an. Nach dreißig Minuten zog ich mich für den Tag an. T-Shirt und Leggings, meine Standardkleidung für die Arbeit von zu Hause aus.

Ich hatte mich kaum an den Küchentisch gesetzt und den Laptop aufgeklappt, als es an der Tür klingelte. Ich brauchte nicht durch die kleinen Glasscheiben zu schauen, um zu wissen, dass die Gestalt, die da draußen stand, Camden war.

Ich zog die Häschenpantoffeln aus, das T-Shirt über den Kopf und schlüpfte aus den Leggings. Ich war außer Atem, als ich die Tür erreichte.

Als ich die Tür aufschwang, wollte ich ihm eine sexy Pose bieten, aber ich kam nicht dazu. Camden nahm mich über seine Schulter, wobei seine große Handfläche auf meinem nackten Hintern landete, da mein Höschen hinten nicht vorhanden war, und trug mich die Treppe hinauf. Er ist so stark, dass er zwei Stufen auf einmal nahm. Im Schlafzimmer warf er mich auf das Bett und zog sich aus. Ich stützte mich auf die Ellbogen und sah ihm hungrig zu. Mit einem Kondom in der Hand spreizte er zuerst meine Beine und brachte mich mit seinem Mund zu einem wahnsinnigen Orgasmus. Dann war er in mir, und es war genau das, was ich brauchte. Nicht, was ich nur wünschte. Ich brauchte ihn.

Jetzt kuscheln wir und es ist ein tolles Gefühl, diese Intimität zu erleben. Wir leben in kleinen Zeitabschnitten zusammen, und weil Travis ein großer Teil meines Lebens ist, ist das faule Herumliegen im Bett ein Luxus, den ich nie als selbstverständlich betrachten werde.

„Bist du erschöpft?", frage ich, während meine Finger über die Härchen auf seinem Arm streichen.

Camden krault mir den Nacken, seine Hand streichelt meinen Bauch. „Gib mir zehn Minuten, dann bin ich wieder bereit."

Ich schnaube vor Lachen. „Ich meine von der Fahrt."

„Oh." Sein leises Lachen ist bezaubernd. „Ja, ein bisschen."

„Du kannst ein Nickerchen machen, wenn du willst. Ich kann arbeiten und dich später aufwecken."

„Auf keinen Fall", knurrt er und seine Hand wandert tiefer. „Ich habe dich noch mindestens vier Stunden so bei mir. Drei, wenn wir uns entscheiden, etwas zu essen. Ich werde dich nicht aus diesem Bett lassen."

„Du fickst mich einfach vier Stunden lang, ja?" Ich frage mich, ob das überhaupt machbar ist.

„Ich werde nicht aufhören, dich vier Stunden lang

zu verwöhnen", korrigiert er.

Ich lege die Arme um ihn und drücke ihn fest an mich. Ich schmiege mich noch fester an ihn, genieße die Wärme seiner Haut und den Geruch nach Sex in der Luft.

„Die Dessous haben mich umgehauen." Seine Stimme ist träge, aber spielerisch. „Trägst du oft solche Sachen?"

Ich zucke wegen meiner Antwort zusammen, bevor sie aus meinem Mund kommt. „Nur wenn es jemand sieht, der es zu schätzen weiß."

Und jetzt ist alles peinlich. Es ist klar, dass ich bisher nur für Mitch sexy Dessous getragen habe, und er kann wahrscheinlich daraus schließen, dass der BH und das Höschen Teil meiner Verführungsgarderobe für meinen toten Gatten waren. Tränen steigen mir in die Augen, als ich versuche, mir vorzustellen, wie sich Camden fühlt. Ich möchte mich umdrehen und ihm ins Gesicht sehen. Die Wahrheit sehen, wie sehr das wehtut, aber ich bin zu feige.

Aber dann tut Camden etwas, das ich nie vergessen werde, solange ich lebe. Er macht es mir leicht. Seine Hand gleitet ein wenig tiefer, seine Fingerspitzen spielen am Rand meines Venushügels. Er spricht leise in mein Ohr.

„Das Bild, das du mir geschickt hast, hat mir gefallen. Es hat mich verdammt erregt. An meinem nächsten freien Tag werde ich dir ein Dutzend solcher Outfits kaufen und verlangen, dass du sie immer für mich trägst."

Ich seufze fast vor Erleichterung, dass er die Tatsache akzeptiert hat, dass sich mein Leben mit Mitch und meine neue Beziehung mit ihm überschneiden können. Wenn ich vorher gedacht habe, dass ich mich schwer in ihn verliebe, bin ich jetzt völlig sicher, weil Camden uns beiden das erleichtert hat. Das gibt mir Hoffnung auf eine Zukunft mit ihm.

Das Verlangen überwältigt mich und ich schiebe seine Hand zwischen meine Beine. „Mal sehen, ob wir die von dir gesetzte Zehn-Minuten-Marke unterbieten können."

Camden knurrt und versenkt einen Finger in mir, während ich seine Zähne an meiner Schulter spüre. Es ist die reine Glückseligkeit und ich lasse mich in sie fallen.

***

Wir kuscheln jetzt nicht, aber das hier könnte sogar fast noch besser sein. Wir haben gerade Pizza im Bett gegessen und jetzt sitzen wir am Kopfende des Bettes, die Köpfe über sein Telefon gebeugt, während wir zusammen TikTok schauen. Ich habe vor nicht allzu langer Zeit erfahren, dass Camden leicht süchtig danach ist, aber was mich überrascht, sind die Inhalte, die er für seinen Feed zusammengestellt hat. Es geht nicht um Eishockey oder Sport oder gar um Prominente. Ich bin erstaunt, dass er TikTokern folgt, deren Inhalte sich auf Essen, Tiere, Kunst und Life Hacks konzentrieren.

Camden schaut auf seine Apple Watch. „Es wird langsam Zeit, Travis abzuholen."

Ich beuge mich vor und sehe, dass es fast halb drei ist und ich in etwa fünfzehn Minuten gehen muss. Ich muss schnell duschen, denn die vier Stunden mit Camden im Bett haben mich ziemlich erschöpft.

Unwillkürlich lächele ich bei der Erinnerung an einige Dinge, die wir getan haben, und ein Kribbeln durchrieselt mich zwischen den Beinen. Ja, der Sex mit Camden ist so gut, dass ich Angst habe, wenn ich ihn mit Mitch vergleiche, könnte ich von Schuldgefühlen geplagt werden. Also lasse ich meine Gedanken nicht dorthin wandern.

Ich will aufstehen, aber da fällt mir ein, dass ich noch etwas zu besprechen habe. Ich drehe mich zu Camden um. „Hast du schon an die Party von Tillie und Coen morgen gedacht?"

Seine Augen trüben sich mit dem, was ich als Unbehagen über unsere Beziehung erkenne. „Ähm, ja. Und ich glaube nicht, dass es der richtige Zeitpunkt ist, uns vor dem Team zu outen. Das würde Tillie und Coen die Show stehlen und …"

„Sag nichts mehr." Ich unterbreche ihn, indem ich einen Finger auf seine Lippen lege. „Wir werden uns kaum ansehen oder miteinander reden, es sei denn, wir befinden uns in einer Gruppensituation, wo wir wirken, als wären wir nur Freunde." Ich zucke innerlich zusammen, weil ich weiß, dass das ein bisschen übertrieben klang. Schnell setze ich ein Lächeln auf. „Es wird schon gut gehen. Ich bin sicher, dass wir beide Spaß haben werden, und es gibt keinen Grund, uns komisch zu verhalten. Jeder weiß, dass wir schon vor dem Unfall Freunde waren."

„Sicherlich", stimmt er zu und klingt ein wenig zu erleichtert, dass ich nicht auf etwas dränge. Seine Hand wandert in meinen Nacken und er lehnt seine Stirn an meine. „Wir werden eine Lösung finden, das verspreche ich."

Ich kann nicht zustimmend nicken.

Ich kann nicht sagen, dass ich das weiß, denn ich weigere mich derzeit, auf irgendetwas zu vertrauen.

Ich kann nur hoffen.

Camden hebt seinen Kopf und streift mit seinem Mund über meinen. „Besteht die Möglichkeit, dass Travis morgen Abend bei seinem Freund übernachtet?“

Ich lächele, bevor ich mich zurückziehe und ihn ansehe. „Das tut er tatsächlich.“

„Willst du dann nach der Party mit zu mir kommen?“

„Das würde ich sehr gern.“

Ich schiebe den Anflug von Bitterkeit darüber weg, dass ich nicht alles mit Camden haben kann. Er ist alles, was ich mir jemals wünschen könnte, außer dass er es geheim halten will. Ich denke zurück an Mitch, der auf dem Abschlussball allen verkündet hat, dass er mich liebt, und ich sehne mich nach dieser Art von Engagement von Camden. Es ist nicht nur so, dass ich es will. Ich habe Angst, dass ich es brauche. Ehrlich gesagt fühlt es sich nicht gut an, dass er sich nicht voll und ganz auf mich einlässt, obwohl ich mich voll und ganz auf ihn einlasse.

Kapitel 25

Camden

Coen und Tillie haben ein wunderschönes Haus in Sewickley gekauft, und wir sind alle hier, um das zu feiern. Das ist aus mehreren Gründen eine große Sache. Der offensichtlichste ist, dass Coen in der letzten Saison ein komplettes Arschloch war. Ein wenig Verständnis wurde gewährt, weil er einer der glücklichen Drei ist, aber ehrlich gesagt war er so unsympathisch, dass das Mitleid nicht weit reichte.

Aber irgendetwas passierte mit dem Mann im Sommer, als er sich in der kleinen Stadt Coudersport verkroch, nachdem er beschlossen hatte, den Sport aufzugeben. Er traf auf die aufgeweckte und temperamentvolle Künstlerin Tillie Marshall, die sich von ihm nicht unterkriegen ließ. Sie ließ sich von seiner mürrischen Haltung nicht einschüchtern. Ich kenne nicht die ganze Geschichte und weiß auch nicht, wie es weiterging, aber ich kann sagen, dass Coen sich unsterblich in sie verliebte.

Zu Beginn der Saison war es für den Mann sehr schwierig. Tillie hatte ein Haus und ein Geschäft in Coudersport, das dreieinhalb Stunden von Pittsburgh entfernt ist. Seit Beginn der Saison führen sie eine Fernbeziehung, aber Coen leidet, wenn sie nicht da ist. Jeder kann es sehen. Er lächelt zwar, aber wirklich strahlend ist sein Lächeln nur, wenn Tillie in der Stadt ist. Ich vermute, dass es für Tillie genauso schwer war wie für Coen, weshalb sie beschlossen hat, für immer nach Pittsburgh zu ziehen und bei Bedarf für ihre Arbeit nach Coudersport zu pendeln.

Ich weiß nur, dass Coen in den letzten Wochen auf Wolke sieben schwebt, seit sie ihr Haus gekauft haben und eingezogen sind.

Das neue Haus liegt etwa zwanzig Autominuten vom Stadtzentrum von Pittsburgh entfernt, aber es fühlt sich an wie eine Welt fernab der Stadt. Die Villa besteht aus Stein und kupfergedeckten Dachgauben. Sie liegt auf einem abgelegenen Grundstück und verfügt über eine angebaute Wohnung, die sie zu einem Kunstatelier für Tillie umbauen.

Die Party ist in vollem Gange, als ich ankomme, und ich habe keine Ahnung, ob Danica hier ist. Ich weiß nur, dass ich wahrscheinlich viel Zeit damit verbringen werde, meinen Hals zu verrenken, um einen Blick auf sie zu erhaschen. Es ist verdammt ätzend, unsere Beziehung in der Öffentlichkeit zu verheimlichen. Ich sehe mir all die Paare an, die im letzten Jahr ihre Liebe gefunden haben, und beneide sie darum, dass sie ihre Frauen an ihrer Seite haben. Das ist etwas, das ich früher nie begehrt habe. Ich war schon auf vielen Partys und Zusammenkünften, und ich war immer glücklich, mit den Singles abzuhängen. Heute Abend fühle ich mich ein bisschen leer, weil ich mit Danica reden, mit Danica lachen und Danica berühren möchte. Ich möchte, dass alle wissen, dass ich sie schätze und dass sie zu mir gehört.

Nachdem ich mir ein Bier geholt habe, schließe ich mich einer Gruppe an, die von Coen geleitet wird, der eine Führung durch das kleine Schloss gibt, und werde schließlich wieder bei den alleinstehenden Jungs abgesetzt. Ich gehe zu Kirill und Boone, meine übliche Truppe, abgesehen von Hendrix, der in der Ecke sitzt und mit seiner Stevie redet. Bain ist noch nicht da, aber ich bin sicher, dass er sich zu uns gesellen wird, sobald er hier ist. Mit halbem Ohr höre ich Kirill und Boone zu, die darüber diskutieren, welches Auto besser ist – Chevy oder Ford – und beobachte die Gäste, um Danica zu finden.

Als ich sie an der Haustür entdecke, muss ich mich zurückhalten, um nicht zu ihr zu eilen. Sie sieht Jenna sofort und geht mit einem Lächeln auf sie zu, um sie zu umarmen. Jenna nimmt sie an der Hand und führt sie in die Küche, die vom Hauptwohnbereich, in dem ich stehe, abgeht.

Eine Macht, die sich meiner Kontrolle entzieht, zerrt an mir, also folge ich ihnen und nicke Freunden, Mannschaftskameraden und deren Lebensgefährten zu. Ich trinke mein Bier und versuche, es vollständig zu leeren, damit ich einen guten Grund habe, in die Küche zu gehen und ein neues zu holen. Es geht nicht darum, dass ich mit ihr reden will, aber ich will in ihrer Nähe sein.

Danica hält ein Weinglas in der Hand und wartet, während Tillie es füllt. Sie steht mit dem Rücken zu mir, und so kann ich den Rest der Szenerie beobachten. Jede Menge Leute, die in Zweier- bis Fünfergruppen zusammenstehen.

Coen gesellt sich zu Tillie und Danica. Obwohl ich mich besser fernhalten sollte, weil ich fürchte, allen meine wahren Gefühle zu offenbaren, scheint das Gespräch mit Coen ein sicheres Terrain zu sein und erlaubt mir, zumindest in Danicas Nähe zu sein. Also schlängele ich mich durch und kann mir ein Bier aus einem großen, mit Eis gefüllten Metallbehälter auf dem Tresen holen.

Coen und Tillie sehen mich zuerst und Danica dreht sich auch um.

Tillie strahlt mich an. „Hi, Camden. Wie schön, dass du kommen konntest.“

„Das will ich auf keinen Fall verpassen.“ Ich küsse Tillie auf die Wange. „Das neue Haus ist wunderschön.“

Obwohl mein Herz wie eine Trommel klopft, begrüße ich Danica. Ich möchte etwas Charmantes sagen, aber nicht so viel, dass Coen und Tillie vermuten könnten, dass wir mehr als nur Freunde sind. Vielleicht ein Insiderwitz, den wir teilen, aber selbst das würde verraten, dass wir mehr als nur Bekannte sind. Ich bin sicher, dass Danica mein Unbehagen spürt, denn ihr Lächeln ist unsicher. Ich kann nicht riskieren, dass es jemand erfährt, und ich habe Angst, dass ein Wort aus meinem Mund von den zärtlichen Gefühlen überdeckt wird, die ich für sie hege.

Also hebe ich nur mein Kinn in ihre Richtung. „Hi.“

„Hi“, sagt sie, wobei ihr Lächeln ein wenig nachlässt.

Ich schnappe mir ein weiteres Bier aus dem Eiseimer. „Ich bin nur gekommen, um Bier für mich und Bain zu holen. Er wartet auf mich.“

„Wir kommen gleich nach“, sagt Coen, und Tillie nickt überschwänglich.

Aber Danica … o Gott. Sie sieht verletzt aus, weil ich sie so abweisend behandele. Ich hasse das, aber sie weiß, dass wir uns nicht outen können. Sie wird darauf vertrauen müssen, dass es für uns beide sicherer ist, wenn wir die Sache cooler als cool angehen.

Ich wende mich ab von dem, was in ihren schönen Augen als Vorwurf flackert, und gehe durch die Küche. Ich gehe die Treppe hinunter in den Keller, der Coens Männerhöhle ist. Ich habe jetzt zwei Biere, da ich keine Ahnung habe, ob Bain überhaupt hier ist.

Als ich Coach West und seine Freundin Ava entdecke, beschließe ich, sie zu begrüßen, weiche aber aus, als Brienne und Drake zu ihnen stoßen. Brienne weiß von mir und Danica, und ich bin nicht in der Stimmung für bohrende Blicke oder den Befürchtungen, dass sie mich direkt danach fragen könnte.

Schließlich lande ich an einem Tisch, an dem Stone und Harlow mit Foster sitzen, der ein Date mitgebracht hat. Er stellt mich vor, aber ich vergesse sofort ihren Namen, weil ich zu besorgt bin, dass ich Danicas Gefühle verletzt habe. Soll ich wieder nach oben gehen und mit ihr reden? Kann ich es tun und meine Gefühle im Zaum halten?

Ich beschließe, dass es zu riskant ist, und bleibe mit dem Hintern auf dem Stuhl sitzen.

Irgendwann werde ich lockerer, aber das liegt wahrscheinlich an den drei Bieren. Danica bleibt oben, und ich fange an, mich besser zu fühlen. Wahrscheinlich hält sie sich von mir fern, so wie ich mich von ihr. Es ist sowieso alles egal, denn wir werden später zusammen sein, wenn sie zu mir nach Hause kommt. Wir haben uns vorgenommen, die Party lieber früher als später zu verlassen, damit wir Zeit für uns haben. Die nächste Woche ist vollgepackt mit Auswärtsspielen. Wir sind am Sonntag und Montag in New York, am Donnerstag in Boston und am Samstag in Carolina. Dazwischen werden wir ein paar kurze Zwischenstopps in Pittsburgh einlegen, aber es wird hektisch, und ich bezweifele, dass wir uns zwischen Training, ihrer Arbeit und natürlich der Betreuung von Travis am Abend sehen werden.

Aber heute Abend haben wir ein paar Stunden Zeit, und ich habe vor, mich in jeder Hinsicht an ihr zu erfreuen. Ich werde dafür sorgen, dass sie weiß, was ich für sie empfinde, wenn wir unter uns sind.

Während der nächsten Stunde unterhalte ich mich zwanglos mit den Tischnachbarn, doch dann kommt Coen die Treppe herunter.

„Können alle bitte nach oben kommen, um eine Ankündigung zu hören?“

Ich hebe die Augenbrauen und Stone zuckt ratlos mit den Schultern. Wir kommen alle pflichtbewusst aus dem Keller und drängen uns in das große Wohnzimmer, das in die Küche und den Essbereich übergeht. Coen und Tillie stehen zusammen in der Mitte, sein Arm liegt um ihre Taille. In der anderen Hand hat er ein Bier.

„Tillie und ich möchten uns bei euch allen bedanken, dass ihr zu unserer Einweihungsfeier gekommen seid. Ich bin euch persönlich sehr dankbar für all die Geschenke, die ihr mitgebracht habt.“ Eine Welle des Lachens bricht los und Tillie stößt Coen spielerisch den Ellbogen in die Rippen. Er beugt sich lediglich zu ihr hinunter und gibt ihr einen schnellen Kuss. Er sieht sie einen langen Moment mit so viel Gefühl an, dass sich der Kragen meines Hemdes eng anfühlt. Als müsste er seinen Blick von ihr losreißen, sieht er sich in der Menge um. „Aber wir haben heute nicht wirklich alle eingeladen, damit sie unser schönes neues Haus besichtigen. Ich wollte, dass alle kommen, damit sie sich meine schöne neue Frau ansehen können. Tillie und ich sind letzte Woche durchgebrannt und haben geheiratet.“

Einen Moment ist es so still, dass man eine Stecknadel fallen hören könnte, und dann gibt es plötzlich ein Getöse von Glückwünschen, Pfiffen und Applaus. Das frisch vermählte Paar küsst sich erneut, diesmal beugt er sie nach hinten, während jemand ruft: „Nehmt euch ein Zimmer!“

Lachend lässt Coen seine Frau aufstehen, umarmt sie und hebt mit der freien Hand sein Bier, als hätte er gerade den größten Preis der Welt gewonnen.

Die Gäste umschwärmen das Paar und sie werden schließlich auseinandergezogen und in Gespräche verwickelt. Danica steht auf der anderen Seite des Raumes, und ich werfe ihr immer wieder einen Blick zu, während wir mit verschiedenen Leuten sprechen und darauf warten, dass wir an der Reihe sind, Tillie und Coen zu gratulieren. Hin und wieder treffen sich unsere Blicke und wandern dann schnell weiter. Ich bin überzeugt, dass sie dieselbe Rolle spielt wie ich. Wir ignorieren uns gegenseitig, um uns nicht zu verraten.

Trotzdem, nichts an diesem Abend ist richtig. Es ist eine Qual, in der Nähe von Danica zu sein, ohne mit ihr reden oder sie berühren zu können, und sei es nur, ihre Hand zu halten. Und tief in mir weiß ich, dass ich derjenige bin, der diesen Mist verlangt. Für Danica wäre es in Ordnung, wenn ich jetzt zu ihr rübergehen und sie so küssen würde, wie Coen gerade Tillie geküsst hat.

Coen kommt schließlich zu mir herüber und ich umarme ihn wie einen Bruder. Ich habe keine Ahnung, wo Tillie ist, aber Danica steht an der Kücheninsel und unterhält sich mit Kiera, deren Anwesenheit ich zum ersten Mal bemerke.

„Glückwunsch“, sage ich. „Du weißt, dass das Team dich als denjenigen gewählt hat, der am ehesten durchbrennen würde, oder?“

Coen schnaubt. „Natürlich wusste ich das. Was meinst du, wie wir auf die Idee gekommen sind?“

Mein Blick schweift wieder zu Danica, und dieses Mal sieht sie mich direkt an. Gott, ich könnte sie verdammt noch mal den ganzen Tag anstarren.

„Ihr seid gute Freunde geworden", sagt Coen.

Ich sehe ihn so schnell an, dass ich nur knapp einem Schleudertrauma entgehe. „Was?"

Coen nickt Danica zu und mein Blick gleitet hilflos zu ihr. Sie redet wieder mit Kiera. „Du und Danica. Ihr seid gute Freunde geworden."

Ich hasse mich selbst, sobald die Worte ausgesprochen sind und ich die Wahrheit verleugne. „Nicht wirklich. Ich meine, sie ist großartig, und wir hatten ein paar ausführliche Gespräche über den Unfall, aber mehr auch nicht."

„Ja. Tillie hat ihre Eltern bei einem Autounfall verloren. Das machte es einfacher, mit ihr über das Flugzeugunglück zu reden. Du weißt schon, etwas so Schreckliches gemeinsam zu haben."

Ich nicke. Ich weiß genau, was er meint. Zu sehen, wie Danica für ihren Sohn stark geblieben ist und ihr Leben neu gestaltet hat, war für mich ein wichtiger Katalysator, der mir geholfen hat, meine Trauer und Schuldgefühle zu überwinden. Ich habe mich damit nie so auseinandergesetzt, wie ich es vor elf Monaten hätte tun sollen.

„Sie standen sich sehr nah", sagt Coen mit leiser Stimme, und nur weil er Danica immer noch ansieht, wird mir klar, dass er von ihr und Mitch spricht. „Sie waren zusammen, seit sie Kinder waren. Ich bewundere sie, aber ganz ehrlich … wie kommt man über so etwas hinweg? Ich bin nicht sicher, ob ich darüber hinwegkommen würde, wenn ich Tillie verlieren würde."

Wenn ich dachte, dass ich mich heute Abend nicht

schlechter fühlen könnte, habe ich mich geirrt. Coen hat mir gerade unwissentlich einen wichtigen Grund geliefert, warum ich nicht mit Danica zusammen sein sollte. Denn vielleicht wird sie für mich nie dasselbe empfinden wie für Mitch. Ich schüttele den Kopf und verdränge diesen Gedanken. Über diese Zweifel bin ich eigentlich hinweg. Danica hat mir versichert, dass ich ihr auf eine Weise vertrauen muss, die ich mir selbst nicht unbedingt zutraue, um den nächsten Schritt zu tun.

Gott, bin ich ein Arschloch.

Ich bin ein psychisches Wrack.

Was für ein bescheuertes Chaos.

Ich möchte Coen sagen, dass es stimmt, Menschen können weiterziehen. Ich möchte ihm sagen, dass Danica beschlossen hat, weiterzuziehen.

Mit mir.

Aber ich tue es nicht.

„Ich muss noch mehr Runden drehen. Ich komme später wieder zu dir." Coen klopft mir auf die Schulter und geht weiter.

Ich schaue auf die Uhr und stelle fest, dass es noch eine halbe Stunde dauert, bis Danica und ich uns verabredet haben. Getrennt voneinander, versteht sich. Ich soll zuerst gehen und sie folgt etwa fünfzehn Minuten später.

Ich schlendere durch das Wohnzimmer und treffe auf Baden, Sophie, Gage und Jenna. Gage war letztes Jahr mein Mannschaftskamerad und ist jetzt Trainer. Seit seinem Wechsel gibt es eine Grenze des Respekts, die wir nicht überschreiten, aber bei dieser Art von Zusammenkünften ist niemand ein Spieler und niemand ein Trainer. Wir sind alle einfach Titans.

Ich werde in ein Gespräch über Ted Lasso verwickelt. Baden hat den Film noch nie gesehen und wir sind erstaunt und machen ihm Vorwürfe. Ich spüre jemanden an meinem Ellbogen und weiche nach links aus, um Platz für eine weitere Person zu schaffen, die sich dem Gespräch anschließt.

Aber es ist Danica. Mein Körper reagiert sofort auf schmerzhafte Weise. Ihr Arm streift meinen, ich rieche ihr Shampoo und möchte sie am liebsten vor allen verschlingen. Das wird schnell von meiner Panik überlagert, dass jeder in dieser Gruppe meine Gefühle in meinem Gesicht und an meiner Haltung sehen wird.

Ich werfe ihr kaum einen Blick zu und schaue durch den Raum. Kirill steht ganz allein an der Kücheninsel und knabbert Möhren mit Dip. „Ich bin gleich wieder da. Ich muss Kirill etwas fragen."

Niemand schenkt mir Aufmerksamkeit außer Danica. Und ich sehe nicht, dass sie verletzt ist, weil ich ihr nicht mehr als einen kurzen Blick geschenkt habe. Weil ich gehe, sobald sie ankommt.

Erst als ich Kirill erreiche, kann ich erleichtert aufatmen.

„Was geht ab, Mann?", fragt er.

Ich schnappe mir eine Karotte und wirbele sie im Dip herum. Ich hasse Karotten, verdammt noch mal. „Nicht viel", murmele ich und drehe meinen Hals, um zu Danica hinüberzusehen. Um zu sehen, wie sehr ich sie entweder verärgert oder verletzt habe.

Aber sie ist nicht mehr da, wo ich sie verlassen habe. Mein Blick schweift durch den Raum, und die Karotte fällt mir aus der Hand ins Spülbecken, als ich sehe, wie sie in ihrem Mantel und mit der Handtasche über der Schulter zur Tür hinausgeht.

„Was zum Teufel?", schimpfe ich und schaue auf

meine Uhr. Sie geht früher als geplant und vor mir. Ich beeile mich nicht, ihr zu folgen, aber ich folge ihr. Ich schlängele mich lässig durch die Leute und schaffe es sogar, Bain einen kurzen Witz darüber zu erzählen, dass er so spät gekommen ist und sich entschlossen hat, sich uns anzuschließen. Er schmunzelt, aber er ist vergessen, als ich das Haus verlasse.

Von der Veranda aus suche ich von links nach rechts nach Danica. Die Autos sind auf beiden Seiten der Straße geparkt. Einen halben Block weiter entdecke ich sie. Ohne zu zögern eile ich von der Veranda und laufe durch Coens Vorgarten. Ich springe über eine niedrige Strauchreihe in den Nachbargarten und schaffe es, Danica abzufangen. Meine Hand umfasst ihr Handgelenk. Ich liebe es, wie zart ihre Knochen sind und wie weich ihre Haut ist. „Warum gehst du so früh? Ist alles in Ordnung?“

Sie reißt ihren Arm weg, und während ihr Ton gleichmäßig und ruhig ist, ist ihr Blick hart und unnachgiebig. „Nein, es ist nichts in Ordnung. Ich kann das nicht, Camden. Ich dachte, ich könnte es, aber ich kann es nicht.“

Ich dachte, ich hätte ein paar panische Momente im Haus gehabt, aber offensichtlich nicht. Im Moment habe ich das Gefühl, ich könnte hyperventilieren. „Was denn? Ich verstehe dich nicht.“

„Ich kann nicht mit dir zusammen sein und nicht mit dir zusammen sein. Es ist nicht in Ordnung, dass du nicht einmal in einer Gruppe neben mir stehen und ein normales Gespräch führen kannst. Ich hätte vielleicht so tun können, als wären wir nur Freunde, wenn du es auch hättest tun können, aber deine absolute Ignoranz mir gegenüber ist unerträglich. Dass du lügst, um Abstand von mir zu bekommen, ist unentschuldbar.“

Mir ist heiß und ich möchte an meinem Kragen zerren. „Was? Was meinst du?“

„Du hast gesagt, du holst Bier für dich und Bain, und bist dann weggegangen. Das war eine Lüge. Bain war noch gar nicht da.“

Ich runzele verwirrt die Stirn. „Woher wusstest du das? Du warst doch gerade erst angekommen.“

„Ist doch egal, woher ich das weiß“, schnauzt sie wütend. „Ich weiß es einfach, okay?“

Ich ergebe mich mit erhobenen Händen und weiß, dass ich übermäßig begriffsstutzig bin, weil ich in der Defensive bin, aber ich frage: „Okay, ich verstehe immer noch nichts. Habe ich etwas falsch gemacht?“

Sie atmet aus und schaut nach links, ohne mir in die Augen zu sehen. „Du hast überhaupt nichts getan.“

„Und das macht dich wütend.“

Danica sieht mich an. „Nein, das macht mich traurig. Es macht mich traurig, weil ich mich nicht in einen Mann verlieben kann, der nicht den Mut hat, sich in mich zu verlieben.“

„Ich verliebe mich in dich“, beharre ich. Ich streichele ihre Wange. „Ich bin da, Danica. Ich will dir nicht wehtun, aber es ist ein prekärer Zeitpunkt für all das. Es ist schlechtes Timing.“

„Für dich“, sagt sie, während sie einen Schritt zurücktritt, sodass meine Hände sinken. „Aber nicht für mich.“

Ich fühle mich unwohl, also stecke ich die Hände in meine Jeanstaschen und bemerke vage, dass es zu schneien beginnt. Aber ich spüre die Kälte nicht. „Was soll das heißen? Willst du mich nicht mehr sehen?“

Sie nimmt einen weiteren tiefen Atemzug und lässt

ihn langsam aus, vielleicht um eine sehr schmerzhafte Antwort hinauszuzögern. „Ich kann mich nicht weiter mit dir einlassen. Meine Gefühle sind schon zu stark, und nach heute Abend sind sie jetzt verletzt. Ich kann kein halbes Leben mit dir führen, nicht nur, weil es mir wehtut, sondern auch, weil es für Travis zu verwirrend wäre. Er kann uns nicht zusammen und glücklich sehen und dann zusehen, wie wir uns vor dem Team oder anderen wie Fremde verhalten." Ich zucke zusammen, weil ich weiß, wie blöd das wäre. „Verdammt, es verwirrt sogar mich. Ich werde nicht zulassen, dass Travis seiner Mutter das Gefühl gibt, sie sei nicht gut genug. Ich werde nicht zulassen, dass mein Kind denkt, dass das so okay wäre."

Ich stolpere vor ihr zurück. Die letzten Worte treffen mich wie ein Schlag auf die Brust und verdrehen meine Eingeweide zu einem schmerzhaften Knoten. Ist es das, was ich ihr antue?

Nach all diesen schmerzhaften Wahrheiten ist es verblüffend, dass Danica meine Hand nimmt und sie sanft hält. „Ich weiß, du bist hin- und hergerissen, Camden. Und ich verstehe absolut deine Gründe, warum wir ein Geheimnis bleiben sollen. Du hast nicht unrecht. Ich weiß, dass es zu Unruhe innerhalb des Teams führen könnte, und das macht dir Angst. Also finde ich deine Gefühle legitim. Aber auch meine. Wir befinden uns an zwei verschiedenen Punkten in unserem Leben und hier trennen sich unsere Wege."

Ich weiß, dass sie recht hat, aber verdammt, wenn ich das laut zugeben würde. Also bleibe ich still.

Ihre Hand entgleitet meiner und mein Blick löst sich von ihrem. „Wenn du entscheidest, dass du in der Lage bist, mehr zu geben, eine echte Beziehung zu führen, weißt du, wo du mich findest.“

Ich nicke, während mir eine Million widersprüchlicher Gedanken durch den Kopf gehen. Ich antworte nicht, aber als ich den kalten Schnee in meinem Nacken spüre, schaue ich auf und sehe, dass sie weg ist. Ich schaue die Straße entlang, aber da ist keine Spur von ihr.

Kapitel 26

Danica

Mein Bein zuckt nervös auf und ab, während ich die Tür im Auge behalte und nach Kiera Ausschau halte. Es war eine kurzfristige Einladung, aber sie hat nicht gezögert, sie anzunehmen, als ich sie bat, sich mit mir zum Frühstück zu treffen. Ich denke, die Art meiner Nachricht hat dafür gesorgt, dass sie kommt.

Ich: *Ich bin total durch den Wind und brauche eine Zuhörerin.*

Kiera: *Wann und wo?*

Ich habe ein malerisches Tee- und Konditoreigeschäft in der Nähe des Stadions gewählt, in einem Viertel, das ihr vertraut ist. Kiera ist erst vor drei Monaten hierher gezogen und lernt die Stadt noch kennen. Der Teeladen hat den zusätzlichen Vorteil, dass er Kamillentee serviert, was hoffentlich meine Nerven beruhigen wird.

Ich habe mich für Kiera entschieden und nicht für eine Handvoll anderer Freunde, weil sie bereits über mich und Camden Bescheid weiß. Als Camden und ich vor etwas mehr als einer Woche auf der Gala über sie und Bain gestolpert sind, wurden wir zu einer Vierergruppe, die innerhalb der Grenzen des Titans-Teams unerlaubte Beziehungen unterhält. Ich habe Kiera von Bain weggezogen, sie zurück in den Ballsaal geschleppt und versucht, die schmutzigen Details zu erfahren. Es musste schnell gehen, denn wir waren von Menschen umgeben.

„Wie lange geht das schon so?" Ich fragte, weil die Art, wie sie sich umarmt haben, darauf hindeutete, dass sie bereits intime Kenntnisse voneinander hatten.

Mit einem breiten Grinsen teilte sie mir mit, dass sie in der Silvesternacht Sex mit ihm hatte und sie seitdem gelegentlich miteinander bumsen.

Ich wollte mehr Details, aber sie fragte: „Was läuft da zwischen dir und Camden?"

Ich dachte nie daran, zu lügen oder es herunterzuspielen, aber ich sagte ihr, dass es kompliziert ist und wir versuchen, eine Lösung zu finden. Wir wurden dann auseinandergerissen, weil Brienne mich jemandem vorstellen wollte, der eine sehr große Spende machte. Seit diesem Abend habe ich mit Kiera nicht mehr darüber sprechen können.

Ich reibe mir die müden Augen und bedauere den Schlafmangel. Die Trennung von Camden war eins der schwersten Dinge, die ich je in meinem Leben tun musste. Es fühlt sich an, als hätte man mir einen Dolch direkt ins Herz gestoßen und ihn dann zur maximalen Bestrafung gedreht. Wahrscheinlich war es Wunschdenken, aber ich hatte gehofft, dass sein Drang, mit mir zusammen zu sein, seine Ängste überwiegen würde. Es ist eine herbe Abfuhr, dass das nicht der Fall ist. Ich habe noch nie eine Trennung durchgemacht. Mitch war der Einzige, mit dem ich je zusammen war. Ich kann nur sagen, dass es scheiße ist und ich nicht gut damit umgehen kann.

Kiera kommt durch die Tür, wickelt einen violetten Schal vom Hals und knöpft ihren braunen Wollmantel auf. Nur zwei andere Gäste sitzen an einem Tisch auf der gegenüberliegenden Seite des Raums, sodass ihr Blick schnell auf mich fällt. Ihr Gesicht ist bereits voller Mitgefühl, als sie sich nähert. Sie streift ihren Mantel ab, legt ihn über die Stuhllehne und lässt sich nieder. Ich nicke auf die Tasse Tee, die ich für sie bestellt habe, und den Teller mit den Scones zwischen uns. Sie rümpft die Nase, ignoriert beides und beugt sich vor.

„Was ist los?"

Mein Blick fällt auf meinen Tee, den ich noch nicht angerührt habe. Es ist schwer, die richtigen Worte zu finden. Nichts scheint angemessen zu sein, um zu beschreiben, was zwischen mir und Camden passiert ist, also hebe ich meinen Blick und gebe zu: „Ich habe gestern Abend mit Camden Schluss gemacht und fühle mich schrecklich deswegen."

„Dann mach es rückgängig", antwortet sie, als wäre das die offensichtlichste Antwort.

„Ich kann das nicht einfach ungeschehen machen."

Kiera seufzt und nimmt ihren Tee, trinkt einen winzigen Schluck und verzieht das Gesicht. Sie ist ein Kaffeetrinker, und das weiß ich auch, aber in diesem Laden gibt es nur Tee. Er ist etwas für Teesnobs.

„Dann fang von vorn an. Ich weiß nur, dass du Camden magst und dass er dich mag, also erzähl mir alles."

„Es ist ein bisschen mehr als das", sage ich düster.

„Von deiner Seite?"

„Ich denke, für uns beide." Meine Finger zeichnen das Muster der kleinen Rosen auf der Untertasse nach. „Die Gefühle sind stark geworden, aber es ist kompliziert. Für ihn mehr als für mich."

Kiera schiebt den Tee beiseite und nimmt sich eines der englischen Gebäcke namens Scones. Sie hält es sich vor den Mund und sagt: „Lass mich raten. Er fühlt sich in Mitchs Schatten und kann damit nicht umgehen.“

Ich schüttele den Kopf. „Im Gegenteil, nein. Wir haben diese Gespräche geführt, und ich glaube, er war anfangs etwas verunsichert, aber er vertraut darauf, dass ich ihn nicht mit Mitch vergleiche. Camden weiß, dass das, was ich mit Mitch hatte, fantastisch war, und dass das, was ich mit ihm habe, auch wunderbar ist.“

„Was ist dann sein Problem?“

„Er möchte, dass wir uns nur heimlich treffen. Er ist nicht bereit, dass das Team von uns erfährt. Er denkt, das würde Wellen schlagen und die Leute würden urteilen und es nicht verstehen.“

„Na und? Wenn ihr echte und tiefe Gefühle füreinander habt, was spielt es da für eine Rolle, was die anderen denken?“

„Für mich ist das nicht wichtig. Ich bin zuversichtlich, dass ich in der Lage bin, mit meinem Leben so weiterzumachen, wie ich es für richtig halte. Ich habe Mitch von ganzem Herzen geliebt und ich liebe sein Andenken. Das wird sich nie ändern. Aber ich darf wieder glücklich sein, und das werde ich auch. Ich habe nur Angst, dass es nicht mit Camden sein kann.“

„Die ganze Sache mit den Teamkollegen ist der komplizierende Faktor“, überlegt Kiera und knabbert an ihrem Gebäck. Sie leckt sich die Krümel von den Lippen. „Ich frage mich, ob er mit einem von ihnen gesprochen hat. Ich weiß, dass Drake nie ein Problem damit hätte, wenn ihr zusammen wärt. Ich wette, die meisten wären damit einverstanden.“

„Ich denke, du hast recht, vor allem, weil die meisten von Mitchs Freunden …“ Ich verstumme, weil ich die Worte nicht aussprechen muss. Tatsache ist, dass es sich um ein neues Team handelt, in dem nur noch Camden, Hendrix und Coen aus der ursprünglichen Titans-Mannschaft übrig sind. Wenn jemand der Meinung ist, dass Camden eine Grenze überschreitet, die er nicht überschreiten sollte, dann höchstens einer dieser Männer.

„Es geht niemanden etwas an, wen wir in unser Herz lassen, Danica."

„Ich weiß. Ich stimme dir voll zu."

„Camden sollte das auch wissen."

„Er weiß es." Ich sag ihr das, was am meisten wehtut. „Er weiß es und glaubt es, aber er hat zu viel Angst, es zu tun."

„Dann fick ihn", schimpft sie. „Metaphorisch, natürlich."

Ich lehne mich auf meinem Stuhl zurück und verschränke die Arme vor dem Bauch. „Ich kann aber nicht böse auf ihn sein. Ich verstehe, warum er wegen der ganzen Situation nervös ist. Es ist eine berechtigte Sorge."

Kopfschüttelnd lässt Kiera den Rest des Gebäcks auf den Teller fallen. „Die Dinger sind verdammt trocken." Sie nimmt die Serviette und wischt sich die Finger ab, bevor sie sich die Lippen abtupft. „Ich bin verwirrt. Sind wir nun auf ihn sauer oder nicht?"

Ich kann mir ein Lachen nicht verkneifen. „Ich bin nicht wütend. Enttäuscht. Auch verständnisvoll. Traurig. Besorgt, dass ich eine blöde Entscheidung getroffen habe."

„Jetzt verstehe ich, warum du gesagt hast, dass du durch den Wind bist."

Ich nehme meinen Tee in die Hand und nippe daran. Als ich die Tasse wieder auf die Untertasse stelle, spreche ich meine größte Angst aus. „Was ist, wenn der Grund für seine Heimlichtuerei ist, dass es nichts Ernstes für ihn ist? Wenn ich momentan einfach nur praktisch für ihn bin?“

Ich hasse es, dass mir die Tränen in die Augen schießen. Letzte Nacht auf der Party hatte ich den Eindruck, dass ich für ihn nur ein leichter Fick bin. Dass ich die Gefühle und unsere Beziehung falsch interpretiert habe. Ich fühlte mich benutzt und billig, und das ist der wahre Grund, warum ich von der Party gegangen bin.

„Glaubst du das wirklich? Denn du hast eine gute Menschenkenntnis. Ich wüsste nicht, wie dir so etwas entgehen könnte, und Camden scheint ein netter Kerl zu sein.“

Ich zucke mit den Schultern, weil ich nicht mehr weiß, was echt ist. „Ich habe ihm gesagt, wenn er seine Meinung ändert, weiß er, wo er mich finden kann.“

„Na siehst du.“ Ihre Stimme ist übermäßig fröhlich. „Er wird schon wieder zu sich kommen.“

„Und wenn nicht, dann weiß ich wenigstens, dass er nicht so besonders war, wie ich dachte.“

„Wie lautet also der Plan?“, fragt Kiera und verschränkt ihre Arme auf dem Tisch. „Sollen wir dich mit einem heißen Typen verkuppeln und es ihm unter die Nase reiben? Ihn vor Eifersucht rasend machen, damit er weiß, was er verloren hat?“

Mein Schnauben ist laut und nicht damenhaft. „Das hört sich zwar lustig an, aber du weißt, dass ich nicht der Typ bin, der so etwas tut. Ich denke, ich muss über den Verlust hinwegkommen, so wie ich es nach Mitchs Tod getan habe. Es sind zwar zwei verschiedene Umstände, aber es tut trotzdem weh.“

Kiera nimmt meine Hand und drückt sie. „Es tut mir leid. Du verdienst das nicht. Ich bin wütend auf ihn, auch wenn du es nicht bist."

Ich verschränke meine Finger mit ihren, ein stilles Dankeschön für ihre Unterstützung. Als ich mich zurückziehe, frage ich: „Vögelst du immer noch Bain?"

Ihre Augen blitzen schelmisch auf. „Sooft ich kann."

„Führt das irgendwo hin?"

„Nein", sagt sie und winkt ab. „Wir haben nur Spaß und keiner von uns ist an einer Verpflichtung interessiert."

„Seid ihr beide auch mit anderen Leuten zusammen?", frage ich. Denn ich bin mir nicht sicher, wie das Spiel aus der Sicht einer Frau funktioniert. Ich habe nie Erfahrungen mit Serien-Dating gemacht, aber es ist ein Klischee, dass nur Männer diejenigen sind, die sich die Hörner abstoßen.

„Wer braucht schon andere Leute? Bain ist ein Tier und mehr als genug für mich."

Mir fällt leicht die Kinnlade herunter, nicht nur wegen ihrer Ausdrucksweise, sondern auch wegen der Erotik in ihrer Stimme, wenn sie von ihm spricht. Wenn ich die Gefühle beschreiben müsste, die ich für Camden habe – sowohl körperliche als auch seelische –, würde ich genau dasselbe sagen.

„Weiß Drake Bescheid oder hat er eine Ahnung davon?"

Kiera senkt den Kopf und wirft mir einen Blick zu, der mir sagt, dass ich eine dumme Frage gestellt habe. Ich halte beschwichtigend die Hände hoch. „Es hat keinen Sinn, dass er es erfährt, denn es führt nirgendwo hin. Ich bin sicher, dass es bald vorbei sein wird."

„Klingt nicht so, als wäre es bei dir bald vorbei, so wie du ihn ein Tier nennst", murmele ich.

Ein kleines Lächeln umspielt ihre Lippen, aber sie bestätigt oder verneint meine Beobachtung nicht. Stattdessen schnippt sie mit ihrem Finger gegen meine Tasse. „Trink deinen Tee aus. Lass uns einkaufen gehen. Frustfetzenkaufen ist wie eine Therapie."

Ein kleiner Anflug von Glück durchströmt mich, aber ich weiß, dass es nur die Erkenntnis ist, dass ein paar Stunden mit Kiera meinem Herzen eine dringend benötigte Pause vom Liebeskummer verschaffen werden.

Kapitel 27

Nach zwei Siegen in New York gegen die Vipers beziehungsweise die Phantoms herrscht in der Umkleide eine ausgelassene und fröhliche Stimmung. Meine Mannschaftskameraden scherzen miteinander, während wir duschen und uns anziehen. Der Bus bringt uns direkt zum Flughafen. Wir legen einen kurzen Zwischenstopp in Pittsburgh ein und fliegen dann zu den Auswärtsspielen in Boston und Carolina.

Ich lache, wenn es angebracht ist, ich scherze, wenn ich kann, und machen High Fives und Fistbumps. Ich tue alles, um sicherzustellen, dass mein Äußeres nicht mit meinem Inneren übereinstimmt.

Ich bin verunsichert und kann nicht richtig Fuß fassen. Ich fühle mich wie an dem Morgen, an dem Coach West vor meiner Tür stand, als ich das Training verpasst hatte, nur dass jetzt noch der Schmerz über den Verlust von Danica hinzukommt. Ich habe die letzten beiden Spiele scheiße gespielt, und der Coach wird mit mir reden, da bin ich mir sicher.

Mit einem Handtuch um die Hüften und einem weiteren über den Schultern gehe ich zu dem mir zugewiesenen Spind. Das Stadion der Phantoms ist neu und ihre Umkleideräume sind sehr komfortabel. Ich ziehe meine Badelatschen aus und stelle die nackten Füße auf den Teppich.

Ein lauter Knall zerreißt die Luft, und etwas, das sich wie ein scharfer elektrischer Schlag anfühlt, trifft meine rechte Arschbacke. Ich zucke zusammen, wirbele herum und sehe Bain, der das Handtuch hält, mit dem er mich erwischt hat. „Du Arschloch“, knurre ich und reibe meinen zarten Hintern.

Er grinst und macht Anstalten, den Angriff zu wiederholen. Ich springe zurück und warne: „Mach das und ich trete dir in den Arsch.“

„Bleib locker, Alter. Wir haben gerade die Phantoms geschlagen. Wir haben die Vipers geschlagen. Wir sind an der Spitze unserer Division und Zweiter in der Conference.“

Er hat mir sehr gute Gründe gegeben, meine Stimmung zu ändern, aber ich habe einfach keine Lust dazu. Ich habe schlechte Laune, weil ich Danica vermisse und ziemlich sicher bin, dass ich mein Leben versaut habe, als ich sie gehen ließ. Ich drehe Bain den Rücken zu und greife in mein Fach, um meine Sporttasche zu holen. Ich lasse das Handtuch fallen, schnappe mir eine frische Unterhose und ziehe sie an. Es ist schon immer die Regel, dass wir am Spieltag in Anzügen ankommen und normalerweise auch wieder gehen. Aber an Abenden, an denen wir spät mit dem Flugzeug nach Hause fliegen, dürfen wir uns leger kleiden, solange es die Kleidung der Titans ist. Ich habe eine Trainingshose, ein T-Shirt und ein Sweatshirt dabei, und hoffentlich kann ich auf dem kurzen Rückflug schlafen.

Habe ich schon erwähnt, dass ich in den vergangenen Tagen schlecht geschlafen habe?

Hendrix' Fach befindet sich links von mir. Er wirft mir einen kurzen Blick zu. „Gutes Spiel, Mann.“

„Ich habe scheiße gespielt“, murmele ich. Ich sehe es nicht, weil ich in meiner Tasche nach dem Deo krame, aber ich spüre, wie Hendrix und Bain einen Blick über mir austauschen.

Und dann trifft mich ein weiterer scharfer Blitz auf

meine rechte Arschbacke. Ich drehe mich Bain zu, der vorsichtig vor mir zurückweicht und das Handtuch umklammert.

„Was zum Teufel ist los mit dir, Alter?" Ich mache einen bedrohlichen Schritt auf ihn zu, und das Handtuch peitscht wie eine Schlange, als er es wieder schwingt. Ich springe zurück, als es knallt, aber nur die Luft durchschneidet und meine Haut nicht berührt. Ich starre ihn wütend an. „Ich werde dir so was von in den Arsch treten."

Es knallt wieder in der Luft und ich trete bis zu Hendrix zurück.

„Warum sagst du uns nicht, was los ist, damit wir helfen können, es zu beheben, und ich damit aufhören kann?", fragt Bain.

Ich starre ihn an und der Wichser peitscht erneut mit dem Handtuch. Er kommt meiner Hüfte gefährlich nahe, die nur von meiner Unterhose bedeckt wird, und ich brülle wie ein wütender Stier. Ich stürze mich auf Bain, aber Hendrix hat mich an der Taille gepackt, reißt mich zurück und schleudert mich zur Seite.

„Beruhige dich, verdammt noch mal", befiehlt er.

Ich bin mir vage bewusst, dass es in der Umkleidekabine still geworden ist, und als ich mich umsehe, starren mich alle an.

Hendrix zeigt auf Bain. „Leg das verdammte Handtuch weg. Das ist nicht mehr lustig."

Bain wirft das Handtuch auf den Boden seines Spinds und greift nach seiner Tasche. „Ich wollte nur, dass der Typ endlich redet. Ich dachte, wenn ich ihn reize, wird er vielleicht ausplaudern, was los ist."

Ich ignoriere Bain, nehme mein Deo und trage eine ordentliche Menge auf. Bain und Hendrix zu beiden

Seiten von mir schweigen, während wir uns anziehen. So wütend ich auf Bain bin, weil er mich aufgestachelt hat und sich in meine Angelegenheiten einmischen wollte, so sehr ärgert es mich, dass sie mich jetzt überhaupt nicht mehr beachteten. Ich nehme an, das bedeutet, dass ich verdammt schlechte Laune habe, egal was passiert.

„Ich spiele beschissen, weil ich etwas auf dem Herzen habe", murmele ich, während ich meine Trainingshose anziehe.

Hendrix und Bain drehen sich zu mir um und kommen näher. Jetzt habe ich die Tür geöffnet und kann sie nicht mehr schließen. Aber scheiß drauf. Ich habe Danica verloren, weil ich Angst hatte, jemandem von uns zu erzählen. Bain hat mir schon gesagt, dass es keinen Bruderkodex gibt, aber ich dachte, er würde Witze machen. Wenigstens wird das kein großer Schock für ihn sein.

„Ich habe mich mit Danica getroffen." Hendrix' Augenbrauen schießen in die Höhe, aber Bain bleibt cool. „Und es wurde richtig ernst, aber wir haben Schluss gemacht."

Jetzt hebt Bain besorgt die Augenbrauen. „Warum?"

„Weil es zu kompliziert ist", sage ich mit einem schweren Seufzer.

„Und du bereust die Entscheidung?", fragt Hendrix.

„Ja", sage ich und ändere sofort meine Meinung. „Nein. Es war das Richtige."

Bain schnaubt. „Schwachsinn. Wenn du dich beschissen fühlst, wenn du beschissen spielst, dann war es nicht das Richtige."

„Irgendwann wird es mir besser gehen", erwidere ich. „Ich werde darüber hinwegkommen."

„Tut mir leid, Kumpel“, sagt Hendrix und drückt mir die Schulter.

Bain verschränkt die Arme vor der Brust. „Aha“, sagt er mit einem wissenden Gesichtsausdruck. „Ich verstehe schon.“

„Was denn?“, schnauze ich ihn an.

„Danica hat dich ständig mit Mitch verglichen“, sagt er mit einem Schmunzeln.

„Nein, hat sie nicht“, knurre ich.

„Sie will dich nicht in der Nähe ihres Kindes haben?“, vermutet er.

„Travis und ich kommen gut miteinander aus.“

„Sie ist zu sehr mit ihrem Kummer beschäftigt und kann dir nicht alles geben?“, fragt Hendrix zaghaft.

Ich schüttele den Kopf und werfe ihm einen Blick zu. „Nein. Sie ist bereit, weiterzuleben.“

„Dann ist es ihr unangenehm, dass du und Mitch euch kennt, und sie will es geheim halten?“, fragt Hendrix.

„Nein“, knurre ich frustriert. „Danica ist mit allem einverstanden. Sicher, sie ist manchmal traurig wegen Mitch, aber sie sagt, er würde wollen, dass sie glücklich ist. Sie haben über diese Dinge geredet. Und sogar Travis gefällt es, dass ich seine Mutter mag.“

Bain stellt sich mit ernster Miene vor mich hin. „Was soll dann der Scheiß, Mann? Du hast eine wunderbare Frau, die dich, soweit ich das in den letzten Wochen beurteilen kann, aus deinem Trübsinn geholt hat. Du magst sie und ihr Kind. Sie ist bereit, dir alles zu geben, und du machst Schluss? Bist du dumm, oder was?“

„Es ist nicht dumm, sich um das Wohl des Teams zu sorgen“, schnauze ich. Bain blinzelt mich an und schaut zu Hendrix, der mit den Schultern zuckt. Ich atme tief durch und danach ist meine Stimme etwas ruhiger. Ich schaue mich um, um sicherzugehen, dass niemand sonst zuhört. „Ich bin besorgt, dass sich das negativ auf das Team auswirken könnte. Es könnte einige geben, die denken, dass es scheiße ist, dass ich mit Mitchs Frau zusammen bin.“

„Witwe“, korrigiert mich Bain unverblümt. „Sie ist nicht seine Frau. Sie ist eine Witwe und Mitch ist tot.“

Ich zucke zusammen, weil das eine harte Erinnerung ist, aber Bain kannte Mitch nicht. Er gehörte nicht zu diesem Team.

Mein Blick geht zu Hendrix.

„Ich bin der gleichen Meinung wie Bain. Ich glaube nicht, dass daran etwas falsch ist.“

Ich drehe mich langsam um und schaue mir alle meine Teamkollegen an. Sie reden und lachen und genießen die Kameradschaft. Sie kümmern sich alle wirklich umeinander, genau wie in dem Team, das ich vor dem Unfall hatte.

Ich wende meine Aufmerksamkeit wieder Hendrix zu, weil er Mitch gut kannte. „Bist du sicher, dass ich nichts falsch mache?“

„Fühlt es sich falsch an, wenn du mit ihr zusammen bist?“

„Nichts hat sich jemals richtiger angefühlt.“

„Es ist mir egal, ob irgendjemand ein Problem damit hat“, schaltet sich Bain ein und sieht mich mit strengem Blick an. „Wenn sie gut für dich ist und du für sie, dann scheiß auf jeden in dieser Umkleidekabine und auf jeden Fan, der ein Problem damit hat. Du kannst dein Leben nicht so verbiegen, dass es allen passt …“

„Ich will das Team nicht verletzen. Ich möchte

nicht, dass einige Leute deswegen ein schlechtes Gefühl haben. Ich möchte den Schwung, den wir haben, nicht zerstören.“

„Sie werden nicht verärgert sein“, sagt Hendrix. „Sie werden sich für dich freuen, Mann.“

„Wie kannst du dir so sicher sein?“

Seine Hand kommt zurück auf meine Schulter. „Weil ich es bin und weil Bain es ist und weil sie dich genauso lieben wie wir.“

Bain verzieht das Gesicht und hält die Hände hoch. „Das ist viel zu kitschig für mich, aber ja … so sehe ich das auch.“

Ich lache und spüre, wie die Spannung aus meinem Körper weicht. Die beiden Jungs grinsen mich an.

„Du musst es versuchen“, sagt Hendrix, und Bain nickt.

„Einfach machen?“ Ich denke nach, während ich meine Freunde betrachte und sehe, dass ihnen die Wahrheit in die Gesichter geschrieben steht.

Bain gibt mir einen Klaps auf die Schulter. „Nur zu. Sobald wir wieder in Pittsburgh sind, kannst du …“

Irgendetwas treibt mich an, und ich stelle mich auf die Bank. Ich stoße einen schrillen Pfiff aus. Alle drehen sich in meine Richtung.

Sobald ich weiß, dass alle Augen auf mich gerichtet sind, einschließlich die der Trainer, die sich für die Rückfahrt bequeme Kleidung anziehen, sage ich: „Ich habe etwas zu verkünden.“

Aus irgendeinem Grund bleibt mein Blick an Coen hängen, dem anderen Mitglied unserer glücklichen Drei. Er weiß nichts von mir und Danica, aber als ich sein leichtes Lächeln sehe, weiß ich tief in meinem Herzen, dass er nur das Beste für mich will.

Ich schaue wieder in die Menge, die neugierig auf

mich zukommt. Coach West hat sich bereits umgezogen und trägt Jeans und einen dicken Pullover. Seine Arme sind vor der Brust verschränkt, aber er lächelt interessiert.

„Ich treffe mich seit einigen Wochen mit jemandem. Es begann als Freundschaft, dann wurde daraus mehr. Etwas Tieferes. Und vor Kurzem habe ich die Sache mit ihr beendet, weil ich dachte, dass meine Beziehung zu ihr die Dinge für das Team verkomplizieren würde." Alle sehen verwirrt aus. „Ich bin mit Danica Brandt zusammen."

Ich warte auf eine Reaktion. Darauf, dass jemand etwas sagt, aber alle starren mich an und warten darauf, dass ich meine Geschichte fortsetze. „Ich habe vor ein paar Tagen Schluss gemacht, aber ich glaube, ich habe eine sehr schlechte Entscheidung getroffen. Ich hatte Angst, es euch allen mitzuteilen. Ich hatte Angst, dass es schlechte Gefühle hervorrufen und das Team verletzen würde. Aber ein paar von euch haben mich davon überzeugt, dass ich sie nicht aufgeben sollte. Sie sagten mir, ich soll mich nicht darum scheren, was andere denken, aber mir ist es nicht egal. Mir liegt viel an diesem Team, und ich will, dass wir zusammenhalten. Wir sind eine Familie, und ich möchte keine Wellen schlagen, wenn jemand von euch denkt, dass es falsch von mir ist, mit ihr auszugehen. Wenn ihr das tut, hoffe ich, dass wir von Mann zu Mann darüber reden können. Ich sage euch dann, was ich euch jetzt sage. Ich werde mich sehr gut um sie und Travis kümmern. Ich werde Mitch stolz machen."

Ich halte inne und nehme alle in Augenschein. Einige der Jungs starren mich mit offenen Mündern an, andere lächeln. Ich schwöre, ich sehe, wie Kirill sich die Augen abwischt.

„Ich finde es toll, dass du mit Danica zusammen bist." Ich schaue in die Richtung der Stimme. Der wichtigsten. Coen. Er zeigt mit dem Daumen nach oben. „Ich finde, ihr seid ein tolles Paar, und Mitch würde es bestimmt gutheißen."

Jemand im Hintergrund pfeift. Andrej Komokow. „Ja, legt los!"

Jemand anderes ruft. „Unseren Segen hast du."

„Aber wenn du ihr wehtust, treten wir dir in den Arsch", sagt ein anderer.

Die obligatorische Großer-Bruder-Nummer.

Einer nach dem anderen kommen die Jungs auf mich zu, um mir die Hand zu geben, mich zu umarmen oder mir auf den Rücken zu klopfen. Sie geben mir Unterstützung und Glückwünsche.

Coen murmelt: „Ich dachte schon, ich hätte da auf der Einweihungsparty etwas gesehen. Wenigstens weiß ich jetzt, dass ich mir nichts eingebildet habe."

Als alle wieder an ihren Plätzen sind, spüre ich, wie jemand hinter mir auftaucht. Ich ziehe mein T-Shirt über den Kopf und drehe mich um, und sehe Coach West dort stehen.

„Das war eine tolle Rede."

„Sie kam von Herzen", sage ich.

Der Trainer nickt. „Das hat man gehört." Er wendet sich zum Gehen, aber nicht bevor er sagt: „Ihr seid ein wirklich schönes Paar."

Kapitel 28

Danica

„Los, Travis, los!", brülle ich von der Tribüne aus, als er einen Pass von einem seiner Spielerkollegen annimmt und durch die Arena schießt. Es ist nur ein Trainingsspiel vor ihrem ersten Spiel nächste Woche, aber ich bin kurz davor, vor Aufregung aus der Haut zu fahren. Das liegt vor allem daran, dass Travis heute so aufgedreht war, dass er den ganzen Vormittag wie ein Kaninchen herumgesprungen ist.

Ich erhebe mich von meinem Sitz, atme zischend aus, als Travis versucht, zu schießen, sich aber mit einem anderen Jungen verheddert, als sie um den Puck ringen.

Ich setze mich wieder hin. Eine Frau, die auf der Tribüne vor mir sitzt, lehnt sich zurück und legt ihre Hand auf mein Knie.

„Geht das die ganze Saison so weiter? Ich bin mir nämlich nicht sicher, ob mein Herz das aushält."

Ich lache und schaue aufs Eis. „Ich glaube, uns stehen einige Jahre voller Herzanfälle bevor."

„Aber das Lächeln in ihren Gesichtern ist es wert", sagt sie.

„Das stimmt." Es wärmt mir das Herz, dass Travis Freude an dem Sport findet, den sein Vater gespielt hat. Er hatte vielleicht einen etwas holprigen Start, aber nach ein paar Trainingseinheiten mit Camden …

Halt!

Nicht an Camden denken.

Ich zwinge mich, mich auf mein Kind zu konzentrieren, das in diesem Stadium seiner jungen Karriere einfach hinreißend aussieht. Manchmal wirkt er souverän, manchmal wackelig auf den Beinen. Das gehört alles dazu, wenn man stark wird, den Sport lernt und die Gene heranzieht, die er von Mitch haben muss. Ich kann es kaum erwarten, alles mitzuerleben.

Der Trainer pfeift das Spiel ab und sammelt die Jungs ein. Ich weiß nicht, was er sagt, aber er klopft ein paar der Kinder auf die Helme. Travis hat nicht erwähnt, dass es noch mehr Negativität seitens des Trainers gab, also vielleicht hat Camdens Gespräch mit dem Mann wirklich etwas gebracht und …

Halt! Stopp!

Die Kinder verlassen das Eis und gehen in die Umkleidekabine. Ich nehme meine Tasche und gehe von der Tribüne. Travis braucht ein paar Minuten, um sich umzuziehen, und ich gehe langsam zum Eingang des Komplexes, während ich mich mit anderen Eltern unterhalte.

Jemand klopft mir auf die Schulter, und als ich mich umdrehe, sehe ich einen der Väter. Er zeigt auf den vorderen Bereich der Lobby. „Bist du nicht mit Camden Poe befreundet?"

Mein Herz gibt einen wilden Schlag der Verwirrung von sich, als ich mich in diese Richtung drehe. Tatsächlich steht Camden dort, und das Sonnenlicht, das durch die doppelten Glastüren fällt, lässt ihn wie eine Silhouette erscheinen. Ich kann seinen Gesichtsausdruck nicht ganz erkennen, aber er starrt mich an. Oder vielmehr die Gruppe von Leuten, mit denen ich unterwegs bin. Als wir näher kommen, ist es sicher, dass sein Blick nur auf mich gerichtet ist, und in seinen Augen sehe ich die Aufforderung, mit ihm zu sprechen. Ich verabschiede mich von den Eltern und drehe mich zu ihm um. Ich versuche, das Herzklopfen zu unterdrücken, und blinzele gegen aufsteigende Tränen an. Mir ist nicht klar gewesen, wie sehr es schmerzen würde, ihn zu sehen. Ich bin nervös, als ich ein paar Meter entfernt stehe und meine Hände um den Riemen meiner Handtasche über meiner linken Schulter lege. „Was machst du denn hier?“

Er steht lässig da, die Hände in den Taschen. „Bin gekommen, um Travis’ Trainingsspiel zu sehen.“

„Oh.“ Die Enttäuschung, dass er hier ist, um meinen Sohn zu sehen und nicht mich, ist erdrückend.

„Er hat diese Woche ein paarmal versucht, mich anzupingen, damit ich mit ihm online spiele, aber ehrlich gesagt wusste ich nicht, was ich sagen sollte. Ich wusste nicht, was du ihm über uns erzählt hast, wenn überhaupt etwas, also habe ich ihm gesagt, ich sei zu beschäftigt mit den Reisen.“

„Er hat mich nicht gefragt“, gebe ich zu.

Camdens Kopf sinkt, als er nickt. Als er seinen Blick hebt, bin ich verblüfft über die Sorge, die ich darin sehe. „Wie geht es dir? Geht es dir gut?“

„Nein“, sage ich wahrheitsgemäß. „Aber das wird schon wieder. Eines Tages.“

Er nickt erneut. „Mir geht es auch nicht gut.“

Es fällt mir schwer, mich nicht auf ihn zu stürzen, und ich bin sehr verwirrt darüber, warum er hier ist. „Es tut mir leid.“

„Das muss es nicht“, antwortet er, und zum ersten Mal zeigt sich der Anflug eines Lächelns. „Ich habe bereits Schritte unternommen, um die Situation zu ändern.“

Sein Tonfall ist spielerisch und in mir keimt ein winziges Körnchen Hoffnung auf. „Ach ja? Was hast du gemacht?“

„Ich bin nach dem Spiel gegen die Phantoms vor

dem gesamten Team aufgestanden und habe erzählt, dass wir zusammen waren."

Mir klappt der Mund auf. „Wie bitte?"

Er hebt einen Mundwinkel, sodass ein Grübchen zu sehen ist. „Im Nachhinein ist es ziemlich peinlich, aber das Feedback war mehr als positiv."

„Und wie war es genau?"

Camden tritt näher. „Hundert Prozent gute Wünsche mit einer Ansage, mir in den Arsch zu treten, wenn ich dir wehtue."

Ich senke den Blick, damit er mein Lächeln nicht sehen kann, denn ich bin mir nicht sicher, ob ich schon bereit bin, seinem Charme wieder zu erliegen. Ich bin jedoch gezwungen, aufzublicken, als ich seine Finger an meinem Kinn spüre.

„Ich habe dir allerdings schon wehgetan, also kam die Warnung ein bisschen spät."

Ich schüttele den Kopf. „Du hast getan, was du für das Beste für dich gehalten hast."

„Ich habe getan, was das Beste für einen Feigling war. Aber wie ich schon sagte, ich habe das korrigiert. Das ganze Team weiß, was ich für dich empfinde, und es gibt nur noch zwei Dinge, die ich tun muss."

Er versucht, eine schlechte Entscheidung zu korrigieren? Meine Kehle ist trocken, meine Stimme rau. „Zwei Dinge?"

„Das Wichtigste ist, mich zu entschuldigen und dich zu bitten, mir noch eine Chance zu geben. Du hast gesagt, du würdest warten, falls ich meine Meinung ändere, also hoffe ich, dass du in den vergangenen paar Tagen keinen anderen Kerl gefunden hast."

Ich kann mir ein Kichern nicht verkneifen. „Einen anderen Kerl?"

„Ich versuche, charmant zu sein“, sagt er, kommt näher und packt mich an den Hüften. „Aber im Ernst. Ich bin bereit, mich ganz auf dich einzulassen, Danica. Es war dumm von mir, diese Ängste zu haben.“

„Nein.“ Ich schüttele den Kopf. „Ich verstehe deine Gedanken durchaus.“

Camden neigt den Kopf, um noch näher zu kommen. „Natürlich. Weil du unglaublich bist. Ich will so sein wie du, wenn ich groß bin.“

„Die Tatsache, dass du jetzt hier vor mir stehst, bedeutet, dass du auch irgendwie toll bist.“

Seine Hände wandern von meinen Hüften zu meinem Gesicht. Seine schönen Augen fixieren die meinen. „Du und ich haben ein Band zwischen uns. Der Unfall verbindet uns auf eine Art, die man sich nicht wünschen würde, und doch kann ich mir ein Leben ohne dich nicht mehr vorstellen. Ich bin dabei, mich in dich zu verlieben, Danica, und ich will es nicht mehr verbergen. Ich möchte es eigentlich nur noch herausbrüllen.“

„Ich bin auch dabei, mich in dich zu verlieben“, antworte ich und schließe kurz die Augen. Als ich sie öffne, gebe ich zu: „Vielleicht ist es schon passiert. Ich kann mich nicht mehr daran erinnern, wie es war, zu dieser Erkenntnis zu kommen. Es war so ein langsamer Aufbau mit Mitch über viele Jahre.“ Ich warte darauf, dass er sich anspannt, aber er lächelt nur verständnisvoll. „Mit dir werde ich in einen Sturm von Gefühlen hineingesogen, und es fühlt sich explosiv und wunderbar zugleich an.“

„Ich war noch nie verliebt. Ich weiß nur, dass ich noch nie so etwas für jemanden empfunden habe. Ich hätte nicht gedacht, dass ich jemals so fühlen könnte. Du bist das Erste, woran ich denke, wenn ich aufwache, das Letzte, woran ich denke, bevor ich die Augen schließe, und dazwischen gibt es eine Million weiterer Gedanken an dich. Wenn ich in deiner Nähe bin, fühle ich mich, als würde ich aus meiner Haut fahren, und gleichzeitig, wenn du mich berührst, bin ich so gelassen, dass ich glaube, dass mich nichts aus der Ruhe bringen kann. Ich weiß nicht, ob es das ist, was Liebe ist, aber es sollte so sein."

Die Tränen brennen jetzt wirklich und ich blinzele. „Ich glaube, du weißt genau, was Liebe ist."

Ich erwarte einen Kuss, aber zu meinem Entsetzen hebt Camden den Kopf, um etwas hinter mir zu betrachten, nur um mir dann wieder seinen Blick zuzuwenden. „Sämtliche Eishockey-Eltern beobachten uns."

„O Gott", sage ich und presse mein Gesicht an seine Brust.

Seine Hände, die meine Wangen umschließen, lassen mich jedoch nicht weitergehen, und stattdessen hebt er mein Gesicht, um mich zu küssen. Seine Lippen sind weich, seine Zunge ist sanft, während er mich Sterne sehen lässt.

Als er sich zurückzieht, fragt er: „Verzeihst du mir?"

„Was denn?", frage ich wie betäubt, meine Lippen kribbeln noch immer.

Sein schelmisches Lächeln sagt mir, dass er mich amüsant findet, und seine Lippen auf meiner Stirn sagen mir, dass er das an mir liebt.

Camden zieht sich zurück, als einige der Kinder aus der Umkleidekabine kommen, sich mit ihren Eltern treffen und hinausgehen.

Camden nimmt meine Hand. „Ich muss noch eine Sache erledigen."

Er führt mich näher an die Tür der Umkleidekabine heran, gerade als Travis herauskommt. Sein Blick bleibt sofort an Camden hängen und seine Augen weiten sich. Ein Lächeln bricht sich Bahn, als er unsere verschränkten Hände sieht.

„Ihr haltet Händchen."

„Yep", sagt Camden und hält unsere Hände hoch. „Ist das okay für dich?"

Er nickt und seine Wangen werden ein wenig rot.

Camden lässt meine Hand los und stellt sich vor Travis. „Du weißt, dass ich deine Mutter mag, oder?"

Er nickt wieder, sein Lächeln ist verschwunden, denn er ist ernst geworden.

„Ich muss ehrlich sein, Kumpel. Ich mag sie mehr als gern."

„Du meinst, du liebst sie?", fragt er zögerlich, wobei sein Blick zu mir und dann wieder zurück wandert.

„Ja. Und ich weiß, dass das vielleicht ein bisschen komisch ist und plötzlich kommt, aber dich habe ich auch lieb. Das habe ich immer getan, weil du Mitchs Kind bist und ich ihn auch lieb hatte. Ich möchte, dass du weißt, dass ich immer für dich da bin. Was immer du brauchst. Du und deine Mom, ihr seid für mich ein Gesamtpaket. Ich will euch beide haben, okay?"

Ein weiteres Nicken. Anscheinend hat es dem armen Kind die Sprache verschlagen. Aber dann erholt er sich und fragt: „Können wir zur Feier des Tages ein Eis essen gehen?"

Camden sieht mich an. „Was sagst du, Mom? Können wir Eis essen gehen?"

„Natürlich können wir Eis essen gehen", antworte ich grinsend und verdrehe die Augen.

Camden richtet sich auf und reicht mir seine Hand, und ich verschränke meine Finger mit seinen. Er legt seinen anderen Arm um Travis' Schultern und wir gehen gemeinsam aus der Eishalle.

Autorin

Seit ihrem Debütroman im Jahr 2013 hat Sawyer Bennett zahlreiche Bücher von New Adult bis Erotic Romance veröffentlicht und es wiederholt auf die Bestsellerlisten der New York Times und USA Today geschafft.

Sawyer nutzt ihre Erfahrungen als ehemalige Strafverteidigerin in North Carolina, um mitreißende und sexy Geschichten zu schreiben.

Sie mag ihre Helden stark und mit Ecken und Kanten. Wenn sie nicht gerade die Figuren ihrer Romane zum Leben erweckt, ist Sawyer Chauffeurin, Stylistin, Köchin, Putzfrau und die persönliche Assistentin ihres lebhaften Kindes sowie Vollzeitbetreuerin zweier niedlicher, aber ungezogener Hunde. Sie glaubt an das Gute im Menschen und auch daran, dass ein schlechter Tag durch ein Work-out oder ein Stück Kuchen – gern auch durch beides – besser wird.

www.sawyerbennett.com

www.sawyerbennett.com/bookshop/german